死《し》写《しゃ》室《しつ》

映画探偵・紅《くれない》門《もん》福《ふく》助《すけ》の事件簿

霞流一

KODANSHA NOVELS
講談社ノベルス

ENTS

C　O　N　T

カバー＆表紙デザイン＝坂野公一（welle design）
ブックデザイン＝熊谷博人・釜津典之

PROFILE

紅門福助 ◉ 自己紹介

FUKUSUKE KURENAIMON

俺か？　俺は紅門福助《くれないもんふくすけ》、私立探偵、四十過ぎ、同棲歴二回、その話は酒の席の二次会で。若い頃は某TV局の記者をやってたが上司とぶつかり退職、その後、元警視庁刑事の白亀《しろがめ》という男と「紅白探偵社」を立ち上げ調査稼業に携わる。数年でフリーとなるが、今でも度々ここから仕事を回してもらってる、サンクス。ちなみに、本書に登場する村《むら》原《はら》警部は白亀の優秀な後輩に当たる、ヨイショッ。

かつての職場が芸能界と近かったため、その縁で映画・TV・演劇関係からの依頼が多い（『フォックスの死劇』『デッド・ロブスター』『呪い亀』『おさかな棺』など）。俺としてはハードボイルドを気取りたいとこだが、むしろ、なぜか、ハードなのは密室やら首切りやらの事件の謎の方ばかり。しかも、隙だらけの性格が災いして便利に雇われがちで、でも、それなりに楽しんでしまうハートマイルドな能天気ぶりに自分でも呆れる。昔の相棒の白亀はそんな俺のことを、興味本位で生きている、と評してたっけ、大きなお世話だ。

私立探偵は「タフでなければ生きていけない。優しくなければ生きていく資格がない」と言われているけど、まあ、俺の場合は「タフなふりして疲れてる。優しい真似して損してる」ってとこかな。おっと、そろそろ現場に行かなきゃ。また、厄介な謎に巻き込まれそうな予感が……。

霧の巨塔

オープニング

1

月光に照らされて白い靄《もや》が湯煙のようにたなびいている。霧の名残《なごり》だろうか。

ならば、俺は運がよかったようだ。初めて来る場所なのに、濃霧の中で車を走らせたくない。

薄墨色のひなびた風景が窓に流れる。川と林と田畑、それに山裾《やますそ》が広がっているだけ。東京でも西の端っこへ来れば、もはや立派な田舎だ。

深夜の二時を回っていた。散見する民家に明かりはない。夜が早い、やはり、田舎だ。自分だけ起きて車を運転していると虚しくなってくる。だらだらと延びるアスファルトの道路が妙に腹立たしかった。

北檜原《きたひのはら》村に入っておよそ二十分。もう、そろそろ目的地に着くはずだ。それにしても、いつから俺は宅配便みたいな仕事まで引き受けるようになったのだろう。不況の波は容赦なく探偵業界をも飲み込んでいる。

当初は、依頼されていた調査の報告をするために、明日《あす》というか既に今日、山梨の或《あ》る実業家を訪ねる予定だった。

予定に変更が起きたのは二時間前。深夜零時近かった。ある仕事で親しくなった某映画配給会社の宣伝マンから電話が入った。山梨行きのことを俺の飲み仲間から聞いたらしい。

「通り道だろ。途中、ついでに北檜原村に寄ってビデオを届けてくれないか」

「俺はバイク便かよ」

「バイク便の配送範囲を超えているし、どうしても今夜中にと先方が言ってるから」

小遣い稼ぎとしては悪くないギャラだった。どうせ通り道なので引き受け、すぐに出発した。

そんな経緯で俺は深夜、田舎道を走っている。

助手席には三本のビデオテープの入った紙袋。アダルトだろうか？　真夜中、早急にエロビデオを届けなければならないとは気色悪い状況である。性欲の権化《ごんげ》みたいな獣《けだもの》野郎がブンブンと腰で素振りしながら待ち受けているのだろうか？　嫌だなぁ。

道路は時折カーブを描きながら闇《やみ》を裂いて延びる。サイドウィンドウから入る夜風は川の匂《にお》いがした。十月上旬でも結構寒い。ジャンパーを羽織っててちょうどいいくらいだった。たまに廃墟《はいきょ》と化したドライブインやガソリンスタンドなどが月明かりに浮かび上がった。難破船が地上に這《は》い上ってきたようで何だか薄気味悪い。

突然、百メートルほど前方に、ヘッドライトの明かりが人影を捉《とら》えた。

二人連れのようだ。アスファルトの左端をのろのろと歩いている。一人は重そうにバイクを押していた。

俺は徐行で近付き、車を止めた。

二人とも男だった。どちらも顔や手に擦り傷を負い、着衣のところどころが破れている。事故でも起こしたのだろう。二百五十ccのバイクはバックミラーが割れ、マフラーが潰《つぶ》れかけ、フェンダーは凹凸だらけだった。

「送っていこうか」

「ああ、よかった、助かりますよ。スリップして転倒しちゃってこのザマですよ。携帯も壊れてて……。感謝します」

バイクを押していた四十代半ば程の男が丁寧に腰を折り、何度も礼を言った。そのたびに髪の薄い頭が月光に映える。渡された名刺には加茂久志《かもひさし》とあった。芸能プロダクションのマネージャーらしい。

もう一人、若い方の男は真中俊《まなかしゅん》、売れっ子の俳優だ。どこかで見たことのある顔だと思った。確か、歳は二十八か九くらい。眉《まゆ》が太く目鼻立ちのくっきりした五月人形のような顔。少しアルコールが入っ

ているせいか、大げさに俺の背を何度も叩《たた》きながら、

「地獄にホトケってホントにいるんだ。遠慮なく乗っけてもらいますよ」

甲高い声で言った。

こっちにも都合がよかった。

「渡りに船、乗っかるのは俺の方だ」

そう言ってから名乗る。

紅門福助《くれないもんふくすけ》、私立探偵、四十過ぎ、独身と、そこらへんはどうでもよろしい。

俺の預かったビデオの届け先というのが彼らの宿泊している旅館であった。映画「バリウムの鬼門」のロケのためにスタッフ、キャストが三日前から滞在しているらしい。

そのプロデューサー、海老沢綱之《えびさわつなゆき》こそビデオの受取人だった。

加茂久志を助手席に乗せ、道案内を頼んだ。破損したバイクは、開けっ放しのトランクに突っ込んでおく。こんな人気《ひとけ》のない深夜の田舎道だ、警察も見逃してくれるだろう。

バックシートでは真中俊がもう鼾《いびき》をかいている。なかなかの大物俳優だ。

道路は何度か枝分かれする。

俺は指示通りにハンドルを切りながら、

「こんな真夜中、どこに？」

「温泉の帰りです」

加茂は申し訳なさそうにこめかみに手を当て、小さく頭を下げる。苦笑いした顔はクシャミを我慢する狛犬《こまいぬ》に似ていた。

西に「竜の湯」という小さな温泉場があるらしい。他に娯楽がないせいか、真中俊は三日間、毎晩、通っているという。マネージャーの加茂はいわばそのお供だった。空き時間はどうせ退屈するだろうと真中はロケ先に自分のバイクを持ち込んでいた。

俺は僅《わず》かに首を横に振ってバックシートを指し、

「いかんね、酔っ払い運転は」

加茂は慌《あわ》てて両手を左右に振り、

「いえいえ、俊がバイクを運転するのは行きだけですよ。その時は飲んでません。一杯やるのは湯につかった後で」

「加茂さんは？」

「私はアルコールをまったく受け付けない体質なもので」

「じゃ、帰りはあなたがバイクを？」

「ええ、俊を後ろに乗せて。行きと逆です」

つまり、バイクをスリップさせたのは加茂であった。俳優を事故に遭わせてしまい、マネージャーとして責任を痛感している様子だった。ずっと表情が曇っているのはそのせいだろう。

十分ほどで目的の旅館に到着した。

そこだけ、煌々《こうこう》と明かりが点《とも》り、遠くから見ると闇が裂けたように見える。

鉄筋コンクリートの三階建てで、全体が鉤《かぎ》形をしている。玄関のガラス戸の前で十数人の人間が迎えに出ていた。苛立《いらだ》ちと安堵《あんど》の色が顔に浮かんでいる。


ほとんどが撮影隊のメンバーのようだ。テレビや雑誌で見たことのある俳優も何人かいる。

加茂が急いで車から降りると、ひとしきり謝って回る。何度も頭を下げて隅から隅まで横歩きする姿は俎板《まないた》を叩く包丁を思わせた。

ちょっと遅れて、真中が足元をふらつかせながら加茂の傍らに並んだ。両手を合わせて「皆々様、真に申し訳ない」などと大仰に謝罪の言葉を口にする。

太い眉毛を下げ、おどけた笑みを浮かべるが、その顔は引き攣《つ》っていた。バツが悪そうにちらっちらっと上目遣いに反応を窺《うかが》っている。

二人が特に丁重に詫《わ》びている相手は薄茶色の革ジャンの大柄な男だった。

監督の広瀬是也《ひろせこれや》である。三十代後半くらいで、坊主刈り、色黒の顔はホームベースの形に似ている。ギョロリと睨《にら》むような目が印象的だ。しきりに頭を下げる二人を見ても、黙っている。怒っているのか安心したのか表情が読み取れない。とぼけたふうな笑みをニタニタ浮かべるだけだった。

そして、俺はビデオの受取人のもとに到着した。

プロデューサーの海老沢は俺と大して歳の変わらない小柄な中年男だった。丸っこい体型に丸顔が載っている。モスグリーンのジャケットに包まれた姿は童話に描かれたカメのようであった。だが、動作はカメのようにのろまではない。むしろせっかちな性格らしく、せかせかしている。

ビデオを受け取ると、海老沢はすぐさま中身を確認する。アダルトものではなかった。三本ともごく普通の映画。そして、口早に礼を言うと、俺を促して、ロビーへと移動する。真中と加茂も一緒だった。

そこには二人の制服警官が待っていた。

主演俳優とマネージャーの帰りがあまりに遅いので、海老沢は心配になり通報したのだという。結局、無事だったが、事故を起こしているため、経緯を報告しなければならない。事の成り行き上、俺も同席することになった。


ソファに腰を下ろし、制服警官と向き合う。主に加茂が語った。

温泉宿の帰り、濃霧のせいで周囲の風景が違って見えたため、曲がる道を間違えてしまったという。

「昨日《きのう》や一昨日《おととい》に通った道とは違う道に迷い込んでしまって正直ちょっぴり焦りましたけど、方角は合っているはずなので、大よその見当をつけて走りました。もちろん、霧のせいで、そんなにスピードは出せません。せいぜい四十キロくらい」

隣の真中が口を挟み、

「悪かったね、加茂さん。苦労させちゃったみたいで。俺、後ろでしがみついていたのに、ちっとも気が付かなくって……。つい、ほろ酔い気分でうたた寝してた」

「メットと背中越しに鼾が伝わってきたよ」

「それ、エンジンの振動じゃないの」

「もっと大きかったぞ」

加茂はそう言って微笑《ほほえ》むとすぐに真顔に戻り、警

官の方に向き直って、

「十五分ほど走ったでしょうか。どこらへんにいるのか見当がつきませんでした。困ったなあと思っていたところに、風のせいでいきなり霧が固まって視界を横切ったんです。数秒、前方がさえぎられ、それから、再び晴れるとカーブが迫ってました。私は慌ててハンドルを切ったんですが、バランスを崩して転倒し、路面に叩きつけられてしまったんです。勢いがついていたので、二人ともバイクごとアスファルトを何メートルかスリップしていったようです……、でも、そこらへんは記憶が曖昧《あいまい》で……」

声が先細り、言葉を濁した。

二人の警官のうち若い方が首を伸ばしてきて、

「曖昧というのは？」

「すみません。転倒の際に気を失ってしまったんです」

「真中さんは？」

警官が視線を横に移す。

真中は太い眉を八の字にして、道化《どうけ》たふうに頭を掻《か》きながら、

「右に同じ、っていうか、俺の場合、さっきも言った通り、その前から居眠りしてたから、ずっと気を失っていたようなもんですよね。そんなわけで、すんません」

「じゃ、意識を取り戻したのは？」

「加茂さんの方が先でした。俺、気付いたら、加茂さんに肩を支えられて起き上がるところでした。左の足、捻挫《ねんざ》しちゃって、最初、フラフラしてて一人じゃ立てなかったくらいだったから」

そう言って膝《ひざ》の辺りを軽く叩いてみせた。

警官は加茂に視線を戻し、

「事故に遭った場所は？」

「うーん……、すみません、どこらへんと言われても、ちょっと見当がつかないんです。道に迷っている最中に事故ったもんですから。ただ、事故現場から壊れたバイクを押してまっすぐ歩いていたら、運

良く街道に出たんですけどね」

「じゃ、街道と枝分かれする地点があったということですね。それがどこかは？」

「いや、ちょっと……困った、それも解らないな……。霧で道路の周りの風景がぼんやりしてて……。いつのまにか、街道に出ていたという感じなんです。ほんと、すみません」

深々と頭を下げる。

警官は小さくため息をついて、

「まあ、皆さんはこのへんの住人ではないですからね」

慰めと諦《あきら》めの響きが混じっていた。

「あっ」

唐突に、真中が頓狂《とんきょう》な声をあげた。数回、瞬《まばた》きをすると背筋を伸ばして、

「あ、あれがあったよ」

「あれって？」

警官が問う。

「あれだ、大きな塔が立ってた。事故現場で、俺、見たよ。意識を取り戻した時、すぐ目の前に大きな塔みたいな建物があった」

隣を向いて、

「ねえ、加茂さん、あったよね」

「おお、あれか。そうだよ、あれがあったよ。あの時、初めて見た。今まであんなものがあるなんて知らなかった」

加茂は小刻みに頷《うなず》いた。

二人の警官が不審そうに顔を見合わせると、年嵩《としかさ》の方が、「どんな塔です？」

「ずいぶんと高かったな」

真中が答える。目を上に遣《や》り、

「そう、三十メートル、いや、五十メートルくらいあったと思う。全体はグレイ一色。ガキの頃、近所にあった給水塔みたいな飾りっけのまったくない、ただ高さだけが取り柄のヌーボーとした塔だった」

「ビルみたいな形？」

「そんな感じかな……回り込んで見てないから断言はできないけど、細長い四角柱だったと思います。幅は五メートルくらい。でも、あれ、何のために建てられたんだろう」

「窓は？」

「確か、無かったです。あっ、でも、ライトがありましたよ。てっぺんの端で不規則に点滅していて、モールス信号でも送ってるのかな、って思いましたっけ」

「奇妙な塔ですね」

「ええ、そうなんですよ。ちょっと神秘的だったなあ、霧の中、月光に照らされて浮かび上がって」

「あの、本当に、見たんですね？」

躊躇《ためら》いがちに問う。

真中は気分を害したのか口を尖《とが》らせ、

「見ましたよ。本当ですって。まあ、さっきも言ったように、俺、多少は酔ってましたが、確かに見ました。それに第一、手で触れたんですから」

「あなたが？」

「ええ、そうです。加茂さんの肩に支えられて塔に近寄ったんですよ。ほんの五、六歩の距離だったから。それで、右の手のひらで触った。硬くて冷たい感触、覚えてますよ」

「硬くて、冷たい……」

「そう。確かな手触りだった。でも、そこで、また、意識を失って、加茂さんに迷惑かけちゃった」

隣を向いて手を合わす。

「たびたび、すみません」

加茂は含み笑いをして、

「仕方ないさ。事故のショックで急激な疲労感に見舞われたせいだよ」

気にするな、と軽く肩を叩く。

再び気絶した真中を一時的にジャンパーでくくりつけて背負い、バイクを押して帰路を急いだと言い添えた。

その後、俺が二人に遭遇したわけである。

警官は小さく頷く。そして、しばらく黙り込んでから、困惑気に言った。

「この地域一帯に、そんな大きな塔は無いはずだけど……」

2

そのまま旅館に一泊。もちろん宿代は依頼人サイドが持つ約束だ。

朝寝坊を決め込んで布団にもぐったのに、早々と目が覚めてしまった。やたらと鳥の鳴き声がうるさいからだ。とても東京とは思えないほど野鳥が多い。ちっともありがたくない自然のハーモニー。

俺は諦めて朝の散歩に出掛ける。腕時計を見ると、六時半を回ったところだった。雑草の朝露に靴を濡《ぬ》らしながら裏の方へ向かう。

木立の奥から、若い男と女が手をつないで走ってきた。二人とも見覚えのある顔。つい数時間前、この旅館に到着した時、玄関先の出迎えの中にいた。いや、それ以前に、テレビや雑誌などで何度も見たことがある。

彼らは俳優であった。園崎成彦《そのざきなるひこ》と弓倉絵奈《ゆみくらえな》。二人とも顔色が青ざめている。何かよくないことがあったらしい。

園崎は俺の前で立ち止まると、低いくぐもった声音で、

「加茂さんが死んでます」

「えっ、あのマネージャーの加茂さんが？」

「はい、真中さんのマネージャーの。裏庭で倒れてました。息はありません」

意識的にそうしているのか、性格なのか、淡々と語る。冷静に現実を伝えるだけだった。二十代後半のわりに妙に落ち着いている。鋭角的に整った顔立ちはナイフを連想させた。

俺も冷静さを心掛けて、

「君らが見つけたの？」

「ええ。僕ら二人。今、死体のそばには誰もいません」

そう言って親指を後ろに向ける。

弓倉絵奈が補足するように口を挟み、

「園崎君と裏庭を散歩してて、出くわしちゃったんですよ。朝っぱらから見るものじゃないわね」

不快そうに細い眉を寄せる。ノーメイクだがさすがに女優だけあって綺麗《きれい》な顔をしていた。流線形の滑らかな面立ち。気の強そうな印象は怒った弥勒《みろく》像を連想させた。歳は園崎とあまり変わらないはずだが、姉御風《あねごかぜ》を吹かしている。

絵奈は死体のあった方角を数秒だけ振り返ると、すぐさまこっちに強い視線を向け、

「残念よね。つい昨夜《ゆうべ》、せっかく探偵さんが助けてあげたのに」

皮肉った口調で言った。

俺は肩をすくめて、

「延命措置にすぎなかったか」

「ふふん、ほんの数時間のね。じゃ、私、みんなのとこに知らせに行ってくる。探偵さん、よかったら、園崎君に案内してもらえば？」

一方的に決め付けて、さっさと立ち去る。白いワンピースの後姿が朝の日差しに映えていた。

絵奈の提案に乗じて、俺は死体を見に行くことにする。

園崎が黙って頷き、案内を引き受けてくれた。すみやかな対応はオペ中の外科医を思わせる。ジャケットもジーンズも靴も白ずくめなので余計にそう感じるのかもしれない。

そう言えば、この男と絵奈、昨夜と同じ服装だし、二人で早朝の散歩としゃれこんでいる。特別な仲らしい。

裏庭と呼ばれている場所は木立の奥にあった。ただの空地でテニスコート半分くらいの広さ。木製の四角いテーブルが三箇所に置かれていた。それぞれ二人がけの椅子《いす》が向き合っている。

東側の隅にあるテーブルの傍に加茂の死体は横たわっていた。

俺は何か落ちていないか気をつけながら死体の傍に歩み寄った。地面は固い土なので足跡は見当たらない。

加茂は白目を細くして仰向《あおむ》けに倒れていた。半開きの口から舌の先を覗《のぞ》かせている。なんだか狛犬の子供が飴《あめ》を詰まらせたような死に顔だった。

薄い頭の右寄りに血が赤黒く固まっていた。左の頬《ほお》から目元にかけてかすかに腫《は》れている。殴《なぐ》られた痕《あと》らしい。ジャンパーの下の青いシャツはボタンがちぎれ、外側にまくれあがっていた。争った形跡と思われる。右耳から数センチ離れた地面に、石が拳《こぶし》大《だい》ほど覗いている。そこにも血の塊があった。

どうやら殺されたらしい。

犯人に殴られ、転倒した際に頭部を石にぶつけ、それが致命傷となった、というのが俺の大雑把《おおざっぱ》な所見。さほど間違いではないと思う。

頭部の傷の血が固まっているので、少なくとも死後一時間以上は経っているだろう。俺が解るのはそれくらいまで。後はプロの検視に任せよう。

それと気になったのは、シャツの襟元《えりもと》に付着していた粉状のもの。百円硬貨くらいの大きさの汚れとなっている。どうやら、緑青《ろくしょう》という錆《さび》の一種のようだ。何か手掛かりになるだろうか？

すぐ近くのテーブルに目を遣る。

右側にアルミの灰皿があった。吸殻が三本、いずれもショートホープだ。

俺は背もたれのない二人がけの椅子を指して、

「加茂さんはここに座って犯人と話をしていたんだろうな」

「吸殻、加茂さんのいつもの銘柄ですね」

園崎は静かに頷いた。

「加茂さんは地元の警官にバイク事故の報告をした後、深夜の三時頃、自室に引き上げていった。そこまでは俺も見た。その後だな。加茂さんは密《ひそ》かに犯人とここで会い、争いになって、殺された。そんな遅い時間、何の話をしてたんだろう？　どちらかがよっぽど切迫してたんだな。何か火種になりそうなこと、撮影中になかったか？」

「現場はいつも戦場ですから」

「加茂さんと確執のあった人間とかは？」

「すみません。自分のことでせいいっぱいなもので」

かすかに頭を下げ、口を固く結んだ。余計なことは言うまい、そんな強い意志が感じられた。

五分ほどで撮影隊のメンバーが集まり、十五分ほどで警察が到着した。

俺も事情聴取を受ける。正直に答えながら、合間を見て、こっちも質問をぶつける。刑事は慎重に言葉を選んで、情報を提供してくれた。

加茂の死に至る経緯は大よそ俺の推測通りのようだ。午前三時から未明の五時までの行動を訊《たず》ねられたが、寝ていたとしか言いようがない。その時間帯が死亡推定時刻なのだろう。おそらくアリバイの成立する奴はほとんどいるまい。

「計画的な殺人じゃないですよね？」

俺は自分の推理を確かめてみる。

「犯人は手袋もしていなかったからな」

「じゃ、あのテーブルから指紋は検出されている？」

「出すぎて困ってるくらい。映画屋の連中はほぼ全員。このへんは娯楽が無いからな。毎晩、遅くまで、ここで酒飲んだりトランプや花札やってるらしい」

「汚れてるのはそのせいか。きりがないから旅館側もいちいち掃除しないんだな」

「だけど、犯人は掃除してたよ、テーブルの一部だけ」

「自分の座っていた方？」

「ああ。でも、全員の指紋がベタベタ付いてるんだから、いちいち掃除する必要ないのに」

そこで刑事は口をつぐんだ。少し喋《しゃべ》りすぎたかなという表情をしていた。

いきなり、後方で、

「チクショウ！」

悲鳴のような甲高い声がする。

真中俊だった。

死体の傍らで跪《ひざまず》き、肩を震わせている。赤く滲《にじ》んだ目を怒りに尖らせている。その刃《やいば》のような視線は二人に向けられていた。

園崎と絵奈。死体を発見した二人。肩を寄せ合い、真中の視線を真っ向から受け止めていた。嫉妬《しっと》の視線を。そういえば、以前、或る芸能誌では真中と絵奈の親密交際がスクープされていたっけ。

なるほど、男女関係がこじれているらしい。

プロデューサーの海老沢のボヤく声がかすかに聞こえてくる。

「ただでさえ、スケジュールが押しているのに……」

丸顔を赤くして苦渋の皺《しわ》を刻む。大きな梅干のようだった。

その傍らで、監督の広瀬はのほほんとした表情で坊主刈りの頭をゆっくりと撫《な》で付けながら、

「今日は撮休だな。俺も温泉行って、昼風呂につかろうかな」

そう言って、首筋をピシャピシャと叩いた。

3

ロビーでやせぎすの中年女に呼び止められた。旅館のオカミさんだった。俗っぽい雰囲気で下っ端《したぱ》の従業員にしか見えない。旅館名のロゴの入った朱色のハッピを無造作に羽織っていた。ペタペタとサンダルの音を立てながら近寄ってくると、殺人事件の話題を振ってくる。好奇心あらわな目を光らせ、出っ歯気味の前歯を突き刺すように首を伸ばし、早口で、

「亡くなった加茂さん、お巡りさんたちに不思議なこと言ってましたよね。私、つい、耳に入っちゃったもので」

くせに。

嘘《うそ》つけ。フロントの隅でじっと聞き耳立てていた

「大きな塔を見たなんて……、何だかぞっとしちゃいました。だって、お巡りさんも言ってたけど、この辺一帯にそんな塔なんてありっこないですもの」

「でも、二人とも見たと言ってる。しかも手で触れたとも」

「だから、気味悪いんですよ。形も嫌ですよね。灰色のヌーボーとした四角いのっぺらぼうの塔なんて、なんだか、墓石みたいじゃないの」

「高さ五十メートルの巨大な墓石、うん、確かに嫌だ」

「それに、こんな話を死んだ父から聞いたことがあります。太平洋戦争の末期に、軍部がこの村に大きな無線塔を建てようとした計画があった、と」

「えっ、何のために？」

「当時、大本営を長野県の松代《まつしろ》に移す動きがあったそうです。それに伴い、無線の中継地点として、何箇所かに塔が建てられるはずだったんですが、敗戦により、すべての計画は頓挫《とんざ》しました」

「その予定地の一つがここだったのか。ふーん、建てられなかった幻の塔ね」

「ええ、もしかして、生まれなかった塔の無念、それが実体化したんじゃ？　それを見ちゃったから加茂さんは死んじゃった……ああ、やだやだ」

酸っぱすぎるラッキョウを食ったような顔をする。

そして指をこめかみに当てると、首を左右に振った。

俺は呟《つぶや》く。

「真中俊は見たどころか、塔に触れてる。奴も危ないかな」

オカミはハッと顔を上げ、

「あ、ホント、私、嫌なこと言っちゃったみたいね。じゃ、今の法則でいくと、あの四人は塔を見なかったから、無事ということかしら」

「あの四人って？」

「夜中の十二時ごろ帰ってきた人たち。うちは娯楽

少ないから、深夜のドライブにでも行ってたみたい。海老沢さんの車に乗って、出演者の二人、園崎さんと弓倉絵奈さん、それに広瀬監督」

「なるほど、加茂さんたちが塔の話を警官にした時、傍にいた海老沢さんと広瀬監督、何も言わなかったものな」

「そうそう。見てたら何か言うはずでしょ。無いはずの塔があったんだから」

「霧の夜は異形のものを生むか」

「いろいろ怪しいものが生まれてくるのかしら？」

「いろいろって他にも何か？」

「ええ。昨夜の十一時半頃だったか、私、車を運転してここに帰ってくるところでした。友達が自宅にカラオケルームを作ったから、お邪魔して歌わせてもらって、その帰り道です。運転席側のサイドウィンドウだから西側ですね、そっちを見たら、霧の向こうに何かが白く光っているんです。妙な光でした。じっとしてるんじゃなくて動くんです。上に下に、左に右にって不規則な動き方、それに、丸くなったり四角くなったり形も変わるし」

「大きさは？」

「霧の向こう側に浮かんでいるんで、距離感が摑《つか》めなかったんですが、私の位置からだと、見た感じ、バレーボールくらいだったかな」

「早い動きでした？」

「うーん、緩やかになったり早くなったり、気まぐれな動きなんです。あ、それに、点滅を繰り返してました、ウルトラマンの胸みたいに」

「カラータイマー」

「それそれ。色は白いままで変わらないけど、点滅のリズムがまた気まぐれ」

「早かったり、遅かったり」

「何だか光が生きてるみたいな感じ。三分くらいかな、私、車を徐行させて見てたんですけど、だんだん嫌な感じがしてきたんで帰ってきちゃいました」

「光状の生き物ね」

「さっきの巨大な墓石と何か関係があったりして、ああ、やだやだ」

眉を寄せ、突き出た歯で下唇を噛《か》み締めた。

怪しい光の舞っていたと思われる大よその場所をオカミに教えてもらうと、俺は朝食の後、車で赴《おもむ》くことにした。

旅館から十五分くらいの距離だった。行き交う車もほとんど無く、信号が空しい。アクセルを踏み、緩い坂を上る。朽ちたような公衆電話ボックスの中の蛍光灯が切れかかっていた。これも使う人はほとんどおるまい。坂を上りきると、道路脇に立つ凸面鏡に火見櫓《ひのみやぐら》が映っていた。こんなものが残存しているのはやはり田舎だ。

舗装された道路はトラックが擦れ違えるだけの幅があるが、両脇を見下ろすと田畑が迫っている。刈り入れの済んだ裸の土の広がりが寒々しい。人影も見当たらない。枯れた稲の塊が風に吹かれ、アスファルトを転がっていた。

坂から五十メートルくらいのところで大きくS字にカーブする。二つのカーブのそれぞれのでっぱりに面するようにして建物が二つあった。どちらも廃墟だった。恐竜の死骸《しがい》のように蹲《うずくま》っている。

近い方のスペースに車を止める。外に出ると、静寂な空気に包まれ、林の方から葉ずれの音がした。

廃墟はカマボコの形をしているが食い残しのように損壊が著しい。斜めにぶら下がった看板を見ると、建築資材の倉庫だったようだ。正面の壁には幾つも大きな穴が空き、折れ曲がった鉄骨が剝《む》き出しになり、電線やワイヤーなどが絡まりあいながら外にこぼれていた。

「あ、探偵さん、廃墟マニアなの？」

二階の壁の穴から真中俊がひょっこり顔を出していた。

俺は一瞬、びくっとしたのを隠せず、

「なんだ、君か。あっちの世界からお招きがあったのかと思ったじゃないか」

「へっ、どういう意味？」

「いや、大きな独り言だ、気にするな。君こそ何してる？」

「調査ですよ。ちょっと見てください」

そう言って、首を引っ込め、いったん姿を消した。中に一階と二階をつなぐ五メートルほどのスロープがある。台車やフォークリフトで行き来するためらしい。スニーカーの音高く、真中は駆け下りて、鉄扉の外れた入り口から姿を現わした。

太い眉毛を上下させ、少し興奮気味の表情で、

「これですよ。道路脇とスロープの二階近くで、これを見つけたんですよ」

手を差し出す。黄色いプラスティックの欠片《かけら》が二つ載っていた。

俺は目を凝らし、

「これ、バイクの？」

「そう、割れたシグナルランプの破片。ほら、こっち」

倉庫の側面の方へ行く。灌木《かんぼく》の茂みの陰に、オートバイが止められていた。今朝、真中が出来る範囲で修理し、どうにか動くようになったという。

後部左の割れたシグナルランプに二つの破片をあてがった。ぴたりと一致する。

「俺、昨夜どこで事故ったのか知りたくて、バイクでいろいろ回っていたんですよ。そしたら、そこのカーブのとこで運良く、破片を見つけて」

「倉庫内のスロープにも」

「うん。どうやら、ここらへんで事故ったみたい」

俺は周囲を見回し、

「でも、例の塔はどこにもない」

「おかしいんですよ。確かに見たのに」

「やっぱり異界の風景かな」

「えっ、俺、この世じゃないものに触ったの？ んなアホな」

おぞましげに顔をしかめ、手を払う仕草をする。

「さあ、どうだか。このへんは以前にも通ったことがある？」

「三日前、ロケバスでね」

「映画の撮影？」

「うん、あそこ」

Ｓ字の二つ目のカーブ、もう一つの廃墟があった。徒歩で向かう。

こちらはゲームセンターの亡骸《なきがら》だった。三階建てのもとはオレンジ色だったらしい壁は泥色にくすみ、コンクリートが崩れ落ちていた。ほとんどの窓にはガラスがない。足元に気をつけながら開きっぱなしの自動ドアから中に入る。地階にはパチスロの壊れた台が幾重にも並び、廃寺の墓地のようだった。

真中は奥のエスカレーターを指差して、

「一階と二階をフルに使って撮影したんですよ」

主演の証券マン役の真中がカルト教団の巫女《みこ》役の弓倉絵奈を追跡するシーンだったという。ＢＧＭにバリ島の民族音楽のケチャをかぶせる予定なので、リハーサルの際には実際に現場で流してみたらしい。いったい、どんな映画なんだ？

「撮影は順調だった？」

真中はしばし口ごもり、

「まあね。ちょっと広瀬監督ともめたけど。海老沢さんの仕切りも悪いんだよな、プロデューサーのくせして」

「もめたのは演技のこと？」

「俺の声、監督が望むイメージよりも甲高いってさ。何パターンか試して、納得してもらったけど。結局、最初ので良かったんだよ。無駄骨折らせやがって、アッタマきたよ」

怒りがぶり返しているらしい。目付きが尖っていた。園崎と絵奈との三角関係といい、火種の多い男らしい。

「ありゃ？　あれから誰か来たのかな？」

真中はそう言って、レジのカウンターを指差していた。

「あれからって撮影の後？」

俺は訊《き》いた。

「うん、ロケバスの出る直前まで、パチスロに石ころ入れて遊んでたんだ。ここ出るの俺が最後だった。で、そん時、あんなふうにカウンターの上の板、はがれてなかったよ」

その板は合成樹脂を金属で挟んだものだった。レジの向こう側に落ちている。そして、カウンターの表面はカビのようなものに覆われていた。緑青、錆の一種。

俺の脳に閃光《せんこう》がよぎった。バラバラの絵がスローモーションで一つになってゆく。

「異界への扉が開くかもしれない」

4

真中と別れて旅館に戻ると、すぐに、プロデューサーの海老沢の部屋を訪ねた。

そして、弓倉絵奈、園崎成彦、監督の広瀬是也を呼んでもらう。

俺はぬるい茶をすすりながら、八畳間のテーブルを囲む四人に調査の経緯を簡単に語ると、

「昨日、皆さんは深夜零時頃、帰ってきたそうですね」

「そうだったかな？」

広瀬監督がギョロッとした目を天井に向け、とぼけたふうに言う。

「見た人がいますから。海老沢さんの車に乗っていたって」

絵奈が皮肉めいた笑みを口の端に浮かべて、

「きっと、見たの、この旅館のオカミさんでしょ。でしゃばりの出っ歯さん」

「男ならデバカメだったかも」

海老沢が口を尖らせて、

「俺らが夜中、出掛けちゃいけない理由なんてないだろ。田舎の退屈さを紛らわすのにドライブしたの

がそんな珍しいってか」

　ほんのり朱色に染まった丸顔がよく見ると膨れっ面になっている。

　俺は湯飲みを傾け、

「単なるドライブじゃなかったはず」

　海老沢は口ごもり、

「……どういう意味だ？」

「遊びじゃなかった。仕事ってこと」

　テーブルを囲む四つの顔がいっせいに硬くなるのが解った。

　的中したらしい。俺は続けて、

「あなたたち四人は元ゲームセンターの廃墟に行ったんだ。三日前、映画ロケの現場に使われたあの廃墟だ。その時には、レジのカウンターの上部に、合成樹脂を金属で挟んだ板があったらしい。だけど、さっき見たら、はがれて床に落ちていた。ガタがきていたにせよ自然に落ちるものじゃない。つまり、三日前の撮影の後、誰かが来たんだよ。うっかりカウンターに寄りかかったりして落としてしまったんだろう」

　広瀬監督が首を伸ばしてきて、

「それは我々が？」

　好奇心に満ちたギョロ目が挑戦的になる。

　俺は動ぜず、

「昨夜、十一時半頃、霧の中で怪しい光が目撃されている。例の廃墟のあったあたりだ。光は不規則な点滅を繰り返しながら、形も変えて、大きくなったり小さくなったり、あっちこっちを舞っていたらしい。なんだか、光の生き物みたいに」

「不思議なものがいたもんだな」

「いやあ、大して不思議じゃない。生きてる人間が動かしているんだから、生き物みたいに動くのさ」

「ほう」

「感心しなさんな。生きてる人間ってのはあんたらのことなんだから。あんたらが廃墟の中でライトを操作していた。それが窓や亀裂《きれつ》や穴から漏れて、霧っていうスクリーンに映し出されていたんだよ」

「そうか、漏れる場所によって、大きくも小さくもなるし、形も変わるか」

「ライトをあっちこち動かせば、窓、壁、窓、壁って光が外に出たり出なかったり」

「不規則な点滅、なるほど。しかし、夜中に、廃墟の中でどうしてお化けゴッコなんか」

「もうトボケるのもいい加減にしなよ。解ってるんだから。さっきも言ったように、あんたらは仕事をしてたんだ。それも秘密裏に。オーディションをやってたんだろ」

そう言って、ひとわたり睨み回す。

四人とも視線を外した。

俺はぬるい茶をすすると、

「広瀬監督は主演の真中俊の演技に不満だった。あの廃墟の現場でもめたらしいじゃないか。発声の具合をめぐって、何度かダメ出しをして、妥協のOKカットを撮った。けど、やはり、あれこれ考えた末、納得が出来なくなった。で、監督は真中を降ろして、代役を立てることを望んだのさ。そうだろ」

湯飲みをおろす。テーブルに当たる音がタンッと静寂の中に響いた。

それをカチンコの合図のように、広瀬監督がこちらに向かって大きく目を剝き、

「真中の演技はイメージからかけ離れすぎてんだよ。奴の声のクセは直しようがない」

絵奈も同調するように頷き、

「やりにくいったらないの。こっちまで調子狂わされちゃうわよ。あのシーン、何度も脱力して顎《あご》が外れるかと思った」

そう言って、舌打ちすると、吸いかけの煙草《たばこ》を無造作にくわえる。

俺は曖昧な笑みを返してから、

「代役の候補に指名されたのが園崎成彦だった。そうだろ」

若い俳優の方に顔を向けた。

園崎は怜悧《れいり》な視線を返し、黙ったまま静かに頷いた。口元に高慢な笑みが一瞬走ったように見えた。

俺は続ける。

「そして、彼が代役をこなせるかどうかテストしなければならない。それが、深夜のオーディションだったんだ。撮影スケジュールも押しているので、事をスムーズに進めたい。今の段階で、真中俊やマネージャーの加茂さんに騒がれたくないから、内密に、急いで行わなければならなかった」

海老沢がプロデューサーとしての苦労を吐き出したくなったらしい。丸い腹をテーブルに押し付けて身を乗り出すと、

「ああ、そうだよ。神経使ったよ。真中と加茂さんが温泉に行ったの見計らって、急いでみんなを乗せて車出してさ」

「問題のシーンを園崎君に演じさせる、それがオーディションだったんだな。だから、あの廃墟に向かった。それに相手役も必要」

「うん、絵奈ちゃんにも来てもらったよ。それに、廃墟は電源なんか無いから、充電式のライトを一つ持っていった。難儀したよ。かなり走り回るシーンだからな」

「照明係やったのか」

「俺がやらなきゃ誰がやるんだよ。秘密保持のために最小限の人数しか連れていけないだろうが」

丸顔が明らかに膨れっ面になった。

俺は笑いを呑《の》み込んで、

「プロデューサーは苦労が多いな。園崎君がオーディション失格だったケースも想定していたんだろ。それで、代役の代役として或る俳優を候補に考えていた。それを監督に提案するための資料を急いで調達した」

昨夜、俺が宅配便となって運んできた三本のビデオである。

俺は園崎に向かって静かに言った。

「君の背後でさらに代役が待っているんだ」

園崎は顔を強張《こわば》らせる。オタマジャクシのように黒目が揺れていた。

絵奈が煙草を灰皿に押しつぶすと、頬杖をついたまま、

「あのさ、加茂さんが殺された件と、深夜のオーディションと何か関係があるって言うの、探偵さんは」

「もちろん」

俺は頷いて、

「加茂さんはオーディションのことを知ったんだよ。昨夜、バイクで転倒して事故ったろ、その場所っていうのがあなたたちがいた廃墟の近辺だった。おそらく、霧の向こうから、照明用のライトが漏れたのが見えたんだけど、加茂さんは対向車の明かりだと勘違いしたのさ。廃墟の壁には穴と亀裂が集中しているところもあるから、二箇所から漏れる明かりがヘッドライトのように見えた可能性もある」

「しかも動いているしね」

「そう。で、加茂さんはハンドルを切り損ね、バランスを崩しながら疾走し、そして、転倒してしまった。バイクが突っ込んだ場所というのが、あのS字カーブの箇所にあったもう一つの廃墟」

「え、確か建築関係の？」

「うん、建築資材の倉庫の跡だ。あんたたちがいたところから三十メートルほど離れた場所。あの倉庫の中にバイクは突っ込み、加茂さんと真中君は放り出された。二階へのスロープの途中にバイクのシグナルランプの破片が落ちていたから間違いないよ」

「ええっ、近かったんだ……。あ、そうか、私たち、オーディションの間、音楽鳴らしてた」

「ケチャ」

「それで気付かなかったのか」

「バイクから放り出され気を失っていた加茂さんは意識を取り戻した。そして、耳にしたんだろう、あなたたち四人の声を。オーディションを終え、廃墟の外に出てきた時の会話を。加茂さんは知ったんだよ、あなたたちのやっていることを」

誰も口をつぐみ、黙り込んでいた。

俺は小さく溜息《ためいき》を吐《つ》いて、

「旅館に戻ってきた加茂さんは深夜遅く裏庭であなたたちの誰かと話し合った。もちろん、オーディションのことを。真中君を降ろさないでくれと懇願したのかもしれない。そして、話がこじれ、争いの末、死に至った。これが今回の事件の流れだよ。犯人も解っている」

最後の言葉に四人はピクッと釣り糸のように反応を示した。こちらに目を向け、全身を硬くする。言葉は出てこない。

俺は口を開く。

「加茂さんと犯人が話し合っていたテーブルの一部が拭《ふ》かれていた。位置的に見て、犯人が自分の手を置いた場所を拭《ぬぐ》ったと推察される。でも、ふだん掃除もされず汚れたままで、撮影隊のメンバー全員の指紋がベタベタ残っているテーブルなんだから、犯人が指紋を消す必要なんかない。それに、衝動的な殺人だから、予《あらかじ》め、どこに指紋が付いたかなんていちいち記憶していないはずだよ。ならば、もしも拭うとすればその範囲はテーブル全体か、自分の座っていた側の隅々にまで及ぶだろうよ」

ここでいったんぬるい茶で喉を湿らしてから、

「つまり、犯人がテーブルの一部を拭いたのは指紋を消すためじゃなかったと考えられる。それともう一つ。注目すべき点として、殺された加茂さんの襟元には緑青が、グリーンの錆の一種が、付着していた。さらに、あなたたちのいた廃墟では、さっき言ったようにレジのカウンターから上板がズレ落ちていた。そして、その跡には緑青がこびりついていたんだ。これらのことから一つの絵解きが得られる。つまり、犯人は廃墟で服の袖《そで》に緑青を付け、そのまま、旅館に戻り、加茂さんと話し合い、殺してしまった。テーブルに緑青が付いているのを見て犯人はようやく気付いた。廃墟にいた者に容疑が向けられる、そんな危険な手掛かりを残すわけにいかない。

慌ててハンカチか何かでテーブルを拭き、自分の袖もぬぐった。ただ、争っている最中に加茂さんの襟に付着したものまで気が回らなかったんだ。で、問題は、緑青なんて目立つものが袖についていてどうして長い時間、気付かなかったのか？　それは着ていたものが保護色だったからだよ」

俺は若い俳優二人を指差して、

「あんたらは昨夜も今朝も同じ服を着ていた。よっ、にくいね。園崎君は白いジャケット、絵奈さんは白のワンピース」

次に坊主刈りのギョロ目の男に向かって、

「監督は昨夜、薄茶色の革ジャンだった。あなたたち三人とも緑青なんか付いたらすぐ解るものを着ていたってことだ。だけど、一人だけ、海老沢さん、あなたはモスグリーンのジャケットだった。緑青は保護色に紛れてしまったってわけさ。さあ、プロデューサーの苦労からようやく解放されるよ」

俺は犯人に向かってご苦労様と胸の中で告げた。

海老沢はしばらく縮こまるようにして黙り込んでいた。昨夜のジャケットを着ていたら甲羅に隠れたカメを思わせたろう。肩を震わせ、やおら顔を上げると、上擦《うわず》った声で、

「言い争っているうちに、いきなり殴りかかってきやがったんだ……。あんなやばいことになるなんて……。なんだよ、あいつ、カッとしやがって……こっちがちょっと言っただけなのに」

自分の運の無さを嘆くように左右に首を振っている。

俺は訊いた。

「ちょっと言っただけって、あんた何て言ったんだ？」

海老沢は数秒躊躇《ちゅうちょ》する。喉を上下させると口ごもりながら呟いた。

「中途半端な怪我させやがって、と……」

「それ、真中君の怪我のことだな」

「……え、ええ」

顔が赤黒く染まる。すがるような目をして周囲を見回した。

他の三人は決まり悪そうに視線をそらした。

海老沢は肩を震わせながら身を乗り出すと、裏返りそうな声を荒らげ、

「な、なんだよ、みんな、おんなじ事、考えてるくせして！　真中がもっと大きな怪我してくれてれば、スムーズに降板させられるのにってよぉ、えっ！　お、俺はお前らみんなが思ってることを代弁して加茂の奴にぶつけただけだろがっ！　今さら善人面すんじゃねえよ！」

何度もテーブルに激しく両手を叩きつける。目と鼻が濡れそぼっていた。

その時、ドアが開いた。

ふらつくような足取りで真中俊が入ってくる。表で立ち聞きしていたのだろう。

「ひ、ひでえよ、みんな、ひでえよ……」

怒りを通り越した悲痛な響きだった。


俺は彼に向かって言った。

「ひとりだけ、加茂さんだけは最期まで君のことを思っていたんだ。君の気持ちを傷つけないように、秘密裏に、降板を阻止しようと画策していた。バイクで事故った場所も解らないなんて嘘を吐き通して、君があの二つの廃墟に関心をもたないようにしたんだ。深夜のオーディションの手掛かりから君の目をそらすためにね」

「か、加茂さんはそこまで俺のことを……」

「皮肉にも、加茂さんが殺されてしまったことが、君に事故のことを調べてみようなんて気を起こさせた。加えて、この旅館のオカミさんが話していた光る生き物のことが廃墟に足を運ばせるキッカケに」

真中は太い眉を下げると困惑の面持ちで、

「ねえ、探偵さん、あそこがバイクで転倒した場所だったんだよね、それは間違いないと思う。でも、でも、あの大きな塔はどこに行ってしまったんだろ？お、俺、確かに見たんだよ、絶対に見た……それに、

ちゃんとこの手で触った……幻なんかじゃないよ、ホントだよ」

そう言って両の手のひらをこちらに向ける。目の奥の光が、消え入りそうなロウソクのようだった。

俺はその目を見据えて頷く。

「ああ、確かに君は見たんだよ。塔はあの場所に存在している。君と加茂さんはバイクから放り出されてしばらく気を失っていた。現場は建築資材の倉庫の廃墟。君らはスロープに投げ出され、二階の壁の穴から外に飛び出たんだよ。でも、ワイヤーや電線に引っ掛かって、地面にまで落下しなかった。君ら二人は高さ二メートルくらいの位置で宙吊りになっていたんだ。加茂さんは意識を回復すると、体勢を変えて整えようと外壁に足をつけ、踏ん張る格好をとった。きっと、ワイヤーに絡まって君を背負うような状態で宙吊りになっていたから苦しかったのさ。外壁にほぼ直角の姿勢で、身体《からだ》の前側は地面を向いていた。その体勢が最も楽だったんだろう、加茂さんは腕と肩で君を支えるようにして、ゆっくりと地面へ下りていった。身体に絡まったワイヤーを命綱みたいにして二メートルの距離を下りていったんだ。ちょうど、その姿勢は外壁の上を歩くような状態だった。ワイヤーは二階の何か重いものに引っ掛かっていて、加茂さんがゆっくりと降下するにつれ、少しずつ伸び、しかもちゃんと支えていた」

「そうだったのか……。何だか、レスキュー隊がロープを使ってビルの壁面を下りる光景を連想させる……。壁に対し直角に立つ感じで下りてゆく」

「まさにレスキュー。加茂さんは君を支えて補助しながら下りていったんだ」

「しかも、身体の前面を地面に向けて」

「そういうこと。つまり、加茂さんは地面に向かって壁を歩いていたことになる。言い換えれば、壁が地面で、地面が壁、そんな逆転した構図だった。カメラを九十度傾けて横から撮れば、普通に歩く姿に見えるだろうな。特撮、まるで映画だよ」

「そんな状況で、俺は意識を回復したのか……」

「そう。だけども、君は自分が今どんな状態にあるか理解しなかった。事故のショックと痛みで頭が混乱していたんだろう。足元がふらつき、身体が重くてまっすぐに立てない、それは酔いが残っているせいだと思った。そして、外壁を地面だと誤認した。加茂さんに支えられて地面にかろうじて立っているんだと錯覚したんだよ。君の知覚はこの世を九十度も傾けてしまった。直角の錯覚。だから、巨大な塔が見えたんだ」

「そ、その塔って……?」

酸素不足の金魚のように口をパクパクさせる。

俺は窓の外を指して言った。

「道路だ。君らが宙吊りになっていた廃墟の位置を思い出してみろ。あの廃墟は、道路がカーブする、そのでっぱりに面して立っていただろ。君の目の前をアスファルトの道路が真っ直《す》ぐに延びていたんだよ。五十メートルほど進むと道路は下り坂になるから、それより先が見えなくなる。そこが塔の頂上ってわけさ」

「高さ五十メートル……。それに、道路の幅は五メートルくらい」

「うん、アスファルトの両側は収穫の終わった田畑だから黒茶色の土が広がるだけで、夜の闇に溶けてしまう。確かに君は塔を見たんだよ。月光を浴びて霧に浮かび上がる灰色の巨大な塔を、な」

「ライトは? てっぺんでモールス信号みたいに点滅するライトは?」

「道路脇に立つ凸面鏡に電話ボックスの明かりが映っていたんだよ。あの蛍光灯は切れかけて、不規則に点滅してたよな。これで、すべて解ったろ、幻の塔の正体」

「硬くて冷たい感触だった……。手に触れたのはアスファルトか」

「再び君が気を失うと、加茂さんは考えたんだ、この塔を利用しようと。君の錯覚にうまく便乗したってわけだ。さっきも言った通り、秘密のオーディションのことを君が察知する事態を避けたかった。だから、二つの廃墟からミスリードするために、事故現場はまったく別の場所であると思わせようとしたんだ。巨大な塔のある場所、と」

「お、俺が傷つかないように……」

真中の顔が紙のようにクシャクシャになる。

俺は窓の外を眺めながら、

「加茂さんはマネージャーとして最期まで嘘を通した。俳優の気持ちを傷つけないように、巨大な塔を築いたのさ。現実をスクリーンに変えて、虚像を映してみせたんだよ」

「そこまでして加茂さんは……」

「ああ、まるで俳優の演技と同じだな。嘘をこしらえて真実を見せる」

そう言って俺は小さく笑う。

真中は顔を上げると、声を震わせ、

「探偵さん、いつか、俺も観客の心を揺さぶるような大嘘をつけるようになってみせるよ、絶対に」

澄み切った眼差しで言った。

こいつはこれから幾つの霧の塔を建てることが出来るだろう？

それに比べ俺ときたら、謎は解いたがその分は結局、只働き。財布の中身が霧のよう。

ガックリ首をうなだれると、景色が九十度傾いた。

窓の外、雲がゆっくり落下している。

首切り監督

招待監督

1

「カット！」

野太い声が響き渡った。

声の主は監督の湯島敦《ゆしまあつし》。白い髪と口髭《くちひげ》におおわれた顔はホワイト・ライオンを連想させる。血走った目が周囲を睨《にら》むように見回した。

その睨みに反応して、

「ＯＫ！」

カメラを覗《のぞ》き込んでいた撮影スタッフが大声で答えた。

次いで、録音、美術、助監督など各パートが「ＯＫ」の返答を発した。張り詰めていた空気がゆっくりと緩む。

次のシーンの撮影準備にスタッフたちが慌《あわ》ただしく動き出す。

ここでは映画のロケが行われていた。休業日のスーパーマーケットを借り切っての撮影だった。「アーケードの女」という作品。スーパーマーケットの進出によって、商店街が営業不振に陥る。さびれたアーケードに活気を取り戻すため、一人の看板娘が立ち上がった。そんなハナシの映画らしい。今日は、スーパーマーケットを主人公が偵察するシーンであった。

主演の女優は神谷《かみや》あずさ。二十一歳の若さだが成長めざましく、初めての映画出演にして主演という快挙だった。立っているだけで眩《まぶ》しい存在感を漂わせている。勝気そうな強い目に、口を閉じたまま微笑《ほほえ》む表情が艶《つや》っぽい。

俺はうっとりと眺めていて、つい仕事を忘れるところだった。

仕事とは探偵業。俺、紅門福助《くれないもんふくすけ》、四十過ぎは、私立探偵を稼業としている。

撮影現場に邪魔が入ったり災難が降ってこないように見張っていなければならない。

災難は、今、監督の身に降りかかろうとしていた。

「おいっ、待て、待て、待てえ！」

プロデューサーの桜庭雄治《さくらばゆうじ》が声を張り上げた。二枚目の顔が焦りに歪《ゆが》んでいる。人々を掻《か》き分けながら走る。右手の指先が前方を示していた。

その方向へ俺は目を向ける。

湯島監督に、一人の若い男が足早に近寄ろうとしていた。野球帽を目深《まぶか》にかぶっていて、顔の上半分がよく見えない。

監督は太い眉《まゆ》をしかめて、睨みつける。肝が据わっているものだ。

男は間近に迫り、右腕を大きく振り上げた。背が高い。一メートル九十近くはあるだろう。見下ろすように立ちはだかる。そして右手には青いダンベルが握られていた。テニスボールほどの鉄球を二つつないだ形状。男はそれを監督の頭部に向かって振り下ろした。

周囲から叫びと悲鳴。

落ち着いていたのは監督だった。反射的に左の拳《こぶし》を男の喉元《のどもと》に叩《たた》きつける。右手で男の振り下ろす腕を掴《つか》み、ひねりあげる。

男は反撃を試みようと、全身を大きく伸ばして体勢を整えた。

俺は一気に走りこんで、背後から男に飛びつく。脇の下に両手を入れて、羽交《はが》い締めにした。仕事だ。ウォーッと獣じみた声をたてて、男は肩を揺らして、俺を振りほどこうとする。その勢いで俺は飛ばされそうになる。さらに、かかとで後ろ蹴《げ》りをくらわしてきた。向う脛《ずね》、弁慶《べんけい》の泣き所がビンビンと痛み、涙がこぼれてくる。羽交い締めが外されそうになる。

その時、救いの手が入った。

脚本家の狩野悟朗《かのうごろう》。湯島監督とは二十年以上もコンビを組む間柄。大切な相棒の危機に命を張って飛び込んできたわけだ。

後ろ蹴りを激しく連打してくる暴漢の足に狩野がしがみついた。キックが二発ほど顎《あご》に入ったが、決して手を離さなかった。くぐもった苦しそうな声で、

「監督、腕で目をガードして！」

必死に訴えた。なるほど、映画監督にとって目は命だ。

狩野はやせ細った体を蛇のようにくねらせ、暴漢の足に自分の足も絡めてキックを封じる。てっぺんの薄い頭髪が汗にまみれて、食い残しのヒジキを思わせる。

さらに、数人のスタッフが加勢する。暴漢の手、足、首にしがみつき、押《お》さえつける。

ムオーッと大声を搾《しぼ》り出し、ようやく男の力が抜けた。攻撃を諦《あきら》めたらしい。肩を上下させて荒い呼吸をしている。

湯島監督は、男の帽子を手で払って落とすと、

「ほう、やはり、朝倉《あさくら》君か。さっき顔が見えた時はちょっと驚いたがね」

俳優の朝倉幹也《みきや》であった。二十代半ば、まだ知名度は低いが、将来を有望視されていた。奥まった瞳《ひとみ》に悔しそうな鈍い光を宿して、

「けっ、ちょっとはチビったかよ。威張りちらしていても、オムツしてんじゃねえのか」

まくれた唇に笑みを歪めた。

湯島監督は穏やかな微笑を浮かべ、小さくため息を漏らして、

「私が驚いたのは恐怖のせいじゃない。朝倉君、きみがまさかこんなに度胸があるとは思わなかったんでね」

「な、何ぬかす」

「エネルギーをもっと演技力を磨くために使ってくれたら少しは成長するだろうに」

朝倉の目が赤みを帯びてくる。唇を引き攣《つ》らせ、絞められたニワトリのような声で、

「ち、畜生！　ナメやがって……監督だからってエ

ラぶりやがって！　実際に演じてんのは俺たち俳優だぞ！　畜生！　一方的に役を変えやがって……お、俺の役……」

叫び声は細くなり、嗚咽《おえつ》混じりの呟《つぶや》きにしかならなくなった。

湯島監督は、朝倉の右手から凶器のダンベルを取り上げると、

「これは預かっておく。体力も大事だけど演技のトレーニングも怠らないように」

そう言うと、オイチニーオイチニーとおどけたように肩の上でダンベルを上下させながら、その場を離れた。

朝倉は悄然《しょうぜん》とした顔に虚ろな目をしていた。大粒の涙が頰《ほお》を伝う。

「おい、朝倉、行こう」

プロデューサーの桜庭雄治が柔らかな声をかけた。

朝倉は数回大きく瞬《まばた》きをしてから、素直に頷《うなず》いた。涙を流したまま踵《きびす》を返す。

そこへ一人の男が立ち塞《ふさ》がった。太ったネズミを思わせる不健康そうな中年男。カメラを朝倉に向けていた。

芸能雑誌の記者・須本恒彦《すもとつねひこ》である。ネタを嗅《か》ぎつけ、シャッターチャンス。

しかし、さらに、その前に立ち塞がった男がいた。キューピーが大人になったような愛嬌《あいきょう》のある顔にマッチョ系の図体。宣伝部の藪守《やぶまもる》だ。映画「アーケードの女」の配給会社の宣伝部長さんだ。藪は興奮で顔を赤らめて、

「あ、須本さん、ここはナシ。ここはダメ。朝倉君の泣いているところなんか記事にしないでよ、映画の中身とは関係ないんだから。写真、撮らないで」

そう言って、大きな図体で須本のカメラをおおった。

その間に、彼の背後では、朝倉が桜庭プロデューサーに連れられて去っていった。

須本はカメラを下ろす。薄い眉を寄せて、口を尖《とが》

らすと、

「なんだよ、藪ちゃん、ケチるなよ、これくらい。何も監督に殴《なぐ》りかかるところを撮ったわけじゃないんだから」

藪は愛想笑いを見せながらも、尖った目をして、毅然《きぜん》と、

「須本さん、スキャンダルに脚色して書くからダメですよ」

「だからさ、これだけじゃないって、記事にするのは。映画の宣伝になる記事も書くからさ。まあ、どこかで、おいしいネタを転がしてくれよ、な、藪ちゃん」

すねたような笑いを残して、寝グセ頭をバリバリかきながら、須本は足早に消えた。

俺はめまぐるしい人間の出入りに嘆息し、

「今の須本って記者しつこそうだな」

藪が喉元でクックックッと笑い、

「しつこい、しつこい、有名ですよ。業界では、スッポンの須本と呼ばれてる」

そう言って、大きくため息をつく。一難去ったので安堵《あんど》したらしい。

俺は今回、この男の依頼を受けて、仕事をしている。

順を追って話そう。四日前の十月六日、この映画「アーケードの女」はクランクインした。ところが、出演者の一人、朝倉幹也の演技に湯島監督は疑問を覚えた。何度、テストを重ねても、監督の望むレベルの演技をしてくれない。

彼の役は主演ではないが、三番手の重要な役だった。主演女優の神谷あずさが演じる看板娘を取り巻く八人の勇者がいる。八人の商店の男で、いわば「里見八犬伝」のパターンだ。その一人、肉屋の役が朝倉幹也であった。

湯島監督はとうとう朝倉をその役から外し、別の役、金物屋に変更することに決めた。金物屋は七番手の役である。いわば降格であった。もともと金物

屋を演じるはずだった一条誠《いちじょうまこと》という俳優が、入れ替わりに肉屋の役に昇格した。

俺は改めて藪に問い返した。

「役を入れ替えたわけだけど、監督の権限ってそんなに絶対なのか？」

「ああ、撮影現場では絶対だ。たとえ丸いものでも、監督が四角といえば四角ということになるのさ。丸は四角、四角は丸」

役を降格された朝倉は憤慨し、翌日からは姿を見せなくなった。自宅にも帰っていないらしい。自暴自棄になってどこかへ姿をくらましてしまった。

頭を抱えたのがプロデューサーの桜庭雄治。彼は芸能プロダクション「サクラ・カンパニー」の専務でもあった。今回の映画は、「サクラ・カンパニー」が創立三十周年を記念して、出資・製作する作品であった。主演を始め、ほとんどの出演者たちが、「サクラ・カンパニー」の所属タレント。もちろん、朝倉幹也も、だ。

それだからこそ、監督の意志にそって、桜庭プロデューサーは朝倉を役から降ろすことが出来たわけである。しかし、朝倉が行方不明になるほど憤るとは予想出来なかった。不安が募《つの》ってきた。逆恨みして、撮影現場に何か報復を仕掛けてくるのではないか？

配給会社の宣伝部長・藪が相談にのってやった。映画の撮影が無事に進行しなければ宣伝も出来ない。そこで、現場の安全を図るのと、桜庭プロデューサーの安心材料のために私立探偵を雇うことにした。雇われたのが俺だ。以前にも、藪には何回か事件の調査で協力してもらっている。ちょうどスケジュールが空いていたので、引き受けたわけである。

藪守がチッと舌打ちして指差す。

「また、スッポンが食いついている」

芸能記者の須本が湯島監督に何かを見せながら話しかけている。

その監督の顔がひどく驚愕《きょうがく》しているのが印象的

だった。新たな災難の前触れだろうか。

2

翌日は朝九時から調布《ちょうふ》のスタジオでセット撮影だった。

しかし、重要な二人の男が姿を見せていない。

まもなく九時だというのに、監督の湯島敦とプロデューサーの桜庭雄治がまだ来ていないのだった。そろいもそろって、ヘッドの二人が現れないなんて偶然とは考えられない。スタジオには動揺が駆け巡っていた。スタッフたちは手分けして電話をかけたり、住居に向かうなどした。

九時二十分過ぎにスタッフルームに電話が入った。桜庭雄治の宿泊先に赴《おもむ》いた助監督からであった。桜庭は自宅が市川《いちかわ》にあり、スタジオまで遠いので、映画の撮影期間中、調布のビジネスホテルに泊まっていた。

受話器を取ったのは脚本家の狩野悟朗。湯島監督はしょっちゅうシナリオの変更を求めてくるので、撮影中も現場に待機しているのが長年の慣習になっていた。昨日、朝倉から後ろ蹴りをくらった顎に絆創膏《ばんそうこう》が貼《は》ってあった。その痛々しい顔が蒼白《そうはく》となる。呆然《ぼうぜん》として受話器を置いた。寒々しい頭頂部を撫《な》でながら遠い目で、

「桜庭の部屋で死体が発見された……」

スタジオから車で五分くらいの場所に問題のホテルはあった。七階の狭い一室。目に入るのは、シングルベッドとテレビと小さな冷蔵庫だけ。窓から差し込む初秋の陽光が、宙の埃《ほこり》を浮かび上がらせていた。

死体が発見されたのはバスルームだった。トイレと一緒のユニットバスという造り。タイルの床に死体は仰向《あおむ》けになっていた。ホテルの浴衣《ゆかた》の上部が鮮血に染まっている。濡《ぬ》れた床に血が流れて、淡くぼ

やけた赤い模様が出来ていた。

特に凄惨《せいさん》なのは首の部分であった。黒っぽい濃厚な色を発して、血の山が分厚く固まっている。まるでカサブタで作った包帯のように首に巻かれている。そう見えた。

そして、ずいぶんと長い首だ、そう思った。

俺は目を近付ける。反射的にヒュッと息を飲み込み、

「ありゃりゃ、首が切断されているんだ」

道理で首が長いと思ったわけだ、首と胴体が少し離れているのだ。

しかし、もっと驚くべきことがあった。

「ここは、プロデューサーの桜庭さんの部屋だよね。でも、死んでいるのは湯島監督だよね。白ライオンのような、今では赤ライオンのような、間違いなく湯島監督の顔だ」

宣伝部長の藪が太い腕を組んで、

「そうなんですよ。どうして桜庭Pの部屋で湯島監督が死んでいるんだろ？」

プロデューサーをPと略すのが業界の慣習。

俺はバスルームから目を逸《そ》らし、ベッドルームの方を見ながら、

「それで、この部屋を借りた当の桜庭Pはどこにいるんだ？　こんな狭いところじゃ隠れようがないな。ホテルを出て行ったのか？」

「そうとしか考えられないですよ」

藪が答えたが、いつもの覇気《はき》がなかった。

バスルームの外、戸のすぐ近くに凶器と思われるものが落ちていた。

小型のダンベル。

色は青。そう、昨日、朝倉幹也が湯島監督に襲い掛かった時に手にしていたもののようだ。監督はダンベルを取り上げ、持ち去っている。その凶器が再び使われるとは……。

俺たちが来てから、十分足らずで警察がホテルに到着し、あっという間に、鑑識や検視の関係者たち

で部屋は混雑していた。狭い部屋なので映画スタッフらは皆、廊下に出されていた。

捜査陣の中に知っている顔があった。村原《むらはら》警部。角ばった顔に、角刈り頭。今まで何度か事件現場で出くわしていた。

村原警部も俺の顔を見つけると、

「やあ、死神の探偵さんよぉ、お前と会うとたいてい死体が転がっているな」

「毎回、それだ。俺が変死体で見つかった時も同じセリフだろうな」

警部は黒目を上にして黙考している。俺の変死体をリアルに想像しているらしい。律儀な刑事だ。

俺はせっかくなので知りたいことを訊《き》く。

「他殺と考えていいだろうね」

村原警部はうまく想像できたらしく、俺を哀れむような目で見ながら、

「ああ、首が切断されているくらいだからな。頭部にも強打された痕《あと》が三箇所ある。どう見ても他殺だ」

「死亡時刻は夜だよな。昨日、撮影が終わったのは五時過ぎだった。当然、それまでは監督の生存が確認されている」

「深夜だな。十一時から一時の間くらいだろう、今のところ検視官はそう見ている」

「ここで、殺害して首をチョン切ったわけだ」

「ああ、バスルームにあれだけ血痕《けっこん》が残っているんだから、ここが現場と判断していいだろうよ」

「犯人は深夜ここを訪れて、湯島監督を殺害し、首をチョン切った。それにしても、犯人の狙《ねら》いは湯島監督だったのか？　この部屋は本来、桜庭Pが借りていたのに。犯人は気付かなかったのか。暗くて顔が解らなかったとか」

警部は舌打ちをして、

「違うね。そりゃ、ないだろう。そんなに暗くては首の切断なんて無理だろ。ちゃんと首を切断できたんだから、顔だって見えるさ」

「じゃあ、湯島監督の顔も桜庭Pの顔も知らない人

間の犯行か？　通り魔みたいな衝動的犯行か、単に金目当ての強盗か」

「金目のものは盗まれていないぜ。クローゼットの背広には財布が入ったままだ」

俺は首をひねり、

「じゃ……誰かに雇われて殺しを請け負ったとか。その際に、ホテルのルームナンバーだけしか知らされていなかったので、たまたま、部屋にいた湯島監督のことを桜庭Pだと勘違いして殺害した」

「なるほど、その線はあるわな……、ん、なんだ？」

検視官がバスルームから警部を呼んでいた。

警部は俺に背を向けると足早に立ち去った。

しばらくして、警部らが入ったバスルームから驚愕の唸《うな》り声が聞こえてきた。何があったのだ？

俺はバスルームに近寄った。

焦《じ》らすようにして、数分経ってから、警部は神妙な面持ちで現れた。俺の顔を認めると、

「なあ、湯島監督の行方を捜しているスタッフは皆、戻ってきたのか？」

眉間《みけん》に皺《しわ》を寄せて問いかけてきた。

俺は肩をすくめ、

「ここで死体は見つかったけど、まだ、監督の自宅に向かった連中はあっちにいるはずだ。念のために、何か書き置きでも見つかるかもしれないから。けど期待薄だね。他殺とあっちゃ」

「まだ、連絡ないか？」

「自宅は狛江《こまえ》だから、車で十分くらいだ。もう、そろそろだと思うけど……何か、何があったんだ？」

俺はいやな予感がしてきた。

警部は囁《ささや》くような、かすれ声で、

「死体の首なんだけど、胴体とうまくつながらない」

俺はしばらく考えてから、ようやく言葉の意味を理解し、

「それって、つまり、首と胴体の切断面がうまく合わないということだな」

警部はゆっくりと頷き、

「ああ、首と、胴体はそれぞれ違う人間のものだということだ」

そう言って、気分悪そうに顔をしかめた。

携帯が鳴った。「お祭りマンボ」の着メロ。脚本家の狩野悟朗の電話だった。狩野はバツが悪そうに慌てて着メロの音を消して、耳に当てる。

殺人現場でも不謹慎ではない着メロとは何だろう。警察を鼓舞するような曲？「西部警察」とか「踊る大捜査線」？ いっそのこと「犬のおまわりさん」？

電話で話している狩野が「えっ」とか「なにぃ」とか驚きの声をあげていた。長年コンビを組んできた湯島監督の無残な死で参っていた顔に、さらに深い影が刻まれてゆく。

部屋中の視線が注目する中、狩野は携帯を切ると、周囲を見回しながら、

「湯島監督の自宅を訪れていた連中からの報告でした」

静寂とともに、ピーンと張った糸のような緊張感がたちこめる。

狩野は音をたてて唾《つば》を飲み込むと、かすれ声で言った。

「湯島監督の自宅で桜庭プロデューサーの死体が発見されたそうです」

3

調布のホテルから数台の車に分乗して、我々は狛江にある湯島監督の自宅を訪れた。

黒い瓦《かわら》屋根の二階建ての日本家屋だった。塀に沿って椿《つばき》が植わっている。庭のリンドウの紫色が眩しい。

新たな死体はまたもやバスルームから発見された。その和風の造りから風呂場といった方がいいかもしれない。四角い大きな檜《ひのき》の湯船の広々とした風呂場だった。

死体は作務衣《さむえ》を着て、タイル張りの床に仰向けになっていた。上半身が鮮血にまみれている。喉の辺りの出血がひどい。

そう、またもや、首が切断されているのであった。

胴から離れた桜庭Pの顔は痛々しく歪んでいた。剝《む》き卵のような白目が天井を仰ぎ、高い鼻からはだらしなく二筋の血痕が口に続いている。長く伸びた赤黒い舌は雨ざらしの手ぬぐいを思わせる。潑剌《はつらつ》と仕事をこなしていた若き専務の残像はどこにも見えない。

調布の殺人現場から、村原警部ら捜査員たちも車に分乗して駆け付けていた。こういうのを殺人現場のハシゴというのだろうか。また、警察署から新たに送られてきた捜査員もいた。

合流した彼らは、さっそく家屋の至る所に散り、捜査を進めていた。さきほどのビジネスホテルと違って調べる場所はたくさんあった。人数を要する仕事だ。映画スタッフらは今度は表に出されることなく、一階の応接間を与えられていた。

俺はじっとしていても仕方ないので、幾つか部屋を見て回った。

一階には監督の書斎がある。映画関係の書籍、シナリオ、スクラップブックなどが本棚に溢《あふ》れかえっていた。壁には湯島監督が手掛けた映画のポスターが貼られている。

大きなデスクに写真立てが幾つもあった。家族の写真。監督には三人の娘がいるらしい。

その中でも、丸顔で右目の下に泣きボクロのある若い女性のポートレートの数が多い。最も可愛《かわい》がっていた娘なのだろうか。それとも、他に何か意味があるのか？

一時間ほどして、捜査がだいぶ進行したところを見計らって、俺は風呂場の前にいる村原警部に近付いた。

「やはり、桜庭Pも他殺と見ていいよね」

朝っぱらから死体のハシゴ見をしたせいか、警部

は嫌気の差した表情で、

「そう考えていいだろうな。二人の死体の扱い方も同じだから、同一犯の仕業と見ているよ。しかし、この家、誰もいないんだな」

「湯島監督は以前は結婚していて子供も三人いたようだけど、離婚したと聞いているよ。子供たちは奥さんが引き取ったらしい」

「こんな大きな家を監督は一人で使っていたのか。ぜいたくなやっちゃ」

「もてあましていたんじゃないかな」

「六十過ぎの老人だから、結構寂しかったのかもな」

「それを隠すために、意固地《いこじ》になってこの家を動かなかったのかも」

「湯島監督みたいに我の強い人間ならありそうだ……ん、なんだ、解ったか？」

風呂場から検視官が警部を呼んでいた。

その声に警部は「待ってました」とばかりに素早く反応して、風呂場に飛び込んでゆく。

何が見つかったのだろう？

そういえば、異様な光景を見かけた。さきほど、調布のホテルの現場にあった死体を警察車両に運び込んでいた。その車がこの家の前に駐車されている。警察署にも病院にも向かわずに。

風呂場から二度ほど「おーっ」とどよめきが上がった。何か捜査に著しい進展があったらしい。

十五分ほどして村原警部が出てきた。扉の真ん前で待ち構えていた俺にぶつかりそうになり、数歩引き下がった。改めてこちらの顔をまじまじと見つめる。

警部は鼻息を漏らすと、肩をすくめて、風呂場の方を指差した。

俺は警部の気分が変わらないうちに、後に続いてタイルの床に足を踏み入れる。

死体は二つあった。

湯島監督と桜庭P。

仲良く二体並んでいた。俺の予感は的中した。調布のホテルで発見された死体を警察車両でこの家に運び、こうして風呂場に置いたのである。

　警部は右側の死体を指差し、

「いいか、これがホテルでの発見当初の湯島監督だ。顔を見れば解るだろ。首と胴体とに切断されている」

　血で染まった髭面と、ホテルの浴衣に包まれた胴体を俺は確認した。

　続いて警部が左を指差して、

「発見当初の桜庭Pの死体」

　長々と舌を出して生前の二枚目振りをすっかり失っている首、それと、作務衣をまとった胴体。

　警部は眉を寄せると、

「だけどな、今の状態、発見当初の状態だとそれぞれの首と胴体がつながらないんだ」

　俺は首をひねって、

「ん、ホテルでもそういうこと言ってたね。首と胴体の切断面が合わないということだよね……えっ、もしかして」

「ああ、想像する通りだよ。首と胴体がぴったり合うようにするにはどうしたらいいのか。二つの死体の首を入れ替えると切断面が合うんだ。こうするとな」

　警部は手袋をはめて、両腕を伸ばすと、二つの首の髪を摑んだ。右手に湯島監督の首、左手に桜庭Pの首。その姿は戦場で敵将の生首をぶら下げる武者を髣髴《ほうふつ》とさせた。

　そして、警部は腕を交差させ、左右の首を入れ替えて胴体に付けた。首の挿《す》げ替えである。

　凄絶な行為を目の前にして、俺は何故か興奮を覚えながら、

「すると、ホテルで発見されたのは湯島監督の首と桜庭Pの胴体」

「そう。そして、ここで発見されたのは桜庭Pの首と湯島監督の胴体だったのさ。犯人は二人を殺害した後、首を入れ替えたというわけだ」

　警部は重々しい口調で言った。

俺は頭を整理しながら、

「すると、犯人の動きはどうなる。どっちを先に殺害したんだ」

「今のところの検視の報告によると、湯島監督の死亡推定時刻は昨晩の八時から十時の間、一方の桜庭Pは十一時から一時の間ということだ」

「じゃあ、犯人はまずここで自宅にいる湯島監督を殺害し、風呂場で首を切断した」

「ああ、紫斑《しはん》から察するに、何かロープ状のもので首を絞めて殺した後、何故か頭部を三回強打している。念には念を入れての行為かな。頭部を殴った凶器は青いダンベルのようだ。傷口にダンベルの青い塗料が付着していた。切断に利用したのは物置にあったらしい金属用の鋸《のこぎり》だ」

「犯人はまずここで犯行を終えると、調布のホテルに向かった。湯島監督の生首を持っていったわけだな」

「ああ、それと、凶器のダンベルと切断用の鋸も」

鞄《カバン》であれリュックであれ、それらの禍々《まがまが》しい荷物を持って都内を移動する姿は凄絶である。

俺はそういう奴と夜中にすれ違いたくないと思いつつ、

「犯人はホテルの桜庭Pの部屋を訪れて犯行に及んだ。殺害方法は湯島監督の場合と同じ、か」

「いや、絞殺ではなかった。青いダンベルで殴られている。やはり頭部の傷口に塗料が付着していた。桜庭Pの場合はこれで絶命させたようだ。妙というかおかしいというか、湯島監督を殴った回数と同じ三発の打撃を与えている。形にこだわる犯人なのかもな。切断に使ったのは持ち込んだ鋸」

「犯人は切断が終了すると、その首をどけて、代わりに湯島監督の生首を置いた。そして、今度は、桜庭Pの首を持って、ここ湯島監督の家に戻ってきた」

警部が後をつぐように、

「ああ、そして、湯島監督の胴体に桜庭Pの生首を付けたというわけさ」

俺は大きく息を吐くと、

「それにしても、なんで犯人はそんな奇妙な行為に及んだんだ？　犯人にとって何かメリットはあるのか？」

頭の中で犯行の経緯を辿《たど》りながら、犯人の労力にあきれ果てるほかなかった。

そんな俺の表情を読み取ったのか、警部はかすかな笑みを浮かべて、

「メリットはなかったのかもしれない。だが、犯人にとっては復讐心《ふくしゅうしん》を満たす上で大事な行為だったのかもしれないぜ」

得意げな面持ちで言った。

俺はキッと顔を引き締め、

「あ、警部さん、何か見当が付いていているみたいだね。ずいぶんと自信ありげじゃないか。何かな、犯人の復讐心って」

警部は少し照れたように顎を撫でながら、

「この映画の撮影中にトラブルがあったそうじゃないか。俳優の一人が役を降ろされて、別の小さな役に変えられたと聞いているがな。昨日は、その役者が撮影現場に押しかけてきて、湯島監督を殴ろうとしたらしいな」

「よく情報を集めているね、感心するよ。朝倉幹也っていう若手俳優だけど、ああ、もちろんとっくに名前は知ってるだろうね。昨日まで行方知れずだったけど、今日はどうかな？」

「なあに、心配することはない。さっき、自宅のマンションで身柄確保したって連絡が入ったよ。まもなく……ほら、来た」

廊下の人込みが割れて、刑事二人に両脇を挟まれた朝倉幹也が姿を現した。奥まった瞳がおどおどと揺れている。背を丸めているので長身に威圧感がない。

俺は警部を横目で見て、

「朝倉のアリバイは？」

「昨日、撮影現場で暴れた後、桜庭Pに付き添われ

て、自宅に帰った。それから今朝まで家を一歩も出ていないと主張している。マンションに一人住まいだからアリバイはないよ」

動機と機会のそろった不利な状況であった。

朝倉はあまりに大勢の警察関係者たちに動転したらしく、肩を震わせて、

「な、なんだよ、俺知らねえよ……誰も殺しちゃいないよ、本当だよ、信じろってば」

周囲にわめき散らした。声が裏返り、嗚咽が混じっている。濡れた目は真っ赤であった。鼻からは粘液が垂れ、口に流れ込んでいる。

朝倉の前に男が回りこんできた。カメラを構えている。芸能記者、スッポンの須本だ。

「これはいただくよ」

そう言って須本はシャッターを数回押した。

人込みを掻き分けて、宣伝部長の藪守が躍り出てくる。

「待った、待った、やめてくださいよ」

キューピーみたいな顔を赤くして、須本の前に立ちふさがった。

「困りますよ。洒落《しゃれ》になんないですよ。殺人事件なんですから」

「だったら、よけいにスクープじゃないか」

今度は須本も譲らない。

周囲の警察官たちが苛立《いらだ》っていた。

その気配を察して、藪は須本の肩に手を置いて、

「まあまあ、ここは捜査の邪魔になりますから、あっちで話しましょう、私も交渉の歩み寄り地点、考えますから、さあさあ」

手際よく、須本を廊下から連れ出した。様々な局面で様々な利害が生じるものである。

もっともシンプルな利害関係の一つが刑事と容疑者かもしれない。

村原警部は朝倉を正面に見据えると、ドスの利《き》いた声で、

「湯島監督と桜庭Pを殺害したのはお前だ。凶器の

ダンベルには指紋が残っていた」

朝倉は顔中を涙と鼻水でぐしょぐしょにしながら、

「そ、それは昨日、ぼ、僕が撮影現場で湯島監督を殴ろうとした時のもの……」

上擦《うわず》った声が途切れる。

警部は鞭《むち》のような厳しい口調で、

「自分から動機を吐きやがった。そう、お前は湯島監督が憎かったんだよな。そして、プロデューサーの桜庭も。この二人がお前を当初の役から降ろしてしまったんだからな。それを逆恨みして、一晩のうちに二人とも殺《ヤ》っちまった。自分の演技力の無さも反省せず、人のせいにして、その命まで奪う。お前の犯行は凶悪極まりないよ」

いつのまにか右手で拳を作っていた。誰も見ていなかったら、警部は朝倉を殴ったかもしれない。それくらいの怒気に満ちていた。

朝倉は顔を伏せ、両手で頭を覆い、

「違う、違うよぉ」

シャックリを漏らしながら言葉を搾り出した。

警部は容赦なく続ける。

「お前の歪んだ憎悪は犯行の中に表現されていたな。役を降ろされ、別の役を押し付けられた屈辱感、その怨《うら》みを晴らしたかったんだな。役を入れ替えられた悔しさを、湯島監督と桜庭Pに味わわせてやりたかった。二人の死体に恨みを刻み込んだ。二人の首を入れ替えることによって、な。歪んだ復讐は歪んだ表現を生んだのさ」

4

その場の空気は静まり返っていた。まるで、撮影現場で監督の「カット」の声の後、「OK」の合図を待っているかのようであった。

俺は、村原警部の出した恐るべき解答に感動すら覚えながらも、「OK」を出すのを躊躇《ためら》っていた。一つ、確認したいことがあったのである。俺は静寂

を破って、

「凶器のダンベルには朝倉の指紋が付着していたんだよな」

警部は睨みつけるように俺を見ると、

「ああ、付いていた。それと、そのダンベルを撮影現場から自宅に持ち帰った湯島監督の指紋も付いていた。監督が取り上げなければ、ダンベルは凶器にならなかったかもしれない。皮肉なもんだ」

余裕なのか、肩をすくめて嘆息してみせた。

俺はどうしても知りたいことを口にする。

「風呂場で水道の水を流しながら、犯人は首の切断を行ったようだな」

「ああ、大量の血が出てくるからな」

「水道の蛇口からは朝倉の指紋は出てきたのか？」

警部の顔が強張《こわば》ってゆく。目を細くする。しばし言いよどんでから、

「いや、付いてなかった。付いていたのは湯島監督の指紋だけだった」

「そういうことになってきたか」

警部はまなじりを吊《つ》り上げ、恫喝《どうかつ》の口調で、

「な、なんだと、それがどうしたっていうんだ！　そういうことになってきたってどういうことだ！　きいたふうな口ききやがって」

憤激したように興奮をつのらせた。

俺は「すまん」という気持ちを抑えながら、容赦なく意見してやる。

「いいかい、水道の蛇口には殺された湯島監督の指紋だけが付いていた。しかし、水を流したのは犯人だろ。ということは、犯人は手袋をしていたということじゃないか。しかし、肝心の凶器には朝倉の指紋が残っていた。もしも、朝倉が犯人ならば、手袋をしているわけだ。手袋をするくらい指紋のことを気にしていたならば、撮影現場でダンベルに付けた指紋を拭《ふ》き取ることぐらいはやるだろう。ましてや朝倉はダンベルが自分のものだと知っているんだから。そう考えると、ダンベルに指紋が残っていたこ

とは、朝倉イコール犯人という確証にはならないぜ。むしろ、疑問を提示している」

村原警部は肩を小刻みに震わせながら、目を閉じている。胸を膨らませて数回、大きく呼吸した。肩の震えが治まってゆく。静かに目を開くと、硬い声で、

「白紙の状態に戻してくれたようだな。さあ、どうしよう。探偵さん、何か意見があるのか」

虎《とら》を屏風《びょうぶ》から追い出してください、と一休《いっきゅう》さんが挑んでいるようだった。

ならば、虎を追い出してみようか。先程スッポンの須本の姿を見てから、思い出したことがある。俺は須本の姿を探した。隣のダイニングルームの椅子《いす》におとなしく腰掛けている。おとなしくしているのは、宣伝部長の藪守と脚本家の狩野悟朗に両脇から監視されているからだった。

俺は彼らに声をかけて、こちらに来てもらう。

須本は罠《わな》にかかったネズミのように目をおどおどさせている。それでいながら、唇を舌で舐《な》めて、好奇心に満ちた顔つきをしていた。

その左を藪が、右を狩野が固めて、須本の逃げ道をふさぐ。

俺は安心して質問を口にする。

「なあ、須本さん、あんた、昨日、撮影現場で湯島監督に何か話をしていたよね。ほら、朝倉がダンベルで殴りかかった騒動の後だよ。俺は見てたよ。何か監督に見せていたよね」

須本は顎を引き、口を尖らせると、

「いやあ、なんでもないですよ。ちょっと、感想を聞いただけ、暴漢に襲われた感想をね」

「ほう、何か写真みたいなものを見せていたようだけど」

「あ、ああ、あれは……以前に撮った朝倉の写真ですよ」

「それにしては、監督はずいぶんと驚いた顔をしていたけどな。大きく目を見開いたままだった。朝倉

にいきなり襲われた時でさえ、あんな表情はしていなかったのに」

須本は視線を逸らして、

「いや、あれは、ただ、私が急に写真を見せたからで……」

口ごもり、言葉が細く途切れた。

俺は顔を突き出し、村原警部を真似て、ドスの利いた声で、

「あのな、これは殺人事件の捜査なんだ。芸能ネタなんていう甘っちょろいものじゃない。須本さん、今、あんたは殺人事件の渦中にいるんだぜ。下手な隠し立てすると、取り返しのつかない状況に追い込まれるかもよ。相当、危ない立場にいることを自覚してもらいたいな」

須本は目尻がたれてくる。目蓋《まぶた》が震えていた。弱気のムシにとりつかれたようだ。唾を飲み込むと、ゆっくりと口を開け、

「あ、あの、昨日、監督に見せたのはこの写真……」

上着の内ポケットから取り出した。

俺は覗き込む。周囲の人間の輪が縮まり、写真に顔を近付ける。

女性二人が写っていた。肩を触れ合わせ、頬を寄せ合っている。一人の方はすぐに解った。強い目つきの美人。

写真を覗き込んでいる誰もが気付いていた。

俺は代表して口にする。

「これは神谷あずさだな。この映画の主演女優」

そう、昨日、俺がうっとり見とれていた女優だ。

写真に写っているもう一人。こちらの方については、誰も意見を言わない。見覚えがないらしい。

ぽっちゃりとした可愛らしい丸顔。三十歳前後だろう。女優には見えない。隣の神谷あずさと比べて垢抜《あかぬ》けないのだ。右の目の下にホクロが一つ、泣きボクロというやつか……。俺の記憶に引っ掛かってきた。つい最近、見たことがある。

俺は須本に問う。

「こっちの女性は誰だ？」

「ええっと……、毛利清子《もうりきよこ》という名前でした。ヘアメイクアーティストです」

「ん、すると、神谷あずさを担当していたのかな」

「ええ、レギュラーではないのですが、出演作品や番組によっては」

「で、この二人についてあんたはどんなネタを追っていたんだ」

須本は俯《うつむ》いて、口をつぐんでいる。

俺は再びドスの利いた声で、

「繰り返すよ。あんたは殺人事件に巻き込まれているんだ」

須本は恐る恐る顔を上げた。口元を引き攣らせながら、

「え、え……ええっとですね、女優の神谷あずさと毛利清子は関係があったらしいんです」

「え、関係というと……そうか、性的なものか。芸能ニュース的に俗っぽく言えばレズビアンということだな」

周囲がざわついた。

俺は手を振り、静かにするよう促す。村原警部が援護し、両手を大きく広げて沈黙させる。

須本がかすれ声で、

「え、ええ。こ、これは、アイドル女優・神谷あずさにとってはスキャンダルです。芸能生命に関わることです。だから、所属プロダクションのサクラ・カンパニーは二人を強引に別れさせたんです。そして、神谷あずさを誘惑したとして、毛利清子に見せしめの制裁を下したんです」

「制裁ってどういう？」

「テレビ局、映画界など、サクラ・カンパニーの顔が利くところに手を回して、毛利清子を出入り禁止にしたんです。芸能界から追放したわけです」

「仕事が出来なくしたわけか」

「ええ、ほとんどどこからも仕事の発注がこなくな

ったようです。そして、仕事を干された毛利清子は……」

声が消えてゆく。

俺は穏やかな口調で、

「どうしたんだ、毛利清子はどうなったんだ？」

「……絶望の果てに、自殺しました。自宅で首を吊って」

「遺書はあったのか」

「ありましたが、スキャンダルについては一切触れていなかったそうです。きっと、神谷あずさに迷惑がかかると思ったのでしょう」

「そうか、このことを君は追っていたのか。それでいろいろな人から手掛かりを得ようとした」

「はい、昨日、監督に写真を見せたのもそのためです。でも、なんであんなに湯島監督が驚いた顔をしたのかさっぱり解りません」

俺にはもう解っていた。泣きボクロの女。ついさつき、その顔を見たばかりだった。

湯島監督の書斎。写真立てのポートレート。

俺は推理を語る。

「毛利清子は湯島監督の娘の一人だ。別れた奥さんが引き取ったので、毛利清子は湯島ではなく母方の姓を名乗ったのだろう」

そして、書斎で見た写真のことを説明した。刑事の一人が確認に走る。

村原警部は角刈り頭を掻き毟《むし》りながら、

「ああ、それで、湯島監督は昨日、須本が差し出した写真を見て驚いたのか」

「ええ、そして、すべてを悟ったのでしょう。娘・清子と神谷あずさの関係、そして、何故、娘が自殺に及んだのか。監督は悲痛の底に沈んだ。皮肉なことに、娘が死をもってかばった神谷あずさの主演映画の演出を手がけている。監督は娘の悲運と仕事の板ばさみになった。苦悩に耐えられなくなった監督は自殺という道を選んだのさ。きっと、本当は、娘を芸能界から追放したサクラ・カンパニーの桜庭P

を殺したかったのだろう。しかし、娘がかばった神谷あずさには桜庭は必要な人間。そうしたジレンマの苦悩の果てに湯島監督は自殺した」

村原警部は目をむいて、

「自殺だと。じゃあ、首の入れ替えとか、桜庭Pの殺害とかはどうなる？」

俺は右手を前に出して興奮している警部をなだめる。そして、口を開き、

「説明するよ。湯島監督が自殺した現場を昨夜のうちに見つけた人間がいた。その人間が今回の事件の犯人だよ。湯島監督の首を絞めた痕は、殺人ではなく自殺によるものだった。犯人はある理由から、死んだ湯島監督の首を切断して持ち去る。そして、調布のホテルを訪れて、桜庭Pを殺害した。その際に、桜庭Pの頭部に強い打撃を与えた凶器とは……湯島監督の首だった」

「な、なに、首が凶器だと。凶器にするために首を切断したのか！」

「その通り。頭突きという技があるように頭蓋骨《ずがいこつ》は凶器になる。きっと、スイカをぶらさげるみたいに、何か布か革製の袋に首を入れて振り回して、桜庭Pの頭部を殴ったんだろう。だから、桜庭Pと湯島監督の頭部の打撲痕は同じく三箇所だった。そして、桜庭Pの首も切断。ダンベルの青い塗料をナイフなどで削り、二つの生首の傷に付着させた。湯島監督の首はホテルに置き、桜庭Pの首はここ湯島監督の自宅に置いた」

「凶器に使ったことをカムフラージュするために、単に切断しただけでなく首の入れ替えという偽の絵を描いたわけか」

俺は大きく頷き、

「絵を描いたというよりも、偽のシナリオを書いたといった方が当たってるよね……狩野さん」

脚本家の狩野悟朗が、絆創膏の顎を撫でながら、細面の顔をゆるりとほころばせた。覚悟はもう出来ているらしい。

俺は話を続ける。

「狩野さん、あなた、さっき須本さんが見せてくれた写真を目の当たりにしても何も答えてくれなかったね。黙っていた。不自然じゃないか。あなたは湯島監督とコンビを組んで二十年以上、そんな長い付き合いのあなたならすぐ解ったはずなのに……写真に写っているのは湯島監督の娘だって」

狩野悟朗は小さく頷いて、

「ええ、犯行に及んだのは私です。首を吊った監督の遺体を目にした時はどうしていいのか解らなかった。でも、遺書を見つけたんですよ。そこには苦悩と無念が書かれていた。私はその無念を晴らそうと決意したんです。毛利清子さんを自殺に追い詰めた桜庭を殺害しました」

「湯島監督の生首を凶器にして」

狩野は遠い目をして呟いた。

「遺書に監督はこう記していたんです。『復讐するは我にあり……その思いの欲するがままに、桜庭雄治を自ら処刑したかった……』と」

俺は背筋が冷たくなるのを覚えながら、

「監督自らによる処刑。監督の死体の中で凶器になるのは頭部」

映画の現場のルール。監督の意志は絶対のもの。丸は四角、四角は丸……。

狩野は茫洋《ぼうよう》とした眼差しで宙を見上げ、

「監督、復讐の現場、クランクアップですよ。ライト消しますよ……」

ＯＫの声が聞こえたかのように小さく頷いた。晴れやかな表情だった。

俺もこれでクランクアップとなるが、映画の製作続行が案じられ、何だか苦いエンドマークの気分である。

スタント・バイ・ミー

密室コンペティション

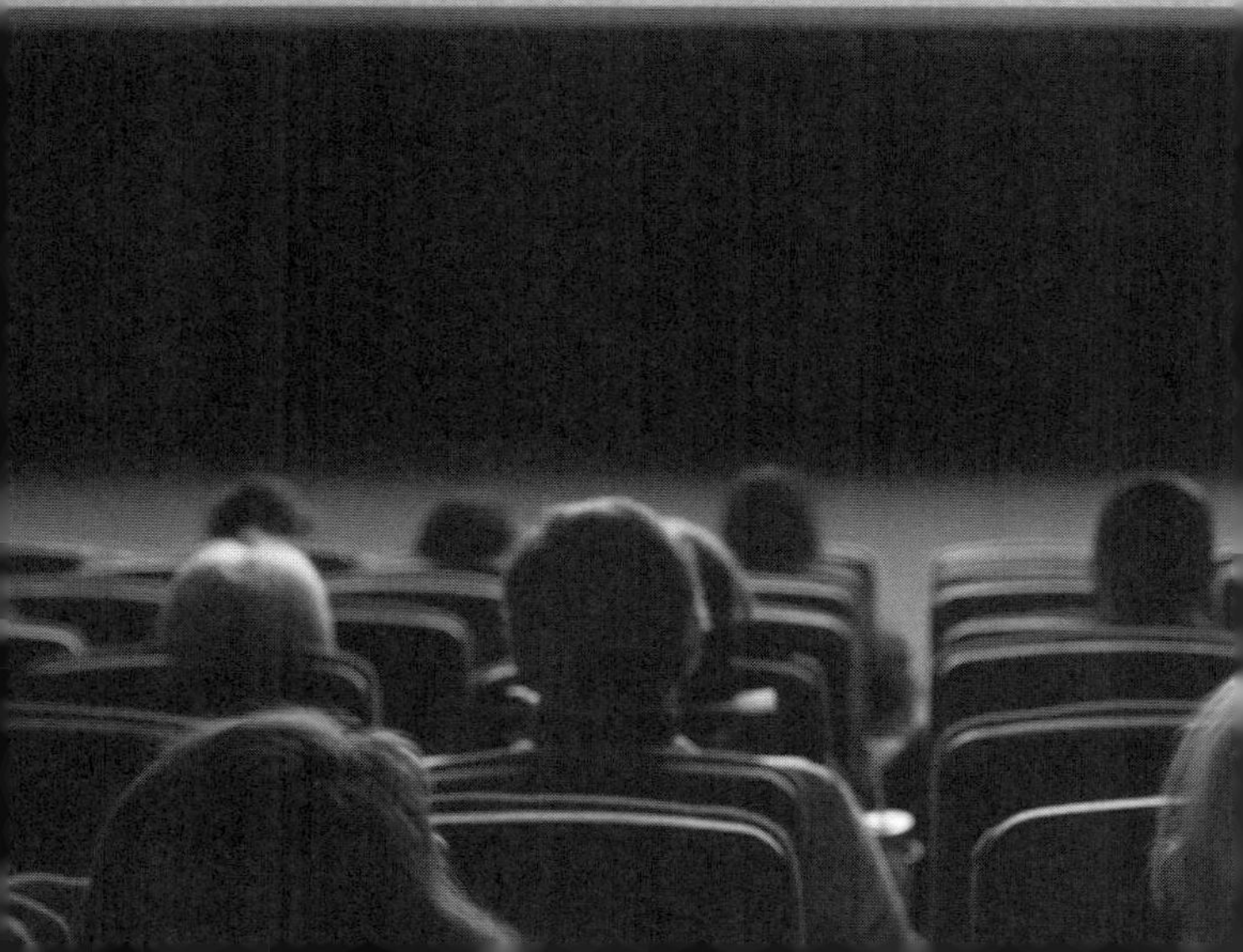

1

カメラのシャッター音が夕立ちのように鳴り響いている。間断なく音が続く。およそ五十台ものカメラが一組の男女に向けられていた。

ここは光王《こうおう》映画撮影所の第四スタジオ。華やかな熱気に包まれてマスコミ取材が行われていた。映画「マスクド・シェフ」の撮影がいよいよ今日、クランクアップを迎える。話題の映画の最終日なので新聞や雑誌の取材陣が詰め掛けているのだった。

カメラの砲列に向かって、男と女がポーズを取っている。いわゆる取材用の「絵作り」というやつだった。

男は主演の広沢透《ひろさわとおる》。甘いマスクの三十代半ばの人気俳優だ。小劇場出身の苦労人で演技力も定評がある。業界内の受けもいい。シェフの白い衣装をまとい、右手には長い包丁を持ち、頬《ほお》のあたりにかざしている。そして、二枚目の顔のおよそ半分がマスクに覆われていた。

そう、タイトルの「マスクド・シェフ」の示す通りのスタイルだ。正体不明の謎《なぞ》のシェフがグルメ界で神業の腕をふるうという映画らしい。悪の秘密レストランが放つ殺し屋ソムリエとの戦いなどのアクションシーンも盛り込まれていると聞く。なるほど、スタジオ内には巨大な厨房《ちゅうぼう》のセットが組まれていた。見渡す限りステンレスの銀がキラキラと輝いて、人の姿を映し、実際より大勢いるように錯覚する。

広沢透の白いマスクは頭からすっぽりと被《かぶ》るタイプのもので、顔の上部を覆い、口の周りが大きく開いていた。バットマンのマスクと似ている。

もう一つ似ているのは耳がついていること。頭の上に二つピョコッと突き出ている。バットマンと違うのは、もっと長くて先が折れている点。白いだけに、まさにウサギの耳である。実際に、シェフの異名はダットマン、脱兎《だっと》の如く捕らえられない謎の男だからだ。それで、ウサギのマスクをしている。あまりかっこいいとは思えないが、原作はベストセラーのコミックなのだから、このスタイルは人気があるのだろう。

ウサギのシェフと並んでポーズを取っているのは共演の女優で武藤真代《むとうまよ》という。

二十代半ばくらいで、ぽっちゃりとした顔立ちに、悪戯《いたずら》っぽい目、やや厚めの唇が艶《つや》っぽかった。あまり名の知られていない女優なので、今回は大抜擢《だいばってき》というやつなのだろう。その理由はよく解らないが、今、目の前にいる彼女の姿はおおいによろしい。

バニーガールみたいな格好をしていた。

胸元を大きく露出した黒いシルクの衣装がボディにぴったりとはりついて、絶妙なラインを浮かび上がらせている。腰のくびれを這《は》い、豊かなヒップにねじりこむようにして鋭いV字を描いていた。綿雪のような丸い尻尾《しっぽ》がワンポイント。太腿《ふともも》の付け根からハイヒールまでは黒い網タイツに覆われ、形のいい足を強調していた。白くて長い耳を頭に載せている。やはり、ウサギの格好だ。物語上の設定はダットマンの正体を暴こうとする女刑事。潜入捜査のためにバーテンに成りすましているうちに恋に落ちるらしい。しかし、バニーガールの説明にはなっていない気がする。

このウサギのコンビは、取材陣の要望に応《こた》えて様々なポーズを作っていた。特に広沢透は積極的に顔の角度や手の位置を変えていた。記者に話しかけ、ポーズのリクエストを尋ねたりしている。時折、おどけた格好で笑わせて雰囲気を明るくし、なごやかな現場を作っていた。

「相変わらず、広沢さんサービス精神が旺盛《おうせい》だなあ」

感心と皮肉を交えた口調で呟《つぶや》くのは筧幸一《かけいこういち》。ざわめいているマスコミ連中の後ろにいるので、その声は俺にしか聞こえない。

「いつもあんな感じかい？」

俺は尋ねる。

「ああ、いつも通りだよ。あの気遣いを撮影現場の人間関係にも向けてほしいよ」

そう言って、蟹《かに》の甲羅めいた顔に苦笑いを浮かべた。

筧幸一は俳優係であった。俳優の出演交渉やスケジュール調整などの仕事を担《にな》っている。芸能界の裏表に通じている五十過ぎのベテランだ。彼は顎《あご》で広沢の方を示しながら、

「前にあのマスクが盗まれたんだよ。予備は幾つかあったから撮影に支障は無かったけどな。おい、今日は大丈夫だろうな、探偵さん」

俺を職業で呼ぶ。

そう、俺は私立探偵の紅門福助《くれないもんふくすけ》、四十過ぎ、現在独身、過去に女房めいた女二人に逃げられた経験あり、タートルネックのセーターが怖い、ということまではどうでもよい。今日も仕事で撮影所に呼ばれているのだ。

俺は取材陣を見回しながら、

「まあ、もしも、あいつらの中に不届きモノがいるならば、俺は見逃さないよ」

「頼むぜ。きっと、犯人にとってマスクの他にも興味を惹《ひ》くものがあるだろうから」

「ああ、ここにあるものは映画マニアなら垂涎《すいぜん》の品々だらけだもんな」

二週間前にシェフのマスクが盗難にあった。

スタジオの隅のテーブルに一時的に衣装をまとめて置いていた時に盗まれたらしい。その日はちょうどマスコミが大勢で取材に来ていたので、現場スタッフから連中が怪しいという声があがった。取材陣の中にマニアックな犯人が忍び込んでいたのではないかと疑惑がもたれたのだ。

そこで、マスコミの対応に当たる宣伝部は今日の取材の警備に俺を雇ったわけである。たまたま、以

前に何度か仕事で協力してもらった知人からの頼みなので断れなかった。そいつは、なけなしの宣伝予算から逆算して、俺なら雇えると判断したのだろう。通常の警備会社ならきっぱりと断る安値だ。

ギャラが安いからといって手抜きをしないのが俺のプロとしての矜持《きょうじ》。そのプロの目がさっきから一人の男をマークしていた。

三十歳くらいのカメラマンを兼ねた雑誌編集者だった。記者も兼ねている。映画のマスメディアにはそういったタイプは珍しくない。

ただ、そいつは目付きが違っていた。マスコミ特有のすれた濁《にご》りがない。深い湖水のように澄んでいる。そして、ふっくらとした頬には無邪気な笑みが絶えない。心底から楽しくて仕方が無い様子だった。幼児のようにはしゃいだ表情。仕事だけではこんな顔にはなれないだろう。重度のオタク特有の危ない純粋さがあった。

カメラの前では、なおも広沢透が高いテンションを維持していた。頭上で包丁をオイデオイデと振り回しながら、

「さあさあ、監督も来てくださいよ。一緒に写真を撮りましょうよ。映画は監督のものって言うじゃないですか」

愛想のいい声をあげて、自分とバニーガール武藤真代との間に場所を作った。

宣伝部の人間に押されて、監督の小野寺士郎《おのでらしろう》が困惑した面持ちで隙間《すきま》に入った。たくさんのカメラを前にして、案山子《かかし》のようにぎこちなく突っ立つ。笑顔を作ろうとしたのか頬が痙攣《けいれん》した。

もともと晴れやかな舞台が似合いそうもない外見だった。面長の顔はどす黒くて、陰鬱《いんうつ》に澱《よど》んだ目をしている。何だか、自殺名所の断崖《だんがい》を切り取ってきたような顔立ちだ。薄汚れたジャンパーとジーンズで身を包み、どんよりとした空気を漂わせている。

両脇にいる俳優二人とはあまりにも対照的であった。広沢透が右肩に、武藤真代が左肩にそれぞれ手

を載せて監督に寄り添うポーズを作る。真ん中の笑顔だけ泣いているように見えた。

俺の脇で、俳優係の筧が鼻をフンッと鳴らし、

「あーあ、やばいよな、包丁なんか持っていて危ないったらありゃしねえ」

俺は広沢の右手を見つめながら、

「あの包丁、本物？　本当に切れるの？」

「ああ、本物さ。だけど、危ないって言ったのは人間関係のことだ。あの三人の中で刃傷沙汰《にんじょうざた》が起こってもおかしくない」

「穏やかじゃないね。どうなってんの？」

筧は舌打ちを一つして、

「何も知らねえんだな。まあ、今日来たばかりじゃ仕方ないか。あのな、まず、基礎知識として小野寺監督の妻があのバニーガール、武藤真代なの」

「へー、似合わないねえ。そうか、でも、それで解った。さほどネームバリューのない武藤真代が主演クラスに抜擢されたのが」

「ああ、小野寺監督のゴリ押しだよ。だけど、それが仇《あだ》になるとは皮肉なもんさ。撮影中に武藤真代と広沢透が急接近してしまった。まあ、広沢さんはプレイボーイで鳴らしているし、共演している役者同士がデキちまうのもこの世界じゃ珍しくはない」

俺は声をひそめて、

「問題は小野寺監督、夫の前で、ということだな」

「その通り、小野寺監督もアーティストの端くれ、鈍感じゃない。女房と主演俳優との関係に気付いちまった」

「気付かれたことを広沢透と武藤真代も気付いてしまった？」

「ああ、そうなると、他のキャストや俺らスタッフも知る事となる。撮影現場は妙な雰囲気になっちまったぜ。ぎくしゃくとした空気がたれこめているんだ。嫌な気分になるぜ」

「はあ、それで、さっき、広沢透にはサービス精神を人間関係にも使ってほしいなんてボヤいていたの

か」

筧は小さく頷《うなず》くと、顔をしかめて、

「あーあ、重く澱んだ現場も今日でやっと終わる。クランクアップまであと数時間、何事もなく無事に終わりますように、だ」

そう言って手を合わせてみせた。

ようやく、撮影会は終了し、カメラのシャッター音は止んだ。ここで今日の取材スケジュールは終了し、マスコミ陣は食堂で遅い昼食をとる。宣伝部が人数分の弁当を用意していた。

この段階で俺はようやく解放される。もはや、撮影現場も俳優も取材陣から離れて安全圏にあるからだ。

俺の分も弁当が用意されていた。ありがたく蓋《ふた》を開けようとした時、食堂のドアがけたたましく開いた。小太りの男が青ざめた顔で、足をもつれさせながらヨタヨタと入ってきた。かすれ声を絞り上げて、

「や、やられたよ、社員証を盗まれた」

俺は咄嗟《とっさ》に立ち上がり、そいつに駆け寄ると、肩を貸して支えた。近くの椅子《いす》に座らせてから、事情を尋ねる。

その男は取材に訪れた雑誌記者だった。今朝、撮影所の駐車場に乗りつけ、車から降りたところを誰かに襲撃されたという。背後から首を絞められ、クロロフォルムらしき薬品の染《し》みたタオルを嗅《か》がされたらしい。

「気が付いたら自分の車の中に押し込められていました。財布を調べたら金は盗まれていなかったけど」

社員証はなかったという。

誰かがその名を騙《かた》って取材陣の中に紛れ込んだのだ。

知人の宣伝マンが食堂を見渡して叫んだ。

「あっ、弁当が一個あまっている！」

取材の人間が一人いなくなったようだ。

俺は探した。スタジオで目を付けていたあの男を探した。

しかし食堂にあの顔がなかった。澄み切った目で幼児のように笑う、あの男の顔がない。

2

早春の風のぬくもりが心地よい、だが、それに浸っている場合ではなかった。

食堂を出たところで、蟹の甲羅めいた顔に出くわした。俳優係の筧幸一である。落ち着きが無く、不安そうに顔を歪《ゆが》めている。俺の方に手を伸ばしてきて、

「おいおい、探偵さん、ちょっと手伝ってくれないか」

俺は首を横に振って、

「すまないねえ、筧さん、こっちは今、取り込み中なんだ。姿を消した輩《やから》を探している」

「こっちも人を探しているんだ」

「おあいこじゃないか」

「いいや、こっちはスターだぞ。主演の広沢透さんを探している」

取り込み中でも筧は見栄を張ってみせる。映画屋気質《かたぎ》というのだろうか。

俺はそんな余裕がない。あのオタク野郎が姿を消し、ここでまた、主演の広沢透の行方《ゆくえ》が解らないとなると嫌な予感がこみあげてくる。何か危険なストーカー事件でも起こっていなければよいが。広沢透の無事を確かめたい。

筧幸一はそばにいた二十代の女を指して、

「このお嬢さん、広沢さんの付き人なんだけど、控え室に鍵《かぎ》がかかっていて、呼んでも中から声がしないって言うんだよ。なあ」

付き人の女はこっくり頷いて、

「広沢さんは鍵をかけてどこか行っちゃったみたいなんです」

「あるいは、まだ控え室の中にいるか。体の調子でもおかしくなって倒れているのかもしれないから、

まず、それを確かめるところさ」

そう言って、筧は鍵束を掲げてみせた。控え室の合鍵は彼が管理している。

付き人の女はどこかテンポのおかしなキャラらしい。おっとりした調子で名刺を差し出してきて、

「探偵さんですよね。広沢さんがいなかったら一緒に探してくださいね。お願いします」

白鳥愛子《しらとりあいこ》と名刺には記されていた。この名前のせいで迷惑な体験をしてきたに違いない。カバを丸くしたような顔立ちに目が離れてついている。体型も溶け始めた雪だるまを髣髴《ほうふつ》させた。

俺は、とりあえず、広沢透の無事を確かめることが先決だと判断し、筧と行動を共にすることにした。

俳優控え室は本部ビルにある。レトロなエレベーターでのろのろと四階に上がる。廊下が真っすぐに延びて、両側にドアが幾つも並んでいた。奥のトイレを除いて、すべて控え室だった。

筧は右側の二番目のドアの前に立ち、

「ここだったな。間違いないよな」

ノブを左右に回しながら引く。しかし、開かない。

白鳥愛子は大きく頷いて、

「ええ、いつもここにしてもらってます。この部屋がお気に入りのようでした」

そう言って、ドアの脇柱を指差した。

しおりほどの木札が釘《くぎ》にかかっていて、広沢透の名前が記されていた。常連の俳優が控え室を使う時の習慣である。

筧は木札にちらっと目をやってから、鍵束から一本を選び出し、ドアに差し込んで回した。カチッと開錠される音がする。ノブを回して引くとあっさりとドアは開いた。

蛍光灯の明かりが漏れてくる。

筧は中に入るなり、身をのけぞらせ、

「広沢さんはそこにいる……」

震える声で言った。

俺も室内に足を踏み入れ、

「うん、放っておいたら永遠にそこにいるだろうな」

どう見ても死んでいた。

四畳半ほどの広さで、一部が板の間になっている。突き当たりに窓があり、エアコンが壁にはめこまれている。あとは姿見が置いてあるだけの簡素な部屋だった。ドアを開けると小さな上がり口がある。

筧は靴を脱いで畳の間に上がった。

「やっぱり死んでいるよ、広沢さん。あんなふうに刺されているんじゃ」

震える指で死体を示した。

仰向《あおむ》けになった死体の左胸に包丁が真っすぐに突き立っていた。その周囲が歪んだ日の丸のように鮮血に染まっている。ヒーローの死……まるで映画のラストシーンだ。マスクとシェフの衣装で全身が白尽くめなので、血の赤さが余計に際立っていた。額には赤い三日月のような血の飛沫《しぶき》が付着しており、しゃれた模様のようにも見える。

俺は畳に上がると、死体に近寄り、手首に触れた。

脈はない。

「まだ、ぬくもりが残っている」

「じゃあ、殺されたのはついさっきというわけか。早く、知らせなきゃ」

と筧がせっかちそうに手をしきりにこすりあわせている。

掛時計は午後二時四分を指していた。

その時、「むぎゅう」と踏まれたカエルのような声が聞こえた。

振り返ると、白鳥愛子が離れた目を白く剝《む》いてふらついていた。どうやら貧血を起こしたらしい。

俺と筧が両脇から支えて外に出してやる。

彼女は白目のまま、か細い声で、

「探偵さん、じゃあ、お願いしますね」

さっき名刺を受け取ったことを思い出した。

彼女を一階の医務室に運び込んでから、俺はスタッフルームに、筧はスタジオの撮影現場にそれぞれ知らせに走った。

十五分も経たないうちに、死体の周りには警察の関係者が溢《あふ》れていた。

俺と筧は現場の控え室に呼ばれ、発見時の状況を説明させられていた。三回ほど同じ話を繰り返すと飽きてくる。

村原《むらはら》警部の顔を見つけた。これまでに幾度か同じ事件を追ったことがある。警部も俺を見つけると、皮肉めいた笑みを浮かべ、

「映画スターの死体を見つけるなんて初めてだろ」

「もう、生きているスターを見ても何とも思わなくなりそうだ」

「ついさっきまでは生きていたみたいだな。お前が発見した時は殺されてから三十分もたっていなかったようだぜ」

「死体と鯛焼《たいや》きは出来立てに限る」

「腐っても死体か……なあ、警察の俺にそんなこと言わせせんな」

「凶器はあの包丁か？」

「ああ、心臓に達しているよ。それに、背中の肩甲《けんこう》骨《こつ》の下も刺されている。それだけでも充分に致命傷になっただろう。犯人はしつこい性格か念の入った慎重な奴だな」

そう言って、指を下に向ける。

ちょうど、死体が裏返され、背中がこちらに向けられた。警部の言う通り、背中の右側に刺し傷があり、鮮血がアメーバ状に広がっている。白い衣装に血の赤が映えて、バラの刺青《いれずみ》を思わせる。

俺は取材陣の前でポーズをとる広沢透を思い出しながら、

「凶器の包丁は映画の撮影用のものだったのかな」

背後から低い声が、

「そうなんだよ。危ないって注意したのに」

監督の小野寺士郎がそう言って身を乗り出してきた。陰気な顔をさらに暗くして、

「休憩中も演技の練習するからって広沢君は強引に持って行っちゃうんだよ」

俺は肩をすくめて、

「その包丁で殺されるとは皮肉だな」

「殺されるなら、映画がクランクアップしてからにしてくれってんだよ。あと、四カット残っていたんだから、くそっ」

そこまで言って小野寺監督は口を噤《つぐ》む。気持ちが高ぶって、つい本音が出てしまったらしい。気まずそうに、天井を見上げていた。

監督の希望など知るものかと不貞寝《ふてね》したように死体は横たわっている。マスクの額に付いた血の飛沫が、吉良上野介《きらこうずけのすけ》の三日月形の傷を連想させる。

そのマスクに検視官が手をかける。首の後ろで結わえていた紐《ひも》を解いて緩める。ゆっくりとマスクを上にずらして顔から外した。

「わっ！」

二人の男が同時に大きな叫びを上げた。

筧幸一と小野寺監督だ。二人の映画スタッフは揃《そろ》って驚愕《きょうがく》の表情を浮かべている。どちらの視線もマスクを脱がされた死体の顔に釘付けになっていた。

小野寺監督が指をそろそろと向けて、

「あれは違う。広沢透の顔じゃない」

村原警部が鋭い視線を遣《や》り、

「なにいっ、広沢透の死体ではないのか」

「違う、広沢じゃなくて……あいつだ」

「あいつって誰だ？」

筧幸一がそれを受け、上擦《うわず》った声で、

「スタントマンですよ。あの死体は広沢透のスタントを務めていた役者です」

小出圭介《こいでけいすけ》というスタントマンの死体だった。

危険なアクションシーンなどでは小出圭介が広沢透の代役を務めていたという。

筧幸一が死体を凝視しながら、

「体型がよく似ているんですよ。それで、広沢さんもスタントには小出君を指名してきましたからね。しかも、マスクを被ったら正面からのシーンでもいけましたし」

村原警部はフウンと鼻を鳴らすと、

「だから、死体を見間違えた、そう言いたいんだな」

皮肉交じりの口調だった。

俺は死体をつぶさに見つめた。

確かに全身のスタイルは広沢透によく似ているし、身長も同じくらいだ。顔立ちも細面で同類のタイプだったが、広沢透みたいな甘さはない。耳元から頬にかけて骨ばっていて、若いチンピラ役でも似合いそうな、きつい感じがした。しかし、マスクをすればそれは隠れる。

警部も同じ印象を受けたらしく、

「まあ、間違えるのも仕方ないか。ん、ひょっとして、犯人は間違えて殺してしまったんじゃないかな」

俺はほうっと嘆息し、

「なるほど、犯人の狙《ねら》いは広沢透だった。しかし、衣装とマスクのせいで間違えて小出圭介を殺してしまった」

「この控え室は広沢透が使っていた部屋だろ」

「しかも、ご丁寧に、広沢の名札が表にぶら下がっていた」

「犯人が間違えるのは無理ないな。まさか、中に居るのがスタントマンとは思うまい」

俺は改めて死体に目をやると、

「最期まで、本当の死まで、広沢透のスタントを務めてしまったんだな」

哀悼の意を小出圭介に捧《ささ》げた。

こうなると新たな疑問が湧《わ》いてくる。

広沢透はどこに行ったのか？

彼の身の安全が気になってくる。犯人はあやまちに気付いて、改めてその魔手を広沢透に伸ばしたのかもしれない。不安が喉元《のどもと》に突き上げてくる。

警部が声をかけてきた。

「お前がこの部屋に入った時に、そこの窓が施錠されていたかどうか覚えているかい？」

奥の壁に設けられた唯一の窓を指差していた。今は、換気のために半分ほど開けられている。捜査員がこれだけいると酸欠になりかねないからだ。

　俺は一時間ほど前のシーンを脳裏にプレイバックしてみる。明瞭《めいりょう》に映し出された。自信を持って、

「窓は閉まっていてロックがかけられていたよ。血の臭いで気分悪くなりそうだったから、窓を開けようと思ったんだ。だけど、現場保存の鉄則を思い出してやめた。的確な判断だったろ。頭撫《な》でてくれるか」

　警部はフンッと鼻を鳴らして、

「こっちの頭が痛くなってきたよ。窓にロックがかかっていたんじゃ、犯人の逃げ場が解らない。窓から出て、そのすぐ下に五十センチほどの張り出しがあるから、それを伝って非常階段まで行って逃亡した、そんなふうに推理していたんだけどな」

「窓からの逃亡は無理だよ。だけど、犯人はドアから出て、外から鍵をかけて逃げたんだろ。それが最も素直な解釈だと思うが」

　警部は首を横に振る。壁のハンガーにかかった淡いブルーのコートを指して、

「広沢透のコートだよ。あのポケットから鍵が発見された」

　白手袋の指で鍵をつまんで差し出した。

　犯人はドアからも窓からも脱出できないはずだ。

　密室殺人というやつらしい。

3

　村原警部は角刈り頭に手を当てて、しかめっ面をしていた。不可能犯罪に頭を痛めているらしい。しかし、ゆっくりと悩んでいることも許されなかった。

　その時、窓の下から騒がしい声が幾つも重なって聞こえてきたのだ。

　逃がすな！　捕まえろ！　大人しくしろ！　など捕り物めいた言葉が飛び交っていた。

　村原警部は窓に飛びついて大きく開けた。

　俺も素早く警部の脇に首を割り込ませる。下を見

ると、まさしく捕り物が行われていた。制服と私服の捜査員が数人で輪になっている。その真ん中に一人の男が取り囲まれている。捕えられたのだ。

警部がしわがれ声を張り上げて、

「どうしたんだ！　何なんだ、そいつは！」

刑事の一人が手をスピーカーにして口に当て、

「死体を発見しました。広沢透の死体を発見したんです。そして、死体のそばにこいつが」

捕えた男を指差した。

問題の男が顔をこちらに向けた。

やっと見つけた。あの顔だ。澄んだ目をして幼児のように笑う男。雑誌記者にクロロフォルムらしきものを嗅がせたオタク野郎の顔があった。

俺も村原警部も数人の刑事たちも踵《きびす》を返して、控え室を飛び出る。レトロなエレベーターに乗らず、非常階段を四階分、一気に駆け下りた。

そこは裏庭のような場所だった。土がむき出しの地面に数種の木々が雑然と繁茂している。早春の陽光が緑に煌《きらめ》いていた。

捜査員たちの輪の中心に、オタク野郎は落ち着き無く、編み物でもするようにしきりと手を動かしている。

そのすぐそばにツツジの植え込みがあり、死体がもたれかかるようにして倒れていた。

広沢透の死体である。

今度こそ間違い無い。衣装は劇中のシェフのままだが、白い覆面だけしていない。素顔の広沢透だった。

しかし、変わり果てていた。食い散らかしたヒジキのように黒髪が乱れている。上がった黒目が呆《ほう》けたようで、ソフトな眼差しを壊している。甘い顔立ちのラインは張りを失い、半開きの口が哀しい。

左胸に刺し傷があった。歪んだ夕陽のように鮮血が赤く固まっていた。

村原警部はそれを横目で示しながら、オタク野郎に指を突きつけ、

「お前がやったのか？」

「と、とんでもないですよ。な、何を言うんですか」

首を激しく横に振り、頬の肉を揺らした。

オタク野郎は九十九《つくも》貴彦《たかひこ》といい、二十九歳で薬品会社の営業マンだった。会社には外回りをしているふりをして撮影所に来たという。クロロフォルムを使って雑誌記者の社員証を奪い取材陣に紛れ込んだことはあっさりと白状した。

「宣伝部のチェックが厳しそうだったから仕方なかったんだよ」

反省の色はまったく見えない。駄々っ子を相手にしているような気になってくる。

警部は大きく舌打ちすると、

「撮影所の中をうろついて何やってたんだ？」

九十九貴彦は口を尖《とが》らせて、

「見学ですよ。僕ら一般人はなかなか自由に見て回れないでしょ」

「スターを探していたんだろ、広沢透を」

「そりゃ、会えればいいなと思いましたよ。そんなラッキーなことがあればご機嫌《きげん》ですよ。ところが本当に会ってしまった」

「じゃ、ご機嫌だな」

「そんなぁ。それどころか、びっくりしちゃいましたよ。死んだ姿で会えるなんて」

「本当にお前が会った時には広沢透は既に死んでいたのか？」

九十九貴彦は澄んだ目を丸くして、

「あ、当たり前じゃないですか。僕が殺したとでも言うんですか。僕はファンですよ」

「ジョン・レノンを撃った犯人もファンだったよ。ファン心理が高じるととんでもない行為にでるもんだ」

「そんなの言いがかりだよ。生きている広沢透さんと一緒に写真が撮りたかったよ。仕方ないからこのままで撮ろうとしたのに、邪魔されちゃった」

どうやら、死体と一緒に写真を撮ろうとしているところを警察に見つかったらしい。右手にデジカメを持っている。とんでもないファン心理だ。

警部は呆《あき》れ返った面持ちで、

「お前、図々しい野郎だな。死人とのツーショットを邪魔されたなんて文句垂れて」

「僕が最初に発見したんだもん。それくらい、いいじゃんか。ご褒美《ほうび》だよ、ご褒美」

ちょうだい、といった風に両手を差し出す。口元に無邪気な笑みを浮かべていた。

「オタクのくせに妙にポジティブな奴だな」

そう言って警部はうんざりした表情を浮かべた。

俺は警部と交代するように前に乗り出した。そして九十九貴彦のジャケットのポケットを人差し指で弾いて、

「もう、勝手にご褒美をいただいてんじゃないか」

「何のことさ?」

「とぼけるな、マスクだよ。死体にマスクが無いぞ。さっさと返さないと立場が悪くなるぜ」

九十九はいきなり顔を崩して、泣き笑いの表情で、

「もう殺生《せっしょう》だなぁ。僕が自分で被って写真撮ったら返そうと思ってたのに」

「それも死体とツーショットで、か?」

「もちろん、当たり前のこと聞かないでくださいよ」

気分を害したように口を尖らせると、ポケットから件《くだん》のマスクを取り出した。

村原警部が手を伸ばし、奪うようにして摑《つか》み取る。そして、顔を九十九貴彦にぐっと近付けて、

「さあ、別のご褒美をやるよ。ついてきな」

低い声でそう言うと、肩を押して一緒に歩き始めた。厳しい取り調べが行われるのだろう。

盗まれたマスクを取り戻した俺は本来の任務を果たしたわけである。ご褒美に食堂で休憩することにした。

一時間ほど、コーヒー一杯と水二杯でぼんやりと過ごす。コーヒーは煮詰まったような濃い味がした。やけに舌に残る。

食堂に武藤真代が入ってきた。もはやバニーガールの姿ではなかった。残念。水色のジャージの上下というラフな格好をしている。臀部《でんぶ》が不自然にちょっと出っ張っている。きっとウサギの尻尾だ。下はどうやらバニーのままらしい。少しだけ嬉《うれ》しかった。

すぐ脇を通りかかったので声をかける。

「疲れた顔してるね。警察の取り調べを受けていたんだろ」

彼女はこちらを見下ろして、

「あら、探偵さん。正解よ。でも、警察ってどうしてああもしつこいのかしら」

やや厚めの唇を尖らせる。艶っぽさが増した。

「あっさりした警察も不気味だよ。ちょっといいかい？」

そう言って、俺は前の席を指し示した。

武藤真代は一瞬、躊躇《ためら》ってから、

「しつこくない？」

「ここのコーヒーほどじゃない」

彼女は皮肉めいた笑みを浮かべると腰を下ろした。

「広沢透との関係を訊《き》かれたんだろ」

「まあ、当然よね。スタッフルームが無人だったんで昼寝してたの。それでアリバイなしってことになっちゃった」

鼻に皺《しわ》を寄せた。警察に疑惑の目で見られているだろうが、脅えているそぶりはなかった。気丈な女だ。

俺は回りくどい言い方を避けて、

「ご主人の小野寺監督のことも当然、訊かれたよな。広沢透とのことでご主人は君を責めていたのか？」

「責めるのなら堂々としていていいじゃない。恨めしそうな目でじっと睨《にら》むだけなのよ」

「暗いな」

「そうよ、暗くて粘着質。ああいうところが嫌なのよ。梅雨時の靴底みたいで」

本当に嫌気が差したらしく顔を歪めた。

「殺されたスタントマンの小出圭介と小野寺監督と

はうまくいってたのかい?」

「ああ、小出さんがずいぶんと人に気を使う人だったからね。鉄砲玉の役が似合いそうな怖い顔してたけど」

俺は死人のチンピラめいた顔立ちを思い出しながら、

「面倒見のいい人だったらしいね」

「いいんだけど、時々、お節介すぎるくらい」

「何か言われたのかい?」

「広沢さんとのことまで意見してくるんだもの。撮影現場の雰囲気が悪くなるから気をつけてほしい、なんて余計なお世話よ」

「仕事を大切にする人だったみたいだな」

「いわゆる映画バカ」

話に飽きたらしく、そっぽを向くと、煙草《たばこ》をくわえた。隣のテーブルにいる役者仲間らしき若い男にライターの火をもらうと、そいつと話し始めた。

俺は放ったらかしにされる。

ふと、窓を見ると、ちょうど村原警部が通りかかっていた。俺は席を立ち、表に通じるドアを開けて、警部の前に躍り出ると、

「何か進展はあった?」

警部は機嫌悪いらしい。うざったそうな目を向けてきて、

「進展だか後退だか解らない状況になってきたよ。てっきり、犯人は広沢透と間違えて、スタントの小出圭介を殺し、その後で過ちに気付いて、広沢本人を殺した、そう思ってたんだが」

「違うのか」

「先に殺されたのは広沢透の方だったんだ。検視官が言うには十分から二十分のちょっとの差だけど広沢が先だったらしい」

「思っていた順番と逆だった」

「犯人は先《ま》ず広沢を殺すと、あの控え室の窓から裏庭に死体を落としたようだ。窓枠に血痕《けっこん》が残っていた。木立がクッションになっていたので、落とされ

た死体は損傷が少なかったらしい。犯人は、その後、小出圭介を殺して畳の上に放っておいた」

「密室の絵解きは？」

警部は悔しそうに尖った目つきをして、

「まだだ。他に解ったことといえば、小出圭介の控え室は広沢の部屋の隣だった。そこでもわずかだが血痕が発見されている。犯人はその部屋で小出を刺してから、隣の部屋に運んだ可能性がある」

「何のためだろう？」

「おそらく、広沢透と間違えて小出圭介を殺害してしまった、そう見せかけたかったんじゃないかな」

俺は状況を素早く整理して、

「なるほど、それじゃ、最初から犯人の狙いは広沢ではなく、小出圭介の方だったというわけか」

「ああ、逆だったんだよ」

そう言って警部は重いため息を吐《つ》いた。

俺はつられたように嘆息して、

「さっきのオタク野郎、九十九貴彦だっけ、もしもあいつが犯人だとしたらスタントマンの方のファンだったことになるのか」

警部は肩をすくめて、

「さあ、どうだか。ああいう輩は苦手だよ。アリバイが無いのに全く動じてない。やたらと喋《しゃべ》るんだけど自分の趣味の話ばかりだ。新しい情報はないよ、これ以降は」

そう言って、ポケットから例のマスクを取り出してみせた。

ぴっちりと被るための紐が結わえたままだった。

俺は、ふと、ある事に気付いた。

4

本部ビル一階の会議室が取り調べ用の部屋として使われていた。

俺は村原警部に頼んでそこに入れてもらう。スチール製の椅子と長テーブルと黒板があるだけの殺風景な部屋だった。

九十九貴彦は数人の刑事たちに見張られるようにして椅子に座っていた。しょぼくれた顔をしているが緊張感はない。退屈のあまり元気をなくしたように見える。

俺は真ん前の椅子に腰を下ろすと、例のマスクを白手袋の指二本で摘《つま》み、相手の目の前にさらして、

「なあ、このマスクは死体から奪ったものじゃないだろ」

「何を言うんですか。意味が解らない。死んだ広沢透さんが被っていたマスクですよ」

強い口調で言うが、わざとらしさが感じられた。急所を突いたようだ。表情に明らかな狼狽《ろうばい》の色が見えた。

俺は視線を尖らせて、相手の目の奥の揺らぎを捕えたまま、

「いいや、このマスクは今日、君が盗んだものではない。二週間前に撮影所に来た時に盗んだんだろ」

「な、何を根拠にそんなでまかせ言うのさ」

「いいか、よく見てみろ。このマスク、首の後ろの紐が結わえてあるだろ」

俺はマスクのその部分を指差して、

「いいか、死人からマスクを脱がすためには、紐を解いて緩めなければならない。だけど、脱がした後でまた結わえる必要なんかないんだよ。死体のそばでそんなことをする意味は何もない。きっと、このマスクは君が自分の部屋に飾る時に形を整えるために紐を結わえた、そうだろ」

「あちゃちゃちゃちゃ……」

顔を赤黒く染めて、九十九貴彦は意味不明の声を漏らした。敗北の小さな叫びだった。悔しそうに歯《は》嚙《が》みすると、

「あーあ、持ってくるんじゃなかったよ。撮影所のセットに忍び込んで、マスクを被って写真を撮るつもりだったのになぁ」

マスクに野望の残骸《ざんがい》を見ているのだろう。

俺は左手を差し出すと、

「さあ、あっちの方のマスクも出しなよ。無理やり奪ってもいいんだけど、自主的に出したほうが後々のためになるぜ」

九十九は不貞腐《ふてくさ》れたように唇を尖らせてブルブルと音をたてる。

そして、観念したらしく、ジャケットの襟を裏返した。ファスナーが見えないように縫いこまれていた。隠しポケットである。ファスナーを開けて、中から取り出した。

白いマスク。

村原警部が素早く手に取り、

「こっちが実際に広沢透の死体が被っていたマスクだったのか」

首の後ろの紐は解かれたままだった。

警部は九十九貴彦を睨み付けると、

「さっき、こっちを差し出さなかったのはどうしてなんだ」

「そんなの当たり前じゃんか。広沢透が最期に被っていたマスクの方がぐっと価値が高いに決まってるでしょ」

あっけらかんと言い放つ。

警部は頭痛をこらえるような声で、

「オタクめ……」

「もう一つのマスクの方を返してもらうわけにいかないかなぁ。ご褒美だよ」

九十九は懲《こ》りずに主張し始めた。その目は純粋な期待に輝いている。悪気はまったく見当たらない。

警部はこめかみを震わせながら、

「誰か、こいつを外に連れ出してくれい」

我慢の限界らしい。

刑事二人が素早く、九十九貴彦を両脇から挟んで立たせるとドアの向こうに消えた。

警部は大きくため息をついた。

その手に握られているマスクを俺はさっきからずっと凝視している。

警部はそれに気付いて、

「どうした、何か発見でもあったか？」

「ほら、こんなところに血痕がある」

マスクの内側の頭頂部に十円玉ほどの血の染みがあった。

俺は指差して、

「これは内側から付いたものだよ。外側には染みは見当たらない」

警部はマスクを裏返して確認すると、

「確かに。だけど、それがどうしたんだ？」

怪訝《けげん》な面持ちで問い掛ける。オタクを相手にした疲れがまだ張り付いていた。

その疲れを俺は一気に消してやることにした。咳《せき》払《ばら》いを一つして、

「いいか、マスクの内側の頭頂部に血が付くなんてことは、被っている状態ではありえないことだ。広沢の死体の出血箇所は左胸なんだから」

警部はマスクの中と外を見比べて頷き、

「ああ、そりゃそうだな。じゃあ、マスクを脱いだ状態の時に血が付着したということだな」

「うん。だが、血が付いたということは殺害が行われた後ということになる」

「なるほど。しかし、さっきのオタク野郎が死体から盗んだ時ではないな。傷口の血は固まっていたから」

「そう、奴の時じゃない。それ以前に、誰か別の人間がマスクを脱がした時だ。つまり、ここで問題にすべきなのは、何故、マスクがいったん脱がされているか、という点だ」

警部は角刈り頭を掻きながら、

「このマスクは広沢透が被っていたもの。そのマスクはいったん脱がされている。ん、変だな、わざわざそんなことをするなんて。何故なんだ？」

「マスクが二つ存在していることに注目すれば自ずと答えは出てくるよ。二つというのはオタク野郎が二週間前に盗んだマスクは関係ないぞ」

「じゃあ、この広沢透が被っていたのと、小出圭介の死体が被っていたマスクの二つだな」

「その二つだ。何故、広沢透のマスクは脱がされたのか？　それは交換するためだったのさ。小出圭介のマスクと取り換えたんだよ」

「なにっ、死んだ二人のマスクが交換されたんだと。どうして、そんなことを？」

「目的は二人の死体を誤認させるためだよ。広沢透の死体を小出圭介の死体だと誤認させるためさ。俳優係の筧幸一と付き人の白鳥愛子、それに俺が最初に控え室で死体を発見した時、広沢透と判断したけど、あれは実は正しかったんだよ」

「おいおい、だけど、後で、俺たち警察が捜査している時に、検視官がマスクを脱がせたら、出てきたのは小出圭介の死に顔だったじゃないか」

俺は声のトーンを上げて、

「だから、交換されたんだよ。マスクを交換したというよりも、むしろ、マスクの中身、死体が交換されたと言うべきだな」

「いつ、そんなことが行われたんだ」

「俺たち三人が死体を発見してから、急いで撮影所の各部署に連絡に走った。その間、控え室は無人だった。死体しかなかった」

「その隙に、犯人が死体をすり替えたのか」

そう言って警部は責めるような目付きをする。

俺はすっとぼけて話を続け、

「広沢透の死体からマスクを脱がせた。あのマスクは額に三日月みたいな血痕が付着していて特徴的だった。だから、死体のすり替えがバレないようにするためには、マスクを取り換える必要があったんだ。そのマスクを小出圭介に被せる。また、小出のマスクは広沢の死体に被せる。そして、窓を開けて裏庭に広沢の死体を放り出したんだよ」

「しかし、誰がそんなことを？」

「現場が密室だったことを考えると、それは小出圭介しか考えられないよ」

警部は歪めた顔を傾けて、

「小出圭介が犯人？　じゃあ、あいつは控え室を密室にして自殺したのか？　いや、他殺で間違いないはずだ。あいつの背中には包丁の刺し傷があった。あれは自分では刺せない場所だったぞ」

「うん、小出圭介は広沢透に刺されたんだよ。背中の傷はその時のものだ。こんな展開だったはずだ。広沢透は小出圭介を刺し殺してしまったと思った。実際に致命傷を負わせていたし、小出は倒れて動かなかったんだろう。犯人の広沢は後悔と己の未来への絶望に苛《さいな》まれたあまり衝動的に自殺をはかった。左胸に包丁を突き立てたんだよ」

「お前たちが控え室の鍵を開けて、最初に見たのはその死体だったのか」

俺は大きく頷いて、

「その通り。それから、俺たちは各部署に知らせるために控え室を去る。きっと、小出圭介は隣の自分の控え室で気絶していたのさ。血痕が発見されている。俺たちが騒いでいたので、小出圭介は意識を取り戻したんだよ。致命傷を負っているが最後の力を振り絞って、隣の控え室に行き、広沢透のマスクを自分のと交換する。包丁を傷口から抜き取ると、広沢の死体を窓から放った。そして、小出は包丁を自分の左胸に刺して絶命したのさ。広沢の刺し傷と同じ位置に、な。背中に傷があるかどうかは、仰向けに倒れていたので俺たちには解らなかったのさ」

「死体のスタントか。話の流れからすると短時間の行為だったんだな」

「ああ、ほんの十分足らずのことだったろう。あと、結果として密室になったのはもちろん偶発的なものだった。広沢は控え室のドアに内側から鍵をかけてから自殺した。後で小出が、控え室にあった広沢のコートのポケットから鍵を取り出して外にでも捨てれば、あんな密室状況は生まれなかったんだ。しかし、瀕死の小出はそこまで気付かなかった。仕方あるまい」

警部は腕組みをすると、

「それにしても、なんで、小出圭介はそんなことをわざわざしたんだ？」

「広沢透を殺人犯にしたくなかったんだよ。あのままでは、広沢透が小出圭介を刺殺した後に、自ら命を絶ったことが明らかな状況だった。小出圭介にとって広沢透は憧《あこが》れのスターだったんだよ。そのスターが殺人犯であってはならなかったんだ。自分がスタントを務めるスターは自分の分身でもあったんだろう。憧れの存在に己を投影していたのさ」

「しかし、なんで、広沢透は小出を刺してしまったんだ？」

「きっと、あのバニーの女優、武藤真代との関係について小出は広沢に何か言ったのさ。撮影現場の雰囲気が悪くなると作品の出来に響きますよ、とか」

「それで、広沢透はついカッとなって刺したのか」

そう言って警部は顔をしかめた。

俺は肩をすくめると、

「おそらく、ね。小出は可哀想にな。作品の出来が悪いと、主演の広沢の人気にも響く。小出はそれを心配してやってたのに」

「いい奴すぎたんだ」

「小出の左胸に止《とど》めを刺したのは小出自身だった。最後は殺人犯と被害者と双方のスタントを務めたということになるな。まさに命がけの妙技」

「そんな小出の代わりになれるような奴、いそうもないな」

「同感」

警部は皮肉めいた笑みを刻み、

「あ、そういや、紅門、お前もいい奴かもな。俺の代わりに謎解きしてくれてよ」

「冗談じゃない、こんな危険なスタント。なんせノーギャラ、懐《ふところ》が寒くなりすぎて凍死しそうだぜ」

俺はそう言って胸元をさすってみせる。

窓の外では桜がふくらみかけていた。

血を吸うマント

密室コンペティション

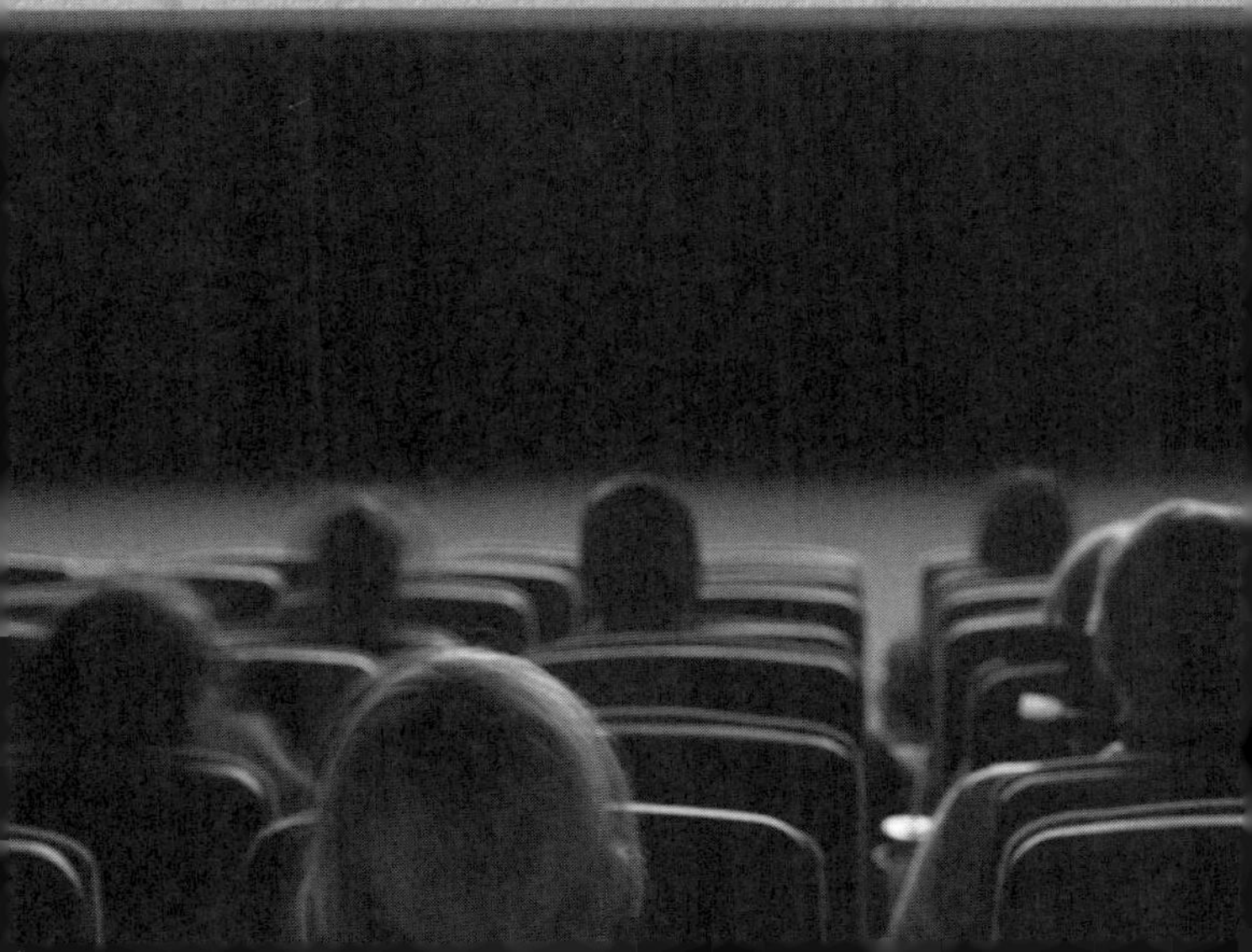

1

その男はマントを床に叩《たた》きつけた。

ビロードの生地で作られた大きなマント。表が黒で、裏が鮮やかな赤だった。

「こんな安っぽいもん着てられるかってんだよ！」

怒声を響かせると、マントが起こした風ではねあがった前髪を右手で撫《な》でつける。憤りで呼吸が荒い。肩が波打っていた。

この若い男は俳優の榎本正介《えのもとしょうすけ》。

今やテレビの連続ドラマで各局がスケジュールを奪い合う人気ぶりだ。狼《おおかみ》の子供のように、野性味と可愛《かわい》らしさが同居している、そこらへんが魅力らしい。面長の顔にやや奥まっている瞳《ひとみ》が今は怒気をはらんでいた。野性の方だ。

さらに追い討ちをかけるように、声を荒らげて、

「だから、日本映画は遅れてるって言われんだよ！　テレビの方がよっぽど先を行ってるぜ！」

そう言いながら、タキシードのズボンも乱暴に脱ぎ捨てる。

「少しは吸血鬼の身になって衣装を用意してくれよ。だいたい、これ、いつの時代だよ、ダセえんだよ！」

タキシードの上だけ着て、ブリーフ一枚で怒鳴り散らしている。滑稽《こっけい》な格好だ。包丁でも持たせればかなりアブナい人に見える。

俺は後ろを向いて、そっと笑った。

ここは光宝《こうほう》映画の撮影所。デパートの売り場のように様々な衣服が吊《つ》るされている。衣装合わせの真っ最中であった。

まもなくクランクインが迫っている映画「吸血紳士ジャパキュラ」の準備段階であった。題名から解る通りホラー映画である。日本のドラキュラだから

「ジャパキュラ」。そういえば、七十年代に、黒人の吸血鬼で「ブラキュラ」というのがあったっけ。ドラえもんが吸血鬼なら、やっぱり「ドラキュラ」か。

衣装合わせとは、出演者が劇中で着用する衣服の着心地や寸法をチェックし、修整する作業である。映画館の大画面に映し出されるわけだから、その着こなしとファッションセンスは観客の目に露骨にさらされる。俳優が神経質になるのは無理も無い。

が、榎本の態度は横暴過ぎるような気もする。口の利《き》き方が他にあるのでは？　俺はそう意見したかったが、展開を見ている方が面白いので黙っていた。

榎本正介の口撃を一身に受けているのは衣装係の堺《さかい》秀治《しゅうじ》だった。

もう六十歳くらいの白髪頭《しらがあたま》のオッサンである。岩石のような無骨な顔を赤黒く染め、うなだれて、小さな目にうっすらと涙を浮かべている。

消え入るような声音で、

「いろんなドラキュラ映画を観て研究したんですがねぇ……」

榎本は容赦するそぶりもなく、

「観たものが古いんじゃないの。それに映画だけを参考にしてたら結局、過去の焼き直しにしかなんないぜ」

上着を脱ぎ捨て、シャツのボタンをちぎるように外していく。

女のヒステリックな声が加わり、

「そうよ、古いんだってば。マントなんか長過ぎて地面をひきずってるじゃないの。動きにくいでしょ。うちの榎本はアクションの切れに定評があるんだから、それを引き出す衣装にしてもらわないと」

けたたましくまくしたてたのは若林英子《わかばやしえいこ》。榎本正介のマネージャーである。ガチョウのような体型でガチョウのようにしゃべる押しの強い中年女だ。

ステレオで罵声《ばせい》を浴びせられた衣装係の堺秀治は小太りの猫背を丸めている。涙を隠すように、手で目を押さえ、

「マントは短くして、それで、それで……」

上擦《うわず》った声はまともな言葉にならない。

プロデューサーの三橋浩一郎《みはしこういちろう》が口を挟む。芝居がかった一際《ひときわ》大きな声で、

「いやあ、率直なご意見をいただき、とても参考になります。映画は総合芸術ですから、こうしたディスカッションを重ねることで作品が磨かれてゆくわけです。直しのポイントは解りましたね、堺さん」

自分より年上の衣装係に横柄な口を利く。

堺はカエルのミイラのように縮こまって、

「ど、努力します……」

生気の無い声を漏らす。

なおも、榎本正介は追い討ちをかけ、

「ああ、いつものスタイリストさんに頼めばよかったよ、ねえ、若林さん」

マネージャーは大きく頷《うなず》き、

「そうよ、テレビドラマの時と同じ、専任のスタイリストに依頼すればよかったわ。まあ、撮影所の衣装係が担当するのが映画界の慣習だからって言われたもんだから、私はついOKしちゃったけど、これなら考え直さないとね」

矛先《ほこさき》を向けられた三橋プロデューサーは馬面《うまづら》に作り笑いを貼《は》り付け、

「まあまあ、もう一度、チャンスをくださいよ。それからでも遅くはありません。撮影スケジュールはどうにか調整しますから。ねっ。まあ、その件の話し合いも兼ねて飯でも食べに行きましょうや。撮影所の前の寿司屋、この季節はアンコウ鍋《なべ》を食わしてくれるんですよ。メニューには書いてませんけどね」

話を逸《そ》らすと、わざとらしい高笑いを放った。

ジーンズとジャンパーの普段着に着替えた榎本は満更でもなさそうに喉《のど》を上下させて、

「こんな寒い雪の夜はやっぱり鍋ですよね。それもアンコウか、ゼラチン質の皮と甘い肝がたまらんなぁ」

「榎本さん、食通とは聞いていましたが本格的です

ね。皮がお好きとは。善は急げ、です。早く行きましょう、さっさと行きましょう」

歯の浮くような世辞をたっぷり振る舞い、三橋プロデューサーは馴《な》れ馴《な》れしく榎本の肩を押す。傍らを振り向き、

「監督も一緒にいかがです。役作りのことをざっくばらんに話し合いましょうよ」

声をかけられた監督の児玉辰雄《こだまたつお》はゆっくりと腰をあげる。しわがれ気味の声で、

「悪くありませんな」

言葉少なに誘いに応じる。雛《ひな》人形の内裏《だいり》様が老けたような五十男は、衣装係・堺の寒い背中に横目を遣《や》る。が、バツが悪そうにすぐに逸らした。

マネージャーの若林英子がガチョウの声で、

「つまらない衣装を見せられた上に、大声あげちゃったから、お腹《なか》ペッコペコになっちゃったじゃない」

こういうのもイタチの最後っ屁《ぺ》と言うのか。

三橋プロデューサーは高笑いを放ち、

「さあさあ、参りましょう。アンコウは肉も皮も内臓もぜーんぶ食べられ、七つ道具と言われてます。ラッキー7を腹におさめましょうや」

知識をひけらかし、つまらない洒落《しゃれ》を大声で放つと、三人を引き連れて衣装室を出て行った。

冷気が入り込んだ。

外は雪が降っている。

ここ、衣装室は一戸建ての造りだった、と言えば聞こえがいいが、プレハブハウスの平屋である。もともと衣装部屋が設けられていた棟が改築中なので、仮の宿として使われていた。暖房をめいっぱい効かせないと寒くて仕方ない。

夜の九時近くなのに、雪にライトが反射して外は明るい。

暗い顔なのは、衣装室に残った男たち。さんざん罵倒された堺秀治は跪《ひざまず》いたまま固まっている。

誰も声をかける術《すべ》が思い当たらない。

チーフ助監督の志垣一輝《しがきかずき》が、もはや居なくなった

プロデューサーに向かって、

「撮影のスケジュールを調整します、なんて勝手言いやがって……今でもギチギチに組んでいるのに、どう変えろってんだ。脚本を十ページくらい破り捨てるなら何とかしてやるけどよぉ」

物騒な発言をする。

三十半ばで、この中でもっとも若い分、キレるのも早い。撮影スケジュールを組むのはチーフ助監督の仕事であった。無駄の無いように、天候の変化もシミュレーションし、なおかつ、出演者の都合も考慮に入れなければならない。頭と胃の痛くなりそうな仕事であった。しゃくれた顎《あご》を突き出して不服そうな表情を浮かべている。

バッシーン、と大きな音をたてて膝《ひざ》を叩いたのはカメラマンの絹谷幸太郎《きぬたにこうたろう》。ゴマ塩頭をかきむしりながら、

「ホント、あったま来るよなぁ！　あの横柄な態度、テレビタレントがナンボのもんじゃって言うんだ。クランクインしても威張りくさるんなら、俺はアップで撮ってやんねえからな」

そう、本来、カメラの動かし方は彼の掌中にあるはず。だが、おそらく、この場の口先だけであろう。今では、タレント側の方が立場が強い。先ほどの、プロデューサーと監督の対応を見れば察せられる。

助監督の志垣は下唇を突き出して、

「だいたい、最近のタレントは映画を舐《な》めてるよ。テレビドラマの方ばっかしに重きを置いている」

不満を露《あらわ》にする永遠の映画青年といったところか。

絹谷は両手の指でカメラのフレームを作ると、うつむいている堺の背中に向けながら、

「映画の全盛期はとっくの昔、今じゃ、撮影所出身の映画監督なんて微々たるもんよ。テレビ屋とＣＭ屋が映画ごっこをするのが流行らしい。俺ら、活動屋も希少な人種になってきたぜ。いや、活動屋って言葉自体もう死語かもしんねえ、なあ、堺ちゃん」

大きな鼻の穴がグスッと鳴った。

慰めの言葉をかけられても、堺秀治の背中は何も返してこない。壁のように冷たく固い。

絹谷は困惑したふうにゴマ塩頭をかきながら、

「志垣君、行こう。堺ちゃんが考えているの邪魔しちゃ悪いよ」

そう言って、チーフ助監督を促した。

俺の方にも目を遣り、

「ええっと、何だっけ、失礼、探偵さん」

「紅門福助《くれないもんふくすけ》」

俺は名乗った。私立探偵、独身、四十過ぎ、とまでは言わなかったが。

「紅門さんも、お仕事があるでしょ。出ましょう」

異議はない。

三人で小屋を出る。雪が頬《ほお》を冷たく撫でる。

ドアを閉める時に、一人残された堺秀治の後ろ姿が崩れかけた雪だるまのように見えた。

絹谷は撮影部、志垣はスタッフルームへとそれぞれ雪を踏んで立ち去った。


俺の仕事。それは麻薬の調査。

今回の映画でキャスティングした俳優の一人がヘロインを所持しているのが発見された。脇役のタレントだったので映画製作そのものには支障は無かった。ただ、他のキャストとスタッフにも蔓延《まんえん》していないとも限らない。念のために俺が調査を依頼されたわけである。

普通は、そんなことで調査員を雇うものではないらしい。ただ、先ほど、言いたい放題に怒鳴り散らしていた榎本正介の所属プロダクションが神経質になっていた。麻薬と関わりのあるスタッフ、キャストと仕事するわけにはいかない。そう強く言われたプロデューサーの三橋が俺を雇ったわけである。一種のデモンストレーション。うちの映画会社はちゃんと神経を使っています、と誠意を見せたかったのだろう。

だから、俺は映画の様々な現場に入ることを許されている。映画屋というか活動屋という人種は排他的ではあるが、ある程度、慣れ親しみ、仲間と認めてもらうと、実にハートフルに接してくれる。

俺は、お世辞の言い方を知らないという点がなぜか気に入られたようだ。

だから、照明部、録音部、演出部と渡り歩いてビールをご馳走《ちそう》になっているうちに、二時間ほど過ぎてしまった。三橋プロデューサーに本日の報告をして、帰宅するつもりであった。

しかし、予定が狂う。

撮影所の本館の玄関で実に奇怪なものを見つけた。

何か赤いものを滴《したた》らせた首。

2

首といっても生首ではない。

ブロンズの首。光宝映画の創業者の胸像が血を滴らせているように見えるのだ。

よく、涙や血を流すキリスト像の話を「ムー」系の本で読んだことがあるがその類《たぐい》だろうか？

背後から頓狂《とんきょう》な声が、

「なんじゃ、こりゃ？　まるでドラキュラに嚙《か》まれたみたいじゃん」

上手《うま》い喩《たと》えをするのはチーフ助監督の志垣一輝。

確かに、右の頸動脈《けいどうみゃく》のあたりから血が滴っているように見える。まさしく吸血鬼に嚙まれた痕《あと》みたいだ。

志垣は不審気な表情で、

「探偵さん、あんたが嚙んだの？」

「あのなぁ、探偵が嚙めばブロンズからだって血が出るのか？」

「いや、歯茎から出血したのかと思って……」

「心配してくれてありがとう。けど、何が悲しくてブロンズ像に嚙み付かなきゃならんのだ？　稼ぎはよかないが、そこまでひもじくねえぜ」

「いえ……趣味で、とか」

「ああ、二宮金次郎《にのみやきんじろう》が美味かったなあ」

「頭にも良さそうだし」

ノリツッコミにWボケ？

志垣はしゃくれた顎を突き出して、ブロンズ像に近寄る。そして、じっくりと凝視する。

「ホンモノの血？」

独り言のように呟《つぶや》く。

「いや、何かの塗料のようだ。安心したか？」

俺が答える。

その言葉を継いで、新たな声。カメラマンの絹谷幸太郎が威勢のいい口調で、

「安心よりも、がっかりじゃないか。未来の監督はそれくらい好奇心が旺盛《おうせい》でないとな。どれどれ、ほうほう」

そう言って、胸像に顔を近付けると、

「こりゃ、塗料と言うよりも染料の一種じゃないかな。衣装なんかを染める」

ベテランらしい蘊蓄《うんちく》を傾ける。

さらに、もともと大きな鼻の穴を広げ、深々と息を吸いこみ、

「うむ、間違いないと思う。衣装部で同じ匂《にお》いをかいだことがある」

確信ありげに言い切った。

志垣が口を挟んで、

「じゃあ、こんなふざけたことをしたのは衣装部の人間ということ？」

「それはどうだか。染料さえ手に入れば誰でも出来るだろうて」

絹谷はそう答えると、ゴマ塩頭をカリカリとかいた。

俺は根本的な疑問を口にする。

「だいたい、何の目的でこんなことするんだ？　この創業者に恨みでもあるんか？　それとも、さっき志垣君が言ったようにドラキュラごっこが本当に行われていたとか？」

「おい、ほら、ここにも染料が」

絹谷は腰をかがめ、リノリウムの床を指差した。

なるほど、赤い液体が雨粒のように点々と落ちている。

「おいおい、こっちにも……あ、そこにも」

志垣も大声をあげて、染料の滴りを指し示した。

赤い点は廊下の先まで続いている。

三人で跡を辿《たど》る。

廊下がT字に分かれたところで周囲を見回す。

志垣がケツをこっちに突き出したまま、

「あっちだ。出口に続いているみたいだ」

左の廊下を選び、赤い滴りを追う。

志垣の言う通り、金属製のドアにぶつかった。

俺は冷たいノブを握ると、押し開いた。

一面、真っ白な夜景。既に止んでいたが、地面に雪が積もっていて、眩《まぶ》しいくらいだ。

時計を見ると、午後十一時を回っていた。

雪の絨毯《じゆうたん》に一組だけの足跡が残されている。

かかとにコウモリのシルエット模様が刻まれた特徴のある足跡だった。ところどころに赤い染《し》みが雪に映えて目立つ。

間違いないだろう。この足跡の持ち主がドラキュラごっこに興じた張本人ということになる。

問題の足跡は二十メートルほど先のプレハブ小屋まで続いていた。

衣装室である。二時間ほど前に、主演の榎本が激怒してマントを脱ぎ捨てた場所。ひとり衣装係の堺秀治を残して、スタッフも俺も出て行った場所。

問題の足跡を消さないように、遠回りして衣装室の小屋まで進んだ。

寒さが身に染みる。革ジャンを着ていてよかった。絹谷は歳のせいか膝まであるダッフルコートに身を包みこんでいた。唯一、薄着なのが志垣、若さだろうか、「ジャパキュラ」とタイトルロゴの入ったナイロン製の薄いジャンパーを引っ掛けているだけだった。

降り積もった雪に靴が半分くらい埋まった。寒気が足元からも這《は》い上ってくる。

およそ二十メートルもの雪中行軍を経て、衣装室のドアまで辿り着いた。

今度は志垣がノブを握り、押し開いた。

三人は室内に足を踏み入れる。そして、いっせいに音をたてて息を呑《の》んだ。

吸血鬼が椅子《いす》に腰掛けていた。

部屋の中央辺り、折り畳み椅子に座っている。

黒いマントに身を包み込み、唇から赤いものを滴らせている。

動かない。眠っているのか。吸血鬼が眠るのは太陽が出ている時間帯のはずなのに。今は夜。最も活動している時じゃないか。目を閉じていない。白目を剝《む》いている。

俺は嫌な予感に捕らわれながら、そろそろと歩み寄る。そして、肩からつま先まですっぽりと包んだマントに手をかけると左右に大きく広げた。

またも、三人は音をたてて息を呑み込んだ。

黒いタキシードに黒い革靴、吸血鬼の衣装だ。

しかし、ワイシャツは白ではなく真っ赤であった。マントの赤い裏地も、より濃厚な赤に染められている。よく見ると、ズボンの膝あたりも黒々と湿っていた。床にも赤い液体は溜《た》まっていた。

先程の染料の匂いとは明らかに違う。

俺の経験から言えば、間違いなく血であった。

志垣が吸血鬼の顔を凝視して、

「こ、この人、堺さん、堺さんですよ」

吸血鬼の衣装に身を包んでいるのは衣装係の堺秀治。

俺は言葉を付け加えてやる。

「正確に言えば堺秀治の死体だ」

そう、明らかに死んでいた。血の出所は右の頸動脈のあたり。

折り畳み椅子の傍らに血に染まった裁縫鋏《さいほうばさみ》が転がっていた。

俺は、発見当初のように血を吸ったマントで死体を包んでやった。

警察を呼ばなければなるまい。なるべく現場を保存しておく必要がある。

背後から、絹谷のよく通る声が、

「なんだ、あれは？　妙なもんが飾ってあるぞ」

俺は、彼の指差す方向に視線を飛ばした。

部屋の奥にマネキンが数体並んでいる。いずれも何もまとわず寒々しい。

そのうちの一体が珍妙なのだ。

俺は足早に近づく。

マネキンの首筋に歯が付いていていた。

解りやすく説明すると、入れ歯がガムテープで貼り付けてあったのだ。あたかも生きた入れ歯が嚙み付いたかのように。そして、赤い液体が塗られている。血の臭いではない、染料の方である。

志垣が近付いて、首を伸ばすと、

「この入れ歯、映画の小道具ですよ。実際にジャパキュラが口にはめ込むもの」

「これもさっきの胸像と同じか」

「ふざけやがって、誰かが吸血鬼ごっこをやっているんだ」

憤った表情でしゃくれた顎を突き出す。

「それに、本物の死体も使っている。ごっこなんてもんじゃない」

そう付け加えたのは絹谷。神妙な顔をして携帯を手に取った。


警察が来たのはおよそ十五分後。

事件発見者の俺と絹谷と志垣は一時間近くも取り調べを受けた。

幸か不幸か、知ってる顔がいた。角刈り頭の村原《むらはら》警部。俺の契約している探偵社の社長は警視庁の元刑事なので、かつての戦友をたびたび紹介してくれる。この村原警部もそうした一人だった。向こうも俺を覚えてくれていた。

ドスの利いた声で、

「今度は発見者？　因果だねえ」

そう言って、ニンマリと笑う。

「ああ、死体の発見は何度かあるけど、吸血鬼は初めてさ。最後にして欲しい」

「探偵さん、クリスチャンじゃないしな」

「そういう問題じゃない。吸血鬼が出血多量で死んでるって洒落が気に入らん」

「しかも、新鮮な血だ。発見が早かったので現場の捜査は助かるよ」

「出血多量でいいんだな、死因は？」

村原警部は唇を丸くして笑みを作り、

「引っ掛けてくるねえ、まあ、いいけど。そう、確かに首の切り傷からの出血多量による死だ。死亡推定時刻はこの二時間以内ってとこ。それと、睡眠薬を飲んだ痕跡《こんせき》がある、これサービス」

「ありがとう。それで、一番大切なことは？」

「何だ、それ？」

焦《じ》らしているのか？　いや、そんないやみな表情を浮かべてはいない。

俺は単刀直入に問う。

「自殺か？　他殺か？　どっち？」

「死んだ堺秀治の足跡しか外には無かったんだ。かかとにコウモリのマークが刻まれた靴、吸血鬼用の靴だ。自殺に決まっているだろうが」

一点のくもりもない目で答えた。

3

村原警部の言う通り、確かに、本館と衣装室の間の雪の上には、堺秀治の靴跡しか無かった。

睡眠薬というのも自殺者にはありがちである。これで、風呂に入っていれば、自殺として結構な形になるのだが。

それにしても、吸血鬼の格好をして死ぬ奴なんて初めて見た。ホントに一度っきりにしてもらいたい。

この堺の奇妙な「自殺」について面白い推理をする人間がいた。

プロデューサーの三橋浩一郎だ。彼が言うには、

「堺さんは主演の榎本正介にさんざん罵倒されて気が滅入《めい》っていたんだよ。人気スターを怒らせたので責任を感じていた。衣装のせいでスケジュールが狂ってしまう。もしかしたら、主演が降板するかもしれない。そんなふうに自分を追い詰めてしまった」

それで自殺したというわけか。

この三橋プロデューサーにしても、役者サイドに立っていたじゃないか。だったら、同罪のはずだ。

そのくせ、手のひらを返すように、

「あの榎本正介って役者はよく食うよ。遠慮ってもん知らないのかね。アンキモなんかほとんど一人で食いやがって。おまけに女マネージャーのよく飲むこと。あいつの肝臓ガタガタだろうな。アンキモを見習えってんだ。人の会社の金だと思ってさんざん食い散らかして、礼も言わずに帰ったよ。監督も榎本のご機嫌《きげん》ばっかし伺って……あれで現場を仕切れるのか、胃が痛いよ。今から監督替えるわけにいかんもんなぁ。しこたま飲んでるのに自分の車で帰ったけど、事故にでも遭わんかな。そうすりゃ、監督交替せざるをえないもんな」

こいつの馬のような面の皮はファーストミットくらい分厚いらしい。平然と悪態を並べ、自分の推理を披露して、得意げな表情さえ浮かべている。映画プロデューサーという人種の職業病かもしれない。

助監督の志垣は若さのせいか憤りを顔に出して、

「じゃ、なんで、堺さんは吸血鬼のかっこなんかしてたのさ？　自分を苦しめた奴の衣装なんか着たくもないはずだよ」

三橋プロデューサーは臆《おく》する様子も見せず、

「それが堺さんのプロ中のプロたる所以《ゆえん》だよ。若い君にはまだ解らないかもしれないけど。いいかい、堺さんは榎本にどう言われたか覚えているかい？」

「……やたら怒鳴られていて、ひでえことを言われてたよ、ひどすぎて覚えてないくらい……」

「榎本はこう言ったよ、『吸血鬼の身になってくれ』

とね」

　カメラマンの絹谷がポンッと膝を打って口を挟み、

「それでか、堺ちゃんは吸血鬼になりきるために衣装をまとった。いいアイデアを見つけるために吸血鬼の格好をして撮影所内を徘徊《はいかい》していたんだ」

　ゴマ塩頭を上下させて感心している。

　俺は感心するよりも異様さを覚えた。吸血鬼の気持ちを知るために、大の大人が吸血鬼の格好をして外をほっつきまわる。しかも寒い雪の夜に。結果、死んじまった。

　気を緩めると噴き出してしまいそうだ。しかし、映画屋、昔風に言えば活動屋、そんな滑稽なまでの情熱こそ、彼らの原動力なのだろう。俺にはとうてい務まるまい。例えばヘビ男の気持ちになって地面を這い回る、なんて出来ない。

　三橋プロデューサーはますます調子に乗って、

「雪が降っているうちに、堺さんは吸血鬼の格好で衣装室を出た。外を歩いたり、本館に入ってみたりして、考えにふけっていたんだろう」

「そんな姿を見たらぶったまげただろうな。坊主でも十字を切ったりして」

　出来心で俺は言う。

　三橋は一瞬ムッとするが、すぐさま自分のペースを取り戻し、

「本館の玄関では、胸像の首に赤い染料を塗った。これも、吸血鬼の気分をリアルにシミュレーションするためだろう。生身の人間には頼みにくいしな。そして、雪が止んでから本館を出て、もとの衣装室に戻った。そこで、また、マネキン人形に入れ歯と染料を付けて思案する。本当にあの入れ歯を口にはめてマネキンを噛んだかもしれないな。それくらい、あの熱心な堺さんならやりかねない。ともかく、試行錯誤はそこまでだった。堺さんはどうやっても力及ばないと諦《あきら》めた。絶望感に包まれたんだ。せめて努力の跡でも見せたくて衣装に身を包んだまま、自殺した。そんな展開だったろう」

そこまで一気に語ると、右手を目に当てた。本当に涙を流しているのやら。

長く抱えていた疑問を俺は口にする。

「しかし、遺書が残っていなかったな」

すると、三橋はわざとらしく目をこすり、上擦った声で、

「あの吸血鬼の格好をしていたこと自体が遺書の代わりだったんだよ」

そんなものだろうか。どうも活動屋の考えることは解りにくい。

俺は頭を整理するために、

「雪が止んだのは何時くらいなんだ」

誰にともなくきいた。

回答は背後から来た。村原警部が野太い声で、

「雪が止んだのは十時頃だよ。だから、十時から十一時の間に堺さんは本館から衣装室へ移動し、自殺したことになる。ところで、雪は白くて綺麗《きれい》なんだけど、これは同じ白でもタチが悪い」

そう言って、名刺サイズほどの小さなビニール袋を差し出して見せた。

中には、底に白い粉が積もっている。

それを凝視する誰の目つきも険しくなる。そして声を出さない。

村原警部が代弁するように、

「ヘロインだよ。堺さんのロッカーから発見された。これも自殺の原因の一つかもしれない」

俺が依頼されていた調査の線だった。今回のキャストとスタッフの中にヘロインのルートがあるかどうか確かめる。どうやら可能性があるようだ。それがグループなのか個人レベルかはまだ判然としないが、これで端緒をつかむことが出来た。

三橋プロデューサーが馬面をさらに長くして、

「まさか、堺さんが……ヘロインを使ってたなんて……信じられない……」

俺が「待った」をかけ、

「いえ、まだ、堺さんが使っていたとは限らない。

誰か他の人が使っているのを見つけて、証拠の品として秘匿《ひとく》していたのかもしれない」

「秘匿して、どうしようっていうんだ？」

「脅迫の材料に使うに決まってら。何か臭うんだよな、きな臭い事件の裏側が」

俺はそう言いながら、先程から気になっていたことを確かめる。

死体を包んでいるマントの一箇所を凝視する。右の横っ腹の辺りだ。他の箇所と比べて血の染みが濃厚なのだ。

村原警部の方を向いて、

「この部分だけ妙だと思うんだけど。マントの裏側から血が染み出ているだけではなくって、表側にも血液が付着してるんじゃないかな」

警部は好奇心を露に目を細めて、問題の箇所を凝視すると、

「どうやら、その通りだな。ここだけ、表にも血が付着している。だから、他のところより染みの色が濃い」

そう認めてから、不審気な顔で俺を振り返ると、

「だからって、それがどうした？」

「堺さんは自殺したのではなく、殺された。他殺だと言ってるんだ」

俺は一言ずつはっきりと言ってのけた。

4

周囲が静かになった。そして、どの目も驚きと好奇心に満ちている。期待されているのならば応《こた》えねばなるまい。

俺はマントを指差して、

「何故、マントの一部に表にも裏にも血が付着していたのか？　それは、犯人が堺さんの首を鋏の刃で切る時に、返り血をあびないようにしたためだよ。マントをめくって堺さんの首の辺りを覆ってから、その下で鋏を動かし刺殺に及んだ。犯人の思惑通り

いったんだろう。返り血はマントの表が受け止めてくれた」

村原警部は口を半開きにして、唇をナメクジのように蠢《うごめ》かせると、

「それじゃ、それじゃ、他殺の線で捜査していくと、とんでもない壁にぶつかっちまうじゃないか」

「雪の上の足跡。堺さんの足跡しかない」

言いたいことを先回りしてやると、警部は口を尖《とが》らせて、

「そうだよ、そうだよ、犯人の足跡が無いじゃないか。犯人は宙に消えちまったのか、空を飛んでいったのか、えっ、どうする、どうする。どうすればいいんだよっ」

かなり焦っているらしい。折角、自殺の線で決着しようとしていた矢先に、ふりだしにもどったのだから仕方ない。今にもキレそうな顔になっている。

俺はかすかに恐怖を覚えたので、早めにゴールに導いてやる。

「警部さん、壁は崩れますよ」

「へっ」空気漏れのような間抜けな声を出すと、「足跡の無いトリックを解明できるってこと?」

「その通りだけど、聞く気ある?」

ちょっぴり焦らして意地悪してみる。

警部は拳《こぶし》を耳の辺りで振りながら、

「は、早く!」

競馬場でテンパってるようだった。

俺は心のケツに鞭《むち》を入れると、

「重要なポイントはマントだよ。犯人は堺さんを睡眠薬で眠らせた後、吸血鬼の衣装を着せて、椅子に座らせ、刺殺した。そして、衣装室を出ていった」

「おいおい、その時は雪はまだ降っていたんだろ」

「いや、止んでたはずだ」

「だったら、犯人の足跡も残ってなければおかしいぞ」

口を急須《きゅうす》の先っぽみたいに尖らせて、疑問を投げつけてくる。

俺は楽々と受け止めて、

「犯人の足跡は残っていたじゃないか」

「残っていたのは、堺さんの足跡だろ」

「あれが犯人の足跡だったんだ。犯人は後ろ向きに歩いて、衣装室から本館へと移動した。吸血鬼の衣装の一部である靴を履いて、ね」

警部は目鼻口すべてを丸くして、

「そ、その後はどうなるんだ？　胸像に赤い染料を塗ったのは犯人の仕業だな」

「同じく、マネキンの首に入れ歯を付け、赤い染料を塗ったのも犯人だ。その作業はもちろん衣装室にいる間に行った」

「それから、後ろ歩きで雪の上に足跡をつけて、本館に移動。胸像に悪戯《いたずら》をしたんだな」

「そう、堺さんが吸血鬼の研究をしていたかのような形跡を作ったんだ」

「でも、殺された堺さんはちゃんと吸血鬼の靴を履いていたぞ。かかとにコウモリのマークがある靴。雪の上に残っていた靴の跡と同じものだった」

「そりゃ、そうさ、犯人が履き替えさせたんだから」

「なにっ、犯人が履き替えさせた、だと」

警部は歌舞伎《かぶき》役者のように目をむいた。

俺はシェークスピア役者のように声高らかに、

「そう、犯人は赤い染料が落ちているのを追うふりをして、衣装室に乗り込み、死体を初めて発見したふりをしたんだ。その時、死体が履いていた靴は雪上の足跡とは違う靴だった。黒い革靴ではあったけれど。そして、犯人は俺たちの目を逸らしている間に、靴を取り替えた。マントの陰でこそこそと、ね」

「そ、そのために、マントが必要だったのか。それで死体に吸血鬼の衣装を着せた」

「そして、堺さんが吸血鬼になりきったという痕跡を赤い染料と胸像とマネキンででっちあげた」

「すべてが靴を取り替えるためだったのか。そうすることで自殺を偽装した。しかし、他殺……その犯人は……」

俺はさっさと答える。

「俺と志垣助監督に向かって、『あれは何だ！』とマネキンの悪戯に注目させた奴が犯人だ。その隙《すき》に、マントの陰で靴を取り替えた。それまで、死体が履いていた靴は他の衣装用の靴に紛れ込ませた。そしてポケットに入れておいた吸血鬼専用の靴を履かせた。そう、カメラマンの絹谷さんが犯人さ」

誰もがゴマ塩頭の男に視線を飛ばした。

絹谷は鼻の穴を広げると、いきなり胡座《あぐら》をかいて、両手を差し出し、

「逃げも隠れもしねえよ。とっととお縄にしやがれ。面倒な理屈はイライラする」

腹はくくってあったらしい。そんな潔さも活動屋ならではの心意気か。

俺はロジックを付け加える。

「吸血鬼の靴を隠し持てたのは大きなダッフルコートを着ていた絹谷さんだけだよ。俺は見ての通り革ジャンでポケットは小さいし、志垣さんは薄いジャンパーで靴を隠す余地もない。その点からも、犯人は絹谷さんと絞り込める。ご清聴、ありがとさん」

警部は大きく頷くと、

「動機はヘロインの件だな。絹谷が麻薬を使っていたことを堺が脅迫のネタにしていた」

俺のさっきの説明に、実名を入れただけである。

まあ、いいだろう、それくらいの花をもたせても。これからの付き合いもあることだし。警官にさよならを言う方法はいまだに発見されていない……レイモンド・チャンドラー『長いお別れ』より。

立ち上がった絹谷が、村原警部に導かれて衣装室を出ていった。

ドアの向こうでは、また雪が舞い始めている。

白い雪、白いヘロイン、白いスクリーン……ちょっとした三題噺《ばなし》か。黒いのは人の腹だけ。

深夜の寒気に刺され、身震いした。

届けられた棺

密室コンペティション

1

かまぼこ形のスタジオの屋根が連なる。その向こう側、一軒の民家でしまい忘れたコイノボリがたれさがっている。まるで干物だ。午後四時過ぎの西日を浴びながら、時折、微風に揺れていた。

光洋《こうよう》映画の撮影所は調布《ちょうふ》にある。俺は中庭を歩いていた。病んだ小便小僧なみに出の悪い小さな噴水の脇を通り、四階建ての「本館」と呼ばれる社屋に向かう。かなり老朽化していて、元はクリーム色らしき壁は灰色を帯びていた。ところどころ稲妻のようにヒビが走っている。

玄関口を入って、左に折れた突き当たりに、大きな部屋があった。デスクやコピー機、ロッカーなどが並ぶオフィスの様相。働いている人間は背広と作業着とカジュアルが入り交じっていた。

俺は入り口のところで一渡り見回す。天井に「製作部」「資材部」「宣伝室」「スタジオ管理課」などの札が吊《つ》るされている。が、目的のものが見つからない。

手近にいる誰かに尋ねてみよう。

シルバーフレームの眼鏡をした背広姿の痩《や》せた男がちょうどやってきた。どこか蟷螂《かまきり》に似ている。

俺は「すみません」とお行儀よく頭を下げてから、

「バーズ・カンパニーはどこでしょう?」

蟷螂男はこちらの爪先《つまさき》から頭のてっぺんまで視線を素早く往復させると、

「失礼ですが、もしかして探偵さん?」

「ええ」

紅門福助《くれないもんふくすけ》、私立探偵、四十過ぎ、独身、終電よりも始発が好き、最近凝っている料理は麻婆《マーボー》ゴーヤ、とそこまでは口にしない。

「ちょうど、よかったですよ、紅門さん」

蟷螂男はバーズ・カンパニーの社員だった。名は湯浅《ゆあさ》均《ひとし》。三十代半ばくらいだが、名刺には企画部長とある。まだ若いのに部長とは、有能なのか、それとも会社の規模が小さいせいか？　依頼の電話をかけてきたのはこの男だった。

俺は横目で壁の時計を見て、

「約束の時間よりも早かったかな」

「構いませんよ。お仕事に誠実そうで、むしろ安心しました。紅門さんとは別室でお話ししようと思って、これから四号棟に移動するところだったんですよ。部下に案内させる手間が省けました。ご一緒にまいりましょう」

丁寧な応対ぶりだが、わざとらしくて人を見下している感じがした。

フロアの奥の一画がバーズ・カンパニーのスペースだった。やはり、小ぶりな会社のようだ。

背後の廊下から、

「じゃ、行こう、湯浅君」

バリトンの声が響いた。

引き締まった長身の男が立っていた。鷲《わし》のような鋭い目をして、高い頬骨《ほおぼね》が特徴的だ。五十前後だろう。ネクタイと背広に緩みがない。日焼けした褐色の顔は頑強そうで黒曜石を思わせた。

大橋《おおはし》魁治《かいじ》。バーズ・カンパニーの社長。

化粧室に寄ってきたらしい、チェック柄のハンカチを背広のポケットにしまった。

挨拶《あいさつ》を交わすと、大橋社長は左右に目をやり、

「探偵さん、ここは他人の耳が多い。安心して話せる場所へ行こう」

そう言って、俺の腕をポンポンと軽く叩《たた》いて促した。

本館ビルの外に出ると、歩きながら、大橋は会社や業務内容などについて語ってくれた。いかめしい外見のわりに気さくな性分らしい。

バーズ・カンパニーは映画製作のプロダクション

で、光洋映画の傘下《さんか》にある。

もともと大橋は光洋映画の社員プロデューサーだったが、より自由に映画製作に取り組めるよう独立した。そうするとリスクが増す代わりに、活動の多様化を図ることができるからだ。例えば、親会社が難色を示した企画でも、他社をスポンサーに付けて製作することも可能になる。商売の間口が広がるわけだ。現在、バーズ・カンパニーは大橋を含め社員六名で活動している。

同様な独立プロダクションは他にも幾つかあるらしい。親会社の光洋映画にしても出費の多い製作部門を分離しておいたほうが経営上、都合がよかったのである。

このような情報を大橋は休みなく語った。口が達者なのは交渉ごとの多い職業柄のせいだろう。いつも映画のスタッフ・クレジットではエグゼクティブ・プロデューサーと記されているらしい。

大橋の口が一瞬止まったのを逃さず、俺は素早く質問を投げ掛ける。

「バーズ・カンパニーの社名の由来は？」

「文字通りの意味。バーズ、鳥だよ」

「映画の未来に向かってみんなで羽ばたこう、という願いをこめて？」

「いや。映画の『鳥』、有名な作品あるだろ」

「ああ、ヒッチコックですね。鳥の群れが人を襲うやつ」

「それそれ。あんなふうにバァーッと観客の懐《ふところ》を襲う映画を目指しているんだ」

大橋は悪戯《いたずら》っぽく微笑《ほほえ》んでみせる。目は笑っていなかった。

第四号棟は本館ビルから数分の距離だった。撮影所の地図を思い出してみると、南西側に位置している。本館よりもくたびれた感じの三階建てだった。白い壁は灰色がかり、その濃淡が場所により異なっている。窓枠や樋《とい》の錆《さび》が著しい。

中央の開けっ放しのドアから中に入ると、左右に廊下が広がっている。人の気配が感じられない。ほとんどの部屋が機材置き場になっているらしい。目的の部屋は一階の左端にあった。

大橋はズボンのポケットから鍵《かぎ》を取り出して、ドアに差し込んだ。

六坪ほどの室内の中央には長テーブルが置かれていた。その上に書類の山が群島のように幾つかある。壁際には書棚とコピー機が置かれ、奥の曇りガラスの窓半分をホワイトボードが隠していた。角には液晶テレビやビデオデッキなどのAV機器。天井から細い鉄柱に吊るされた二つの蛍光灯が煌々《こうこう》と照らしていた。

ふと、足元を見下ろすと、ドアのすぐそばに葉書大ほどの薄い紙が落ちていた。俺は拾う。運送関係の伝票のようだ。皺《しわ》になり、裏のシール部分が汚れているが、今日の日付だった。大切なものかもしれないので、テーブルに置いておく。誠実な探偵なのだ。

この部屋は映画の企画段階において、脚本やキャスティングなどを検討する会議室として使われているらしい。

「映画の卵を温める場所、巣みたいな部屋、だから、我々はネストルームと呼んでる」

大橋はそう言って中央の椅子《いす》に腰を下ろした。一つ置いた隣の席に湯浅が座る。

俺は長テーブルを挟んで二人と向かい合う。

椅子のすぐ近くに気になるものがあった。部屋に入った時からずっと気になっていた。

柳行李《やなぎごうり》が二つ。グレイの絨毯《じゅうたん》の上に並べて置かれていた。棺桶《かんおけ》ほどの大きさで、全体が麦茶色の光沢を帯び、結構古いものらしい。よく見ると部分的にささくれができている。

大橋は視線に気付き、

「それ、映画の衣装や道具が入ってるんだ」

「新作の？」

「いや、昔のだ。資料として取り寄せた。知ってるかな、『むささび道士』という映画」

「あっ、それって、もしかして、忍者ものの？」

「嬉《うれ》しいね、覚えていてくれて」

大橋は弓の形に笑みを刻んだ。

「むささび道士」は一九六〇年代に公開されたアクション時代劇で、確か、七本のシリーズものだった。俺は幼すぎてリアルタイムには間に合わなかったが、後にテレビ放映されたのを三本ほど見たことがある。

戦国時代を舞台に、忍者・むささび道士が秘宝を巡って、悪の呪術《じゅじゅつ》使いや妖魔《ようま》剣士らと死闘を繰り広げるエンタテインメント。派手な忍法や怪異なキャラクターによるケレン味たっぷりの活劇に夢中になったものだ。

俺はシーンを思い起こしながら、

「やっぱり、面白かったのはいろんな忍法」

「むささび道士には五つの化身の術がある」

「あ、五曜星化身の秘術」

「正解。じゃ、全部、言えるかな？」

俺は数秒考え、

「詳細まではちょっと……。断片的には思い出せるんですけど。空を飛ぶやつとか」

「天風の翔術《しょうじゅつ》だよ」

大橋は「五曜星化身の秘術」すべてを解説した。

胴衣をマント状に広げて両手両足にわたし、むささびのように空を飛ぶ［天風の翔術］。

水と一体化し、川や海に急流の渦を作り、敵を呑《の》み込む［水虎《すいこ》の獲術］。

地中に潜り、激震を起こして縦横に地割れを作る［土嵐《どらん》の裂術］。

全身を炎で包み込み、火矢のように襲い掛かる［火竜の舞術］。

つむじ風で無数の枝を巻き込みバリアにして身を守る［木嵐《もくらん》の護術］。

俺は素直に感心して、

「そうそう、思い出しました。しかし、よく覚えてますね」

「子供の頃、本当に夢中になって見たものだからね。それに、最近、ビデオを見て改めて勉強し直したたし」

「へえ、でも、どうして勉強まで？」

「うん、参考試写だ」

「新作の映画のための？」

「ああ、新たに作るんだよ、『むささび道士』を」

「ええっ、リメイク？」

「そう、リメイクするのさ」

大橋は意味深げな笑みを浮かべ、黒革の鞄《カバン》から A４サイズの冊子を取り出した。

白い表紙に墨色の明朝体で「むささび道士」と記されている。脚本だった。タイトルの傍に検討稿と小さく付されていた。

俺は床の柳行李を一瞥《いちべつ》し、

「それで、旧作の衣装や道具を参考資料として用意したわけですか」

大橋は小さく頷《うなず》き、

「昼過ぎに届いたばかりで中身はまだ見てないけどね。映像を通して見るのと、間近で実物を目にするのと、どれくらい違うかちょっと楽しみだよ。運送会社の人間がかなり重そうにしていたらしいし」

微笑を浮かべ目を細める。

さっき、俺が拾った伝票は柳行李に付いていたもののようだ。

その時、ドアをノックする音がした。

湯浅がすみやかに席を立ち、応対する。

ドアを開けると、三十過ぎくらいの男が立っていた。スウェットにジーンズといったラフな格好。色白の下膨れの顔をして、目が細くたれている。オドオドしながらアカベコのように数回頭を下げると、

「打ち合わせ中と聞きましたけどいいですか？」

遠慮がちな口調で尋ねる。そのくせ、上半身は室内に入り込み、右足は絨毯を踏んでいた。根は図々しいようだ。

男はシナリオライターの堤守邦《つつみもりくに》。今回の「むささび道士」を書いていた。

大橋の了解を得て、堤は中に入ると、

「昨日、取材ノートを本館の方に置き忘れたんで取りに来たら、こっちに『むささび道士』の衣装が置いてあるって聞いたものだから、いてもたってもいられなくて、つい……。すいませんね」

細くたれた目をぎらぎらさせて、二つの柳行李を見つめている。おもちゃ屋のショーケースにへばりついた子供を思わせる。

大橋はため息混じりに苦笑いを浮かべ、

「じゃ、せっかくだから、中を見てみようか」

そう言って立ち上がる。

湯浅が柳行李に歩み寄って、蓋《ふた》に手をかけた。抱えるようにしてゆっくりと持ち上げる。

皆、首を伸ばして覗《のぞ》き込む。

そして、息を飲み込み、バネ仕掛けのように身を引いた。

柳行李の底には男が横たわっていた。

七十過ぎくらいの老人。半開きの白目は乾いていた。ハゲタカに似た頬骨の高い顔には血色が無い。痩せた身体《からだ》を淡いグレイのシャツと水色のズボンに包んでいる。頭から爪先へとグラデーションがかかったような配色だ。俺の位置から白い靴下の足裏が見えた。

明らかに絶命している。

死体の頭の方で、大橋が呟《つぶや》いた。

「親父……」

声は震えを帯びていたが、その響きは冷たい。

2

死体発見現場のネストルーム近くの部屋に、一人ずつ順番に呼ばれ警察の取り調べを受けた。たっぷり時間を奪われた分、こっちも相手から情報を引き出してやる。

絞殺の線で捜査は進められていた。頭部を殴打した後、ロープ状のもので首を絞めたらしい。死亡推定時刻はおよそ正午から午後二時の間。

殺害されたのは大橋貞介《ていすけ》、七十四歳。

そう、バーズ・カンパニーの社長・大橋魁治の父親であった。しかも、かつては光洋映画に勤務し、同じく、映画製作に携わっていた。親子二代のプロデューサー。そして、四十年前に「むささび道士」のシリーズを手掛けていた。

「その時のコスチュームの入った柳行李を被害者の棺にするなんざ、犯人も洒落《しゃれ》がきつい。道理で運送会社の人間が重そうにしていたわけだ」

村原《むらはら》警部が鼻っ柱に皺を寄せて言った。

俺は皮肉交じりに笑い、

「見方によってはやさしい犯人さ。コスチュームは盗まれていなかった?」

「さっき、照合に行かせたけど、紛失しているものはなかったようだ。ただ、柳行李は二つあるだろ、一方の柳行李から幾つかの衣装や道具をもう一つの方に移してあった」

「そうか、隙間《すきま》を大きくした方の柳行李に死体を入れたというわけか」

「それにしても、なんで、犯人はそこまでして、父親の死体の入った棺を息子の元に送りつけるような悪趣味なことをしたんだろう」

村原警部は苦々しげに吐息を漏らす。

二つの柳行李を送ってきたのは三鷹《みたか》にある光洋コスチューム・ファクトリーであった。映画の衣装やアクセサリー、道具、着ぐるみなどを製作する系列会社である。使用済みのコスチュームを保管する大きな倉庫も設けられている。

今回はバーズ・カンパニーからの要請で二つの柳行李を搬送したわけであった。

運送トラックに載せ、光洋コスチューム・ファクトリーを出発したのが午後一時。およそ二十分後に撮影所の本館前に到着。そこからは守衛とバーズ・カンパニーの社員が自転車で誘導する形で、第四号棟の入り口脇にトラックを付けてもらう。そして柳行李はネストルームに運び込まれた。

俺は記憶をたぐり、

「ネストルームのドアの錠って、内側のノブのボタンを押してから閉めるとロックされる構造だったっけ。それを外から開けるには鍵が必要になってくる」

警部は頷き、

「ああ、その通り。だから守衛さんが鍵を使ってドアを開けた。そして、トラックのドライバーと助手が柳行李を運び込み、作業が済むと、守衛さんがノブのボタンを押してドアの錠をロックしたんだ」

「窓は？」

「柳行李を見て貴重なものと判断したらしく、守衛さん、部屋を出る前に窓が施錠されているのも確認しているよ」

「確かに貴重なものだからな」

「結果、守衛さんが思っていた以上にな。ホトケ様が入っていたんだから」

「ホトケさん痩せているとは言え、衣装などよりは重かったろうに。運んだ人間は気付かなかったのかな」

「うん、トラックに載せたのも、降ろしてネストルームに搬入したのもドライバーたちだった。彼らはコスチューム・ファクトリーの人間ではないから、どんな中身か知らず、重量について疑問は持たなかったんだ」

「白昼堂々、死体の入った柳行李を勤勉に運んでいたとは間抜けというか」

「仕方ないだろ。正確に中身を知っていたのは、唯一、コスチューム・ファクトリーで大橋貞介を殺害し、柳行李にその死体を入れた犯人だけなんだから」

「犯人は被害者をコスチューム・ファクトリーに呼び出したのかな、それとも偶然に出くわしたのか？」

「どうだかな？　被害者の家は歩いて十分ほどの近くだそうだ。それで、時々、老人の暇つぶしにコスチューム・ファクトリーを訪れていたらしい。懐かしい仲間に会いにな。今日も十一時半頃、ファクトリーの敷地内を散歩し、仲間と談笑している姿を目撃されている」

「ファクトリーの人間が犯人か」

「限定は出来ない。外部の取引先も考慮に入れる必要がある。まあ、いずれにせよ日頃から出入りしている人間の仕業とみていい。敷地内で被害者の左の靴が発見されているし。犯人と争った際、脱げたものだろう」

確かに、ネストルームで死体を発見した時、左足に靴はなかった。

俺は状況を思い浮かべ、

「靴が落ちていた場所の近くに柳行李が置かれていたのかな？」

「いい勘してる。靴の発見されたところは作業場のわりと近くだったようだ。今朝の十時頃、柳行李は倉庫から出され、トラックが来るまで、隣の作業場に置かれていたんだ。その際、中身は確認され、もちろん、死体なんか無かったことは判明している」

「死体が入れられたのはそれ以降」

「ああ、柳行李が人の目に触れていない時間帯があったんだよ。昼休みで出払ってしまったらしい。およそ、十二時三十分から十二時五十五分まで周囲に人目は無かった」

「じゃ、その空白の二十五分間に犯人は死体を柳行李に入れ、棺の贈り物にしたわけか」

「そういうことになる。しかし、犯人はどういうつもりでそんなことしたんだろ？」

警部は眉間《みけん》の皺を深くする。

俺は一つ思い当たることがあった。情報を提供してくれた礼代わりに、

「見立てじゃないかな」

「見立てって……死体を弄《もてあそ》んで何かを表現しているってわけか？」

「そう。『むささび道士』に出てくる忍法の一つに『木嵐の護術』ってあるんだけど」

つむじ風で無数の枝を巻き込みバリアにして身を

守る。

警部は数回瞬《まばた》きすると、

「なるほど、柳行李は枝のバリアの見立てになっているわけか」

「そういうこと。何の目的で犯人がそんな見立てをしたのかは解らないけどね。でも、『むささび道士』に関わった父と子、そのことを何か暗示しているんだと思う」

まだまだ霧の中だ。


ネストルームから五つ先の部屋に死体発見者たちは待機させられていた。大橋、湯浅、堤、一同の顔にはさすがに疲労の色がさしている。空き部屋なのだろう、長テーブルと折り畳み椅子しかない。警察の取調室と同じくらい殺風景だった。曇りガラスの窓の向こうは夕闇《ゆうやみ》が夜に変わろうとしていた。

「昼飯を食ったら、とっとと外出すべきだった。おかげでアリバイがないよ」

俺は自虐的な苦笑いを浮かべて見せた。事実、正午過ぎに自宅兼事務所で昼食を取ってから、ついウトウトとまどろみ、二時近くまで眠ってしまったのだ。

死体が柳行李に入れられたのは十二時三十分から五十五分の間。

大橋もそのことを取り調べの際、警察から知らされたらしい。アリバイを追及されたという。

「西調布の現像所で試写を見ていてよかったよ。つまらん映画だったが、何が幸いするやら」

皮肉めいた笑みを浮かべる。

上映は午前十時半から十二時二十分頃までだったらしい。

一緒に試写を見た湯浅はそつなくフォローに努め、

「すぐ後ろに配給元の重役さんたちが座っていましたからね。誰も眠れないし、誰も途中で席を立てませんよ。おかげで証人には困らない。重役さんたちへのお中元、ちょっと色を付けた方がいいかもしれませんね」

そう言ってわざとらしく肩をすくめた。

試写の後、現像所の近くの中華料理屋で大橋と湯浅は数人の顔見知りとランチのテーブルを囲み、一時十五分頃、それぞれの仕事先に向かったという。

シナリオライターの堤も「僕だって」とすねた子供のようにアリバイを主張する。

「起きてすぐ、といっても十一時過ぎてたけど、近所の図書館に行って、ずっと調べものしてましたよ。しょっちゅう通ってるんで、顔馴染《かおなじ》みの司書さんがいて、そのコが証言してくれるはず」

一時頃、図書館を出ると、秋葉原《あきはばら》に向かったという。何かイベントがあったらしい。ショルダーバッグからカメラの望遠レンズが覗いていた。

俺は大橋に向かって、

「いつのまにか殺人事件にまきこまれちゃったけど、もともと、俺の仕事って何だったんです？」

マヌケな質問だが仕方ない。

大橋は鞄からさっきの台本を取り出し、こちらに寄越した。

俺は手を伸ばして受け取ると、表紙を見つめる。右下の隅に「1」と小さくスタンプされていた。

「ここに番号が？」

「50までの通し番号だよ」

「じゃ、この台本は五十冊しか印刷されていない」

「そう。まだ機密事項なんでな。外部に情報が漏れないよう必要最小限の人数分しか刷っていない」

「なるほど。香港《ホンコン》映画なんかだと、オリジナルよりも先に盗作が完成してしまうなんてことがあるらしいですね」

「満更、誇張じゃないよ。まあ、日本映画ではそこまでのことはないけどな。しかし、情報が漏れるのは商売として望ましくない。観客の関心を操作するのが映画興行の基本戦略なんだから」

「最近ではネットでの流出が大きな障害でしょうね」

「そうなる前に犯人を突き止めたい」

「じゃ、台本が盗まれた？」

「それに近い。中身が盗まれた。誰かに無断で読まれたんだ。コピーされた可能性もある」

俺は手にしている台本を指して、怒りと悔しさをにじませて唇を嚙《か》む。

「盗み読みされたのはこれ？」

「いや、それは私のだ。そんな杜撰《ずさん》な扱いはしない。読まれたのは通し番号、４番。うちのオフィスで保管しているものだ」

「オフィスって、さっきの本館ビルの一階」

「そう、あの部屋の一画」

「どうして、盗み読みされたと解ったんです？」

「いつもガラス戸の棚に収めてあるんだが、その台本は上下逆さになっていた。昨日の午前中、うちの者が最後に戻した時はそんなふうになっていなかったと断言している」

「犯人がうっかり証拠を残したわけか」

「犯人は隙を見て、棚から抜き取ったんだ。昨日は人の出入りがやたらと多かったから、それを狙《ねら》ったのだろう。しかし、こっそり返却したつもりが運悪くミスをしたのさ」

昨日は撮影所でテレビドラマの製作発表が行われたため、業界人やマスコミなど大勢の人間が押し寄せたらしい。本館一階のオフィスフロアも人の出入りが激しかった。犯人はそれに乗じたというわけだ。

俺の仕事。その犯人を突き止めるのが本来の依頼内容であった。

大橋は台本を指し示し、

「今回のリメイクは機密事項が多い。『むささび道士』の根本的な設定からして改変が施されているんだからら」

「四十年前のシリーズものとはだいぶ違うんですか？」

「かなり違う。その分、シナリオライターに相当苦労してもらって、感謝してるよ。そろそろ疲れが出てきたように見えるが」

プレッシャーを含んだ言葉だった。

堤は下膨れの顔を強張《こわば》らせ、媚《こ》びを含んだ目をして、

「いえいえ、苦労だなんて、やりがいのある仕事ですよ。だから、ちっとも疲れていませんし」

他のライターに変えられることを恐れているのだろう。シシシシシと空気もれのような卑屈な笑い声を立てた。

「堤さんもシナリオ作りに気を抜けませんね」

そう言って慇懃《いんぎん》に慰労するのは湯浅だった。どこか面白がっているふうに見える。一転して、やけにもったいぶった口調に変わり、

「いろいろと新しいアイデアが社長の方から出されておりますから」

さもありがたそうに大橋の方に手を差し向けた。歌謡ショウの司会を思わせる。

大橋はマイクがあるなら握って離さないだろう。肩をいからせ、熱っぽい口ぶりで、

「前のような荒唐無稽《こうとうむけい》なアクションや忍術を排して、まったく新しい『むささび道士』を作るつもりなんだよ。古いまま蘇《よみがえ》らせてもリメイクの意味が無い。蘇生《そせい》ではなく新生だ。殊に重視しているのはリアリティ。忍者のキャラにしてもきちっと歴史的考証を裏付けて造形する」

俺は不安を覚え、

「じゃ、『五曜星化身の秘術』は？」

「科学的な見地からして、あんなこと無理だろ。忍術ではなく剣法に変え、五つの構えで殺陣《たて》を展開する」

「じゃ、宝の奪い合いは？」

「社会性がない。製塩の技術をめぐる大名同士の諜報戦《ちょうほうせん》にする」

誇らしげに顎《あご》を突き出した。黒曜石の顔は自信に満ち、揺らぎが無い。

正直、俺にはピンとこなかった。そんな「むささび道士」を人々は観たがるだろうか？

疑問を口にしようとすると、ドアがノックと共に開かれた。

村原警部だった。遠慮なくずかずかと入ってくると、右手を差し出す。

「これ、何でしょうかね？　現場の床に落ちていたんだけど」

紫色の四角いゴム。穴が空いている。何かのキャップのようだ。

湯浅が眼鏡のフレームをいじりながら、

「おそらく脚立《きゃたつ》の先に付いているキャップじゃないですかね。階段の下に物置のスペースがあって、そこに清掃用具などと一緒に置かれているんです」

そう言って廊下を指し示した。

大橋も警部の手に顔を近付けると、頷いて、

「ああ、きっとそうだ、見覚えがある。昨日、ネストルームの蛍光灯を一本、取り替えさせた。その時、脚立から外れたんだろう」

つまらなそうに鼻を鳴らした。早く「むささび道士」の話を続けたいのか、苛立《いらだ》たしげにテーブルを爪《つめ》で叩いていた。

3

翌日、三鷹にある光洋コスチューム・ファクトリーに足を運んだ。

地図で見ると、小学校二つぶんくらいの広さだった。周囲を金網のフェンスとコンクリート塀で巡らしているが、特別な防犯設備は見当たらず、乗り越えようと思えば容易に出来るだろう。入り口でも呼び止める者はいなかった。

むしろ、俺の方から門のそばに立っている警備員を捕まえて、目的の場所がどこか訊《たず》ねたくらいだ。

古い建物が並び、小さな町工場をかき集めたような風景だった。午前十時の柔らかな日差しが窓ガラスのかすかな歪《ゆが》みを映し出す。どこか昭和の空気が残っていた。人も自転車も作業車ものんびりと行き

交っている。

体育館に似た大きな建物があった。昔の映画のコスチュームや道具などを保管した倉庫。その隣が目的の場所だった。十メートル四方くらいの作業場。倉庫から運び出された問題の柳行李は、トラックが来るまでの間、一旦《いったん》ここに置かれていた。

開けっ放しの入り口から、薬品やゴムの匂《にお》いが漂ってくる。中は雑然としていた。化学研究室と何かのアトリエが混在したような様相だった。

ギロチンを思わせる木の台に怪獣の着ぐるみが吊るされている。ゴム臭の源だった。

その怪獣に六十歳くらいの男が刷毛で色付けをしていた。手馴れた様子でグリーンの体表に赤茶色の模様を描きこむ。しなびたラッキョウのような顔で頭髪が薄い。こちらを一瞬だけジロリと見て、

「電話をくれた探偵さんだろ」

ぶっきらぼうに言った。

高須賀梅一《たかすかうめかず》。昨日、柳行李をバーズ・カンパニーに搬送する手続きをした男である。その時の様子をボソボソと語ってくれた。仏頂面なのは地のようだ。話している間も怪獣の色塗りの手を休めない。

俺は板張りの床を指して、

「昨日の午前中、殺された大橋貞介さんがここにいらしたそうですが」

「ああ、古い仲だからね、貞介さん、時々、顔を覗かせるんだよ。昨日は、柳行李のことをキッカケにやっぱり、『むささび道士』の話になったよ。そりゃ、貞介さんは気にするよな」

「昔、あのシリーズは大橋貞介さんがプロデュースしていたから」

「そう。そして今回は、ジュニアの魁治が手掛けるわけだ……」

言葉尻《ことばじり》に曇りが感じられた。

俺は直感し、

「父と子の関係は？」

「よくないね」はっきり言った。「長い間、絶縁状

態が続いているよ。貞介さん、撮影所に昔の仕事仲間を訪ねていくけど、ジュニアとうっかり出くわしても、お互い無視しているくらいだからな」

「どうしてそんなふうに?」

「ジュニアはテレビやCMとか外の世界から人材を連れてくるんだ。伝統的には撮影所で育った仲間を起用するのが慣例なんだけどね。今じゃ外にすぐれた才能があるから、仕方ないんだろうが、ちょっと、ジュニアのやり方は極端過ぎる」

「じゃ、敵が多いんでしょうね?」

「数々のヒットを飛ばして、上層部の後ろ盾もあるから、誰も文句が言えないんだよ。ただ、父親の貞介さんだけは、繰り返し苦言を呈したようだ。でも、ジュニアは聞く耳もたない。自分の成功を父親が嫉《しっ》妬《と》している、なんてことも言ったらしい。何度も衝突を繰り返しているうち、修復不可能な関係になっちまった」

そう言って重いため息を吐《つ》く。

俺は大橋魁治の頑固そうな顔つきを思い浮かべた。

高須賀は口の端を歪めて、

「今回の『むささび道士』のリメイク、大橋ジュニアときたら、もったいぶってんだか、シークレットに事を進めてるんだよな」

「会社の上層部と一部のメインスタッフにしか台本を配布しないとか」

「だってな。わずかに漏れ聞こえてくる情報によれば、ずいぶんと基本設定を変えるらしいね。『五曜星化身の秘術』も無くなるって噂《うわさ》も」

「リアリティを重視するって言ってました」

「へっ、それじゃ、『むささび道士』の持ち味を殺しちまうぞ。奇想天外な忍法合戦が魅力なのにさ」

苦々しい表情になる。そして、首を斜めにすると、

「しかし、皮肉なもんだな、昔、殺されかけた『むささび道士』を救ったのが大橋ジュニアだったたってえのに」

「え、どういう意味?」

「うん、貞介さんが手掛けた前のシリーズ、三作目の成績が良くなかったんで、次作で、『むささび道士』を死なせて話題を煽《あお》り、最後の打ち上げ花火を狙おうという企画が持ち上がったんだ。社内は二つに割れたよ」

「ファンの気持ちを無視してる感じだけど」

「そうなんだ。それを気付かせたのが当時七歳のジュニアだった」

「七歳の少年が？」

「ああ、出勤する父親の車の後部シートに身を隠してジュニアは撮影所に潜入した。そして、カメラ用クレーンによじのぼると、高さ五メートルのてっぺんから特撮用の大プールに向かってダイブしたんだよ。『むささび道士を殺さないでえ！』って叫びながら。両手両足に風呂敷のマントを張り、飛んだんだよ」

「わっ、天風の翔術」

「うん、まさにな。水の深いところだったから鼻血くらいで済んだけど、浅いところだったら大怪我していた。ジュニアはファンの思いを乗せて飛んだってわけだ。それがキッカケで貞介さんら大人たちは企画を検討し直した」

「シリーズは確か七作まで続きましたね」

「おかげで息を吹き返したんだ」

皮肉めいた笑みを刻み、フンッと鼻を鳴らすと、

「そのジュニアが今度は『むささび道士』の魅力を殺そうとしている」

「妙な因果ですね」

高須賀は小さく頷いてから、

「リメイクでよく陥る危機は新しさを追求するあまり無闇に改変することなんだ。新しくすること自体に酔ってしまう。落語みたいに様式の良さを認めつつ、現代に通じる演出を工夫することが大事なのにな」

リメイクの難しさについて、「子連れ狼《おおかみ》」「赤影」「座頭市」などの実例をあげて力説してくれた。

怪獣の色塗りが一段落したタイミングで、俺は訊《き》いた。

「殺された貞介さんの左の靴が見つかったそうですが？」

「あそこ」

高須賀は面倒くさそうに腰を上げるが、ちゃんと案内してくれる。

作業場から二十メートルほど離れた場所だった。アスファルトの上に警察が白く印を付けて、周囲を黄色いテープが巡らしてある。その奥の空き地は雑草の茂る天然の駐車場になっていた。

高須賀は辺りを見渡し、

「ここでホンモノの人殺しが起こるとはな」

「ここで作るのはニセモノの死に装束なのに」

「ああ。嫌な場所になっちまった。こないだは横領事件があったし」

先週、経理課の若い女が会社の金を横領し、行方をくらましたという。

俺は関心を引かれ、

「その女、殺された貞介さんの知ってた人？」

「いや、面識はなかったはず。だけど、妙だったな。社員旅行の集合写真を見せて、その女を教えたら、貞介さん、じっと見つめて、首傾げていたよ。なんでだろう？」

そう言って自分も首を傾げてみせる。


十二時半を回った頃、俺は調布の光洋映画の撮影所にいた。昼休みで人々がのんびりとそぞろ歩いている。本館の入り口で目的の顔を見つけた。

バーズ・カンパニーの白井成人《しらいなりひと》。マッシュルームカットの童顔が特徴的な二十代半ばの社員。昨日、例の柳行李がネストルームに運び込まれる際、守衛と共に立ち会った男である。

本館脇のベンチで話をきいた。

「ええ、あの柳行李を手配したのも僕です。昨日の朝九時、大橋社長が出勤されるなり、そう命じるものですから、すぐに。急でしたがいつものことなので慣れてます。光洋コスチューム・ファクトリーに連絡して、『むささび道士』の衣装や道具をこちらへ送ってもらうよう手配したんです。向こうも心得たもので午後一時に出発すると約束してくれました。社長は常に迅速な対応を望んでいますから」

白井は誇らしげに答えた。

「それで、ここでの搬入に君は立ち会ったんだよな」

「ええ、僕しかオフィスにいなかったから。他の若手三人は昼過ぎからずっと本社の宣伝イベントの手伝いに狩り出されていたんです。だから僕が搬入に立ち会うことに。予定通り、一時二十分頃、トラックが到着し、間違い無く柳行李はネストルームに運び込まれました。ああ、そこまでは極めて順調だったのに、死体が……」

童顔を曇らせる。玩具《がんぐ》の部品を無くした幼児のようだった。

俺は質問を続ける。

「あのネストルームの鍵って、幾つあるんだ？」

「二つですよ。守衛室に預けてあるやつと、あと社長が持っている鍵と」

「じゃ、昨日、柳行李を搬入する際に守衛が使ったのは」

「そりゃ、守衛室の、ですよ」

「もう一つ訊くけど、警察がネストルームで脚立の先っぽのキャップを拾った。一昨日《おととい》、蛍光灯を取り替える際に外れたんじゃないかと推測してたけど」

「ええ、そのことも訊かれましたよ。確かに、一昨日、僕は脚立に乗って蛍光灯を取り替えました。けど、ネストルームでキャップが外れたはずありません。だって、その後、物置に脚立を戻す際に確認してるんです。キャップの一つが緩んでいるのを見つけて、僕、押し込んで直したんですから」

「確かか？」

「ええ、確かですよ。あと、落ちていたと言えば、柳行李に付いていた伝票も妙なことになっていた」

「ん、俺がドアのすぐそばで拾ったアレか？」

「それそれ。警察によれば、裏のシール部分のゴミの種類から推察して、誰かがあの伝票を外からドアの下の隙間を通して室内に押し込んだらしいんですよ」

「それで、あんなふうに皺になっていたのか」

「ええ。でも、妙ですよ。僕がネストルームを出る時、あの伝票、柳行李の上にあったんですから」

「確かか？」

「確かですよ」

口を尖らせるとますます幼く見えた。

4

俺は昨日死体発見者たちが待機させられた部屋で大橋社長と向かい合う。ネストルームを覗くとちょうど村原警部がいたので、同席してもらった。

昼下がりの柔らかな陽光が曇りガラスを通して白く差し込んでいる。

さっき聞いた脚立の件を繰り返してから、

「キャップが取れたのは一昨日蛍光灯を取り替えた時じゃない。すると、それ以降、誰かがネストルームに脚立を持ち込んでいる。こっそりと行動しなければならなかった人間の仕業。それは殺人犯と考えられるんじゃないかな。そして、ネストルームでは死体が発見されている。犯人が密《ひそ》かに出入りする目的を考えていくと一つの可能性に突き当たるんだ。つまり、死体を運び込むために犯人はネストルームに出入りした」

向かい側から警部が苦虫を噛み潰《つぶ》したような顔を突き出してくると、

「ちょ、ちょっと待て。じゃ、死体は柳行李で運び込まれたんじゃないと、お前はそう言ってるんだな」

「ええ。柳行李が搬入された際、中に死体は入っていなかった。その後だったんだよ。犯人がネストルームに侵入し、柳行李に死体を納めたのは」

今度は、大橋社長が身を乗り出すと、

「すると、おかしなことになるな。ネストルームのドアの錠はロックされていたはずだぞ。窓も施錠されていた。犯人はどうやって中に入ったというんだ。こりゃ密室の謎じゃないか」

「そう、密室の謎ですね。ドアの鍵は守衛室で管理されている。もう一つの鍵は」

「私が持っている。可能性があるのは私だけだな」

「そうみたい」

「残念だが、私には不可能だよ。アリバイがある」

警部がその隣で、

「間違いないよ。ネストルームに柳行李が搬入されたのは一時二十分頃だ。それ以降に、犯人が死体を運び込んだというなら、大橋社長には不可能だ。アリバイの裏づけは取れている」

「あ、そう。警察が言うなら信じるしかないでしょうね」

「じゃ、密室の問題はお手上げか?」

「いいえ、お手上げじゃない。密室は破ることが出来る。ネストルームの鍵を開けたのが犯人ではないとするならば、それは被害者だよ」

「被害者って、殺された大橋貞介って、そんな無茶な、どうやって?」

「中から鍵を開けたんだよ。ほら、中からならノブのボタンを押すだけでいい。貞介さんはネストルームの中にいた」

「へっ、だから、どうやって中にいることが出来たんだ?」

「柳行李の中に入ってですよ。ネストルームに運び込まれる時、柳行李の中に貞介さんは潜んでいたんだよ、生きたままね」

「……死体じゃなくて」

「さっき、柳行李に死体は入っていなかったと言ったよね、俺。貞介さんは生きていたんだ」

「じゃ、三鷹のコスチューム・ファクトリーを出る時からずっと中に」

「調布のここまでずっとね」

「自分の意志で」

「そういうこと。貞介さんは柳行李の中に潜んでネストルームに入った。そして、みんなが去った後、柳行李から出ると、ネストルームのドアを開錠した。何かの目的のために脚立を取りに行った。その際、密かに出入りするつもりが運悪く犯人に見つかってしまったんだ」

「それで、犯人は貞介さんと共にネストルームに入り、犯行に及んだ」

「殺害し、今度は死体として、貞介さんを柳行李に納めた。そして、ノブのボタンを押してから、外に出てドアを閉めると鍵がかかる。脚立は物置に戻しておいた。脚のキャップが取れてネストルームに残っているのには気付かないまま」

「しかし、犯人はどうして、死体をまた柳行李に納めたんだ。やっぱり見立てを作るためか」

「見立てはカムフラージュに過ぎない。もっと、周到なトリックが仕掛けられていた」

「トリック？」

「そう、アリバイトリック。死体は柳行李に入れられて、ネストルームに運び込まれた、と見せかけるのが目的だった。柳行李を載せたトラックが三鷹のコスチューム・ファクトリーを出発したのが午後一時。すると、死体が柳行李に入れられたのはそれ以前と時間帯が限られてくる。実際、その時間帯、貞介さんはこっそり中に潜んでいる、もちろん生きたまま」

「そうか。本当の犯行時刻は午後一時以前ではなかったんだ。一時以前に見えるように犯人がミスリードした」

「もちろん、自分を安全圏に置くために、だ。午後一時より前ならば、犯人には充分にアリバイがあったんだよ」

「逆に言えば、その時間帯にアリバイのある者が犯人ということになるな」

「そう。それに、このトリックを仕掛けるには柳行李の運搬の経緯やネストルームについて知らなければならない。そんな知識のある人間はバーズ・カンパニーの社員六名に限られてくる。当日の朝、唐突に社長が命じたことなんだし」

大橋は憮然《ぶぜん》とした面持ちで、

「私は容疑者になるのかな」

「ええ。でも犯人じゃない。手掛かりは柳行李の運送伝票だ」

「君が拾ったヤツか?」

「そう。昨日、一時二十分頃、柳行李の搬入に立ち会った白井成人によれば、伝票は柳行李の上にあったと証言している。だけど、俺はネストルームのドアの近くで伝票を拾っている。そして、警察の調べによれば、誰かが伝票をドアの隙間から室内に押し込んだらしい。その誰かとは当然、犯人だよ。きっと犯行を終え、ネストルームを出てドアを施錠してから、靴かズボンに伝票が貼り付いているのに気付いたんだ。その伝票は室内にあるべきもの。だから、犯人はドアと床の隙間から中に押し込んだのさ。でも、大橋さんが犯人ならそんなことはしないはずだ。だって、ドアの鍵を持っているんだから。故に容疑者リストから除外される。まあ、それに、実際の犯行時刻である一時以降のアリバイもあるって警察のお墨付きらしいからね」

村原警部が小さく頷き、

「ああ、さっき言った通りさ。で、残る容疑者は」

「三人の若い社員が昼過ぎからずっと本社の手伝いに狩り出されていた、よって、実際の犯行時刻のアリバイは成立するので除外。あと、柳行李の搬入に立ち会った白井成人だけど、ほら、脚立の件で、キャップが外れたのは一昨日、蛍光灯を取り替えた時ではないとはっきり証言した」

「そのおかげで、事件を解決する糸口が見つかった」

「奴が犯人ならわざわざそんな自分に不利なこと証

言するはずない。少なくとも曖昧《あいまい》に答えるはずだ」

「なるほど、容疑者リストから除外だな。すると、あと、一人」

「ああ、残ったのは一人。つまり、湯浅均、奴が犯人ということになる」

「うん、午後一時以前は現像所で試写を見ていたんだよな、なるほど、アリバイがあるな」

「そのアリバイを利用してトリックを仕掛けたのさ。一時以降、湯浅は貞介さんを殺害し、柳行李に死体を入れた。その際に死体から左の靴を奪ったんだ。それから、三鷹のコスチューム・ファクトリーに赴《おもむ》くと、靴を捨て、そこで犯行が行われたように見せかける。あの場所はアスファルトだけど、奥にある駐車場は土のむき出しの地面だった。車の通り道だから、土が落ちている。そんな場所で靴が脱げれば、靴下は結構汚れるはずだ。でも、昨日、死体を発見した時、靴下は足裏まで真っ白だったよ」

それがトリックを見破る最初の足がかりとなった。

俺は事件の経緯を思い起こしながら、

「まるで、『むささび道士』の秘術みたいだよ。見立て、密室、アリバイってトリックが化身していった」

村原警部は残る疑問をあげる。

「殺害の動機は？」

「女だと思う」

先週コスチューム・ファクトリーの経理課の女が会社の金を横領し、行方不明になっている。

俺はその件に触れ、

「たぶん女は湯浅とデキてる。横領もそのためだろう」

「じゃ、湯浅が女をどこかに匿《かくま》っている？」

「うん、そして、二人一緒にいるところを貞介さんに目撃されたんだよ」

コスチューム・ファクトリーで女の写真を見て、貞介は首を傾げたという。記憶の琴線《きんせん》に触れたのだろう。どこかで見た顔だ、と。

「それで、口を塞《ふさ》がれたわけか」

警部はため息混じりに言った。

大橋は冷徹な表情のままだった。部下が殺人犯と知っても動揺の色は見せない。眉間に人差し指を当てると、

「解らないことがある。さっき、何かの理由で親父が脚立をネストルームに持ち込んだと言ったね。その理由って何なんだ？　そもそも、どうして、親父はあんなことして忍び込んだりしたんだ？」

理不尽な行動に苛立ちを覚えているらしい。テーブルを爪で数回弾いた。

俺は答える。

「気持ちを伝えるためですよ。リメイクされる『むささび道士』のシナリオが盗み読みされたと言ってましたよね。それ、きっと、貞介さんの仕業でしょう」

「親父が」

「ええ、それで、『むささび道士』の基本設定が大きく変えられていることを知った。貞介さんはショックだった。本来の魅力が殺《そ》がれ、そして、映画そのものが失敗する可能性がある、そう思ったんでしょう。あなたに考え直してもらいたかった。しかし、そのことをストレートに告げても素直に耳を貸す相手じゃない」

「ふん、親父も解ってるな」

「だから、あんなことをした。パフォーマンスを演じようとしたんだ。かつて、七歳の少年が車のバックシートに隠れて、撮影所に忍び込み、クレーンからプールに飛び込んだみたいに。あの時の少年の気持ちと同じだと言いたくて」

「少年」

「そう、あんただ。貞介さんはあんたに思い出してもらおうとした。しかし、七十過ぎの老体ではとても七歳の少年とまったく同じことは出来ない。だから、別の形でなぞることを考えたんだ。一種の見立てだ。バックシートの代りに柳行李に隠れ、普段入

れないネストルームに忍び込み、そして、『天風の翔術』を演じる」

「どうやって『天風の翔術』を?」

「きっと、天井にぶら下がるつもりだったんだよ。両手両足を蛍光灯に縛りつけて。まるで、模型飛行機のディスプレイのように」

「それで、脚立を」

「そういうこと。ついでに衣装は柳行李の中から拝借する」

大橋は眉を下げ、呆然《ぼうぜん》とした面持ちで、

「七十過ぎのいい年こいた大人が天井にぶら下がるなんて……馬鹿《ばか》なオヤジ……」

「あんたも半分は同じDNAだろ」

俺は風呂敷のマントで宙を舞う少年を思い浮かべた。

大橋は虚空を見据えている。視線は遥《はる》か時を越えているのかもしれない。一瞬、黒曜石の顔がわずかに揺らぐ。少年の微笑。目を細めると、

「また、脚本家に苦労してもらわんとな。検討稿から準備稿へ、それから完成稿へとシナリオも化身するものだ」

「この事件のトリックみたいに」

「そう、『むささび道士』の秘術みたいに」

その目は遠い風景を見ている。

俺はまだ観ぬスクリーンを夢想しながら、

「期待してますよ、見応えのある新作を」

「ああ、昔の『むささび道士』の醍醐味を現代のセンスで蘇らせてみせるよ、必ず。古い革袋に新しい酒を注ぐように、ね」

大橋は無邪気なくらい力を込めて言った。

俺は少し胸が高鳴るのを感じた。何だか、本当に酒でも飲みたい気分だった。映画に乾杯。

死写室

密室コンペティション

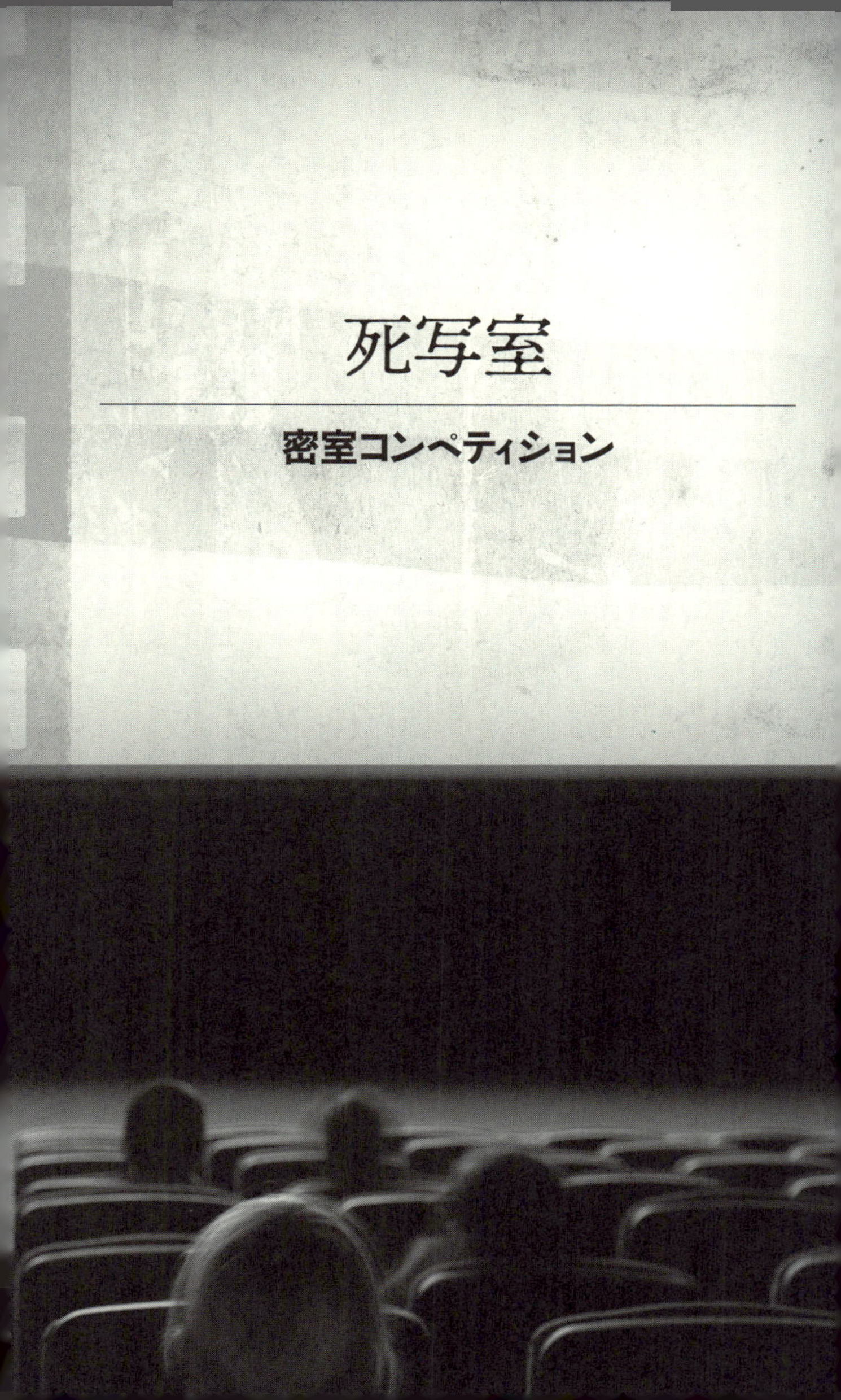

1

人の群れを縫うようにして、俺は走っていた。

十二月下旬の金曜日の夜。九時半を回っていた。有楽町《ゆうらくちょう》から東銀座《ひがしぎんざ》にかけて、人も車も数珠繋《じゅずつな》ぎであった。賑《にぎ》やかな往来は途切れることが無い。

吐く息は白かったが、寒さは感じさせない。ネオンに熱せられたようだ。

俺は走っていたので、汗さえかいていた。暑い。既に、黒いコートは右腕に丸めている。首筋の辺りが火照《ほて》り、スウェットの赤茶色と境目が無いかもしれない。それは、たぶん、興奮のせいでもあるだろう。期待と焦りに血管が激しく波打っているようだった。

息せき切って、足を早める。人の流れを掻《か》き分けながら走る。ようやく目的のビルに辿《たど》り着いた。

晴海《はるみ》通りの脇道に面した十二階建てのビル。

ガラスの自動ドアを抜け、エレベーターに乗り込んだ。ここも人の出入りは多い。上の方のフロアに、トレーニングジム、カルチャーセンターの教室、飲食店などがあるせいだろう。

六階に着くと、俺は人壁の隙間《すきま》をくぐって、エレベーターを降りた。他に降りる者はなかった。

ここは、映画会社・創陽《そうよう》ピクチャーズのフロアであった。

社名ロゴの刻まれたガラス戸を押して入る。細長い廊下を進む。もう十時近くなので、人の気配が感じられない。営業部、宣伝部などと区切られたパーティションを横目に見ながら、廊下の奥へと進む。

突き当たりに試写室があった。

やっと到着した。

キャスター付きの掲示ボードに上映作品のポスター

が貼《は》られていた。

俺は改めて胸の高鳴りを覚える。まだ息は荒い。

上映の開始時刻は九時だった。壁の時計を見ると、既に四十八分の遅刻のようだ。

しかし、間に合ったはず。シナリオによれば、目当てのシーンは後半部分にある。

俺はポケットから革手袋を取り出し、左手にはめた。もちろん静電気防止である。以前、ここで痛い目にあったのだ。

試写室のドアは左右の観音開きだった。

左側のスチールの取っ手を握る。静電気は無事、防止。ちょっと引くと、ドアの重みが伝わってくる。音を遮断するため、厚さはソフトボールくらい。ぶつかっても安全なようにラバー素材が張られ、鉄のフレームで縁取られていた。

きしる音をたてないように、俺は注意深く開けようと力を入れる……。

その時、背後から、

「ちょっと待ってください！」

疾風のような声がよぎった。

俺は思わずドアから手を離して、振り返る。

二十代後半くらいの女性が立っていた。

創陽ピクチャーズの社員だろう。おそらく宣伝部員。

ドアの手前、ちょっと奥まったところに、テーブルと折り畳み椅子《いす》があった。ずっと、そこにいたらしい。ポスターの掲示ボードの陰になって、目に入らなかったのだ。

それに彼女は小柄だった。ジーンズに橙《だいだい》色のフリースとラフな格好。ショートカットの丸顔で、やや吊《つ》り目だが、それが凛《りん》とした魅力になっている。勝気な性格の表れでもあるようだ。

厳しい眼差しで俺を見つめている。いや、睨《にら》んでいる。そんな表情もなかなか可愛《かわい》らしい。

「何か御用ですか。そこはうちの試写室なんですけど」

彼女は厳しく可愛い面持ちで詰問してくる。

俺は困ったのと嬉《うれ》しいのと半分ずつで、

「そりゃ、試写を観に来たんだけど」

「失礼ですけど、あなたは？」

その質問に、俺はすんなりと答える。名刺だって渡す。

紅門福助《くれないもんふくすけ》、職業は私立探偵、年齢は四十過ぎ、とそこまでは名刺に記されていない。

「試写状も持っている」

そう言って、俺は黒ジーンズの尻《しり》ポケットに手を突っ込む。

が、見つからない。慌《あわ》てて腕に抱えたコートをまさぐったものの、ポケットの位置が解らない。少し焦ってくる。いったん身に着けてから、ようやく右ポケットから試写状の葉書を取り出した。

それを見て、彼女は、

「この試写状では入れませんよ」

「え、どうして？」

「ほら、よく見てください。この回のスケジュールは記されていないでしょ」

確かに、その通りである。

試写の日時が幾つか明記されたスケジュール表に、今回のものは無い。

それでも、俺は引き下がらず、

「ええ、でも、これをくれたプロデューサーの磯田《いそだ》さんが大丈夫だって」

「じゃ、磯田さんから、この回の試写のこと、聞いたんですね」

「うん」

彼女は顔をしかめて、

「ったく、磯田さんったら、アバウトなんだから……。この回は、限定のマスコミ試写だって言ったのにさ……。教えるんじゃなかった」

愚痴を漏らす。こちらにも聞かせる愚痴であった。

「とにかく、この回は入れませんよ」

「せっかく来たのに」

「限定のマスコミ試写ですから。その人たちのために臨時で上映しているんです。彼ら以外は入れないという約束なんですから」

「でも、磯田さんがいいって」

「私がダメだと言ってるんです」

毅然《きぜん》とした態度だった。

俺は気圧《けお》されながら、

「あなたがダメと……。あなたは、この創陽ピクチャーズの人だよね？」

「ええ」

彼女はジーンズのポケットから藍《あい》色のカードケースを取り出すと、名刺を寄越した。

尾城亜由美《おぎあゆみ》と記されている。やはり宣伝部であった。

俺はもらった名刺を仕舞いながら、

「さっきも言ったように、磯田プロデューサーの許可を得ているんだけどさ」

「私のところには連絡きてません。試写は宣伝部の管轄ですから。磯田プロデューサーにはそうお伝えください」

「どうしても、ダメ？」

「はい。今回は二名の映画ジャーナリストに頼まれて、行っている試写ですから」

「え、二人しか観てないの。じゃ、席空いてるじゃない」

「そういう問題じゃありません」

尾城亜由美は頰《ほお》を膨らませる。改めて俺の名刺を眺めながら、

「だいたい、どうして、私立探偵がそんなにこの映画を観たいんです？」

「私立探偵が映画を観ちゃいけない？」

「そんなこと言ってません。この作品、探偵役は出てくるけど、仕事の参考になるとは思えないから」

そう、確かにこれは一種のミステリー映画であった。

売れっ子のファッション・デザイナーが実は絞殺

魔で、次々と犯行を重ねていくうちに、モデルである恋人の死体を見たくなる。そんな欲望に苦悩する殺人鬼を叙情豊かに描いたラブ・サスペンス、という触れ込みだ。タイトルが、「恋人はハンガー」。

俺はシナリオの内容を思い出しながら、

「まあ、確かに、ホンモノの探偵業に役立ちそうな作品ではないね」

「じゃ、どうして、そんなに執着するんですか？映画ライターでも関係者でもないのに」

「いや、俺、関係者なんだよ」

「えっ、この映画の？」

「うん」

「どんな？」

不審そうに顔をしかめる。

俺は首筋の辺りが汗ばんでくるのを覚えながら、

「じ、実は、この映画に出演してるんだ。もちろん、ちょっとだけ。端役《はやく》の一人でさ、アップなんかないけどさ。一応、セリフもある。大勢で一緒に喋《しゃべ》るから紛れちゃってるけど」

「あ、そうだったんですか。それで、磯田プロデューサーと知り合いなんだ」

「というわけだから、ねっ、観てもいいだろ？」

「駄目です」

亜由美はすげなく言い切った。

表情は石のように硬かった。壁の時計を指して、

「だいたい、映画は既に始まってますよ。もう一時間近く経ってます」

「うん、解ってる。でも、俺の出演シーンは後半だから、間に合う。大丈夫だから」

「そうじゃなくて、失礼じゃないですか」

「失礼って？」

「映画に対して失礼だと言ってるんです。映画は最初のタイトルからエンドマークまで綿密なシーン構成によって全体が成立しているんですよ。それを途中から入って観るなんて失礼じゃないですか。一般のお客さんならともかくも、関係者の人がそれでは、

映画が可哀想じゃないですか」

彼女は釘《くぎ》打ちのように一言ずつ力説する。数回、両の拳《こぶし》を振っていた。

俺は気後れしながら、なおも食い下がり、

「まあ、そう言われたら、何とも……。じゃ、スクリーンに対して土下座したまま顔だけ上げて観るから」

「何の詫《わ》びにもならないでしょ」

「だからさ、せっかく来たんだからさ」

攻防戦が続いていた。

すると、いきなり、試写室のドアがこちらに開かれた。

上映中の大音量が一気に溢《あふ》れ出てくる。

一人の男が姿を現わした。

血の気のない顔をしている。

足元が覚束《おぼつか》ず、ドアにもたれかかるような姿勢をしていた。

声を震わせて、言った。

「し、死んでるよ。あの人、死んでる……」

2

亜由美はドアを引く。壁に当たるまでいっぱいに開き、固定した。

スクリーンが見える。

フィルムに焼き込まれたドラマが投射されている。暗闇《くらやみ》に伸びる光の軌跡。現実と幻想とが睦《むつ》みあう。日常と異界とが地続きになっているようだった。

スクリーンを背景に、こちらでも現実のドラマが展開されている。

男はうわ言のように繰り返す。

「死んでるんだ……」

青ざめた顔つきをしていた。

男の方こそ死にそうな様相だった。開かれたドアの端にもたれかかり、背後の闇に吸い込まれそうに揺れていた。かなりのショック状態に見える。

亜由美が男の左肩に手をやりながら、

「大丈夫ですか、津嘉山《つかやま》さん？　死んでいるって、中で？」

「ああ、坂林《さかばやし》さんが死んでる……殺されているみたいだった……」

声はかすれていた。

後で知ったことだが、この男は、津嘉山登《のぼる》という映画評論家だった。三十代後半、まだ、その世界では若手の部類だろう。

そして、試写室にいるもう一人が坂林敏也《としや》、新聞社の映画記者である。

その坂林が死んでいるというのだ。

しかも、殺されているようだ、と不穏な状況。

亜由美と俺は、ほぼ同時に試写室の中に足を踏み入れた。

入り口から客席まで、三メートルほどのトンネル状になっている。ドアの開閉により、鑑賞中の人間のさまたげにならないように配慮された構造であった。

背後で、外に残してきた津嘉山の動く気配がした。彼は背中を丸め、廊下を進んでいる。ふらつきながらも、足早になっていた。片手を口元に当てている様子だった。

亜由美が声をかける。

「津嘉山さん、吐くならトイレで！」

そう言って、肩をすくめると、こっちを向き、

「後で廊下の掃除させられたら、たまんないでしょ」

「マスコミの対応は宣伝部の管轄だもんな」

俺は同情の意を示してやる。

三メートルのトンネル区間に潜む者はいなかった。殺された、と聞いているので、一応チェックしておいたのである。

客席の数は六十くらい。試写室としては中規模のものだろう。六列に並んでいる。

俺は右側から、亜由美は左側から、それぞれ見て回るフォーメーションが自然に組まれた。挟み撃ち

の状態なので、誰も逃げ出せないはずである。

最後列から順に確認してゆく。通路はかすかに傾斜していた。客席の下、列と列の間を見落としのないようにチェックする。スクリーンでは映画が上映されたままだった。その光のおかげで十分に目視することが出来る。

前から二列目、真ん中辺り。

影の塊があった。

崩れるように座った男の姿。

椅子からずり落ちそうな姿勢で、首を左に曲げている。後ろからだと、頭部は背もたれに隠れて見えなかった。

俺は男に近付こうとする。

「待って」

亜由美の叱責《しっせき》するような声に足を止められた。

「ここは試写室。私の役目だから」

気丈な声で言った。

そして、じっと椅子の男を凝視する。十秒ほど躊躇《ちゅうちょ》してから、意を決したように、両肩を上下させる。慎重に一歩ずつ近付いていった。

その間に、俺は素早く最前列へと回る。スクリーンのすぐそばで振り返り、周囲を注意深く見回した。

誰も潜んでいる様子はない。

亜由美がこちらを向いて、

「探偵さん、本当だったよ……。さ、坂林さん、死んでるみたい」

椅子の男を指して、声を震わせた。

俺は駆け寄って、顔を近付ける。

その男、坂林敏也は呼吸の気配がまったく感じられなかった。身体のいかなる部位も微動だにしない。

右手首にそっと触れてみる。スプーンのように冷たい。脈はなかった。

片膝《かたひざ》を付いていた亜由美が立ち上がる。両手をメガホンにして、後方に向かって叫んだ。

「映写さん、ストーップ！　上映を中止して！」

光源の輝く窓に人の影が動いた。

男の顔が覗《のぞ》く。映写技師だろう。こちらの様子を窺《うかが》っている。

亜由美が再び叫んだ。

「ストップしてくださーい！」

映写技師は窓を離れると、せわしく動き回った。三十秒ほどして、スクリーンから映像が消えた。試写室は闇に閉ざされる。

そして、すぐさま、照明が点灯され、光に満ちた。場内は日向のように明るい。客席も通路も出入り口も何もかも、はっきりと浮かび上がっていた。改装してまだ三年なので、全体に清潔感が漂っている。

ちょっと目がちかちかしたが、すぐに慣れる。

その目で、椅子の男を見据える。

明るい光にさらされ、坂林の死は歴然としていた。

年の頃は六十前後か。生気を失い、皮膚が灰色がかっていた。角ばった顔は生前、傲慢《ごうまん》そうに映っただろう、それが今は冷たいコンクリートの塊のようでしかない。何かに驚いたのか目が大きく見開かれている。黒々と染めたオールバックの髪が乱れて、額に縄暖簾《なわのれん》をかけていた。背広とワイシャツも乱れている。

間違いなく他殺だろう。

紺地に蓬《よもぎ》色のストライプのネクタイがもつれたようにねじ曲がっている。喉元《のどもと》に食い込んでいるのだった。赤黒い筋が首を染めている。

どうやら絞殺らしい。

隣の席にはコートが置かれたままだった。裏地の胸に死人のネームが縫い付けられている。二度と袖《そで》を通されることはない。

死んでから三十分くらいだろう。

俺の経験則がそう告げていた。これ以上の詳細は警察に任せるしかない。溜息《ためいき》をついて立ち上がる。

亜由美は顔を強張《こわば》らせていた。怯《おび》えに抗《あらが》うように肩をいからせている。両手は拳を握り、微かに震えている。

絞り出すような声で、

「やっぱり、警察……ですよね？」

同意を求めてくる。まっすぐにこちらを見ている。

気丈な眼差しだった。

俺は頷《うなず》いてやり、

「そうだな。まずは警察だ。それは俺が通報しよう。君は他の社員に連絡を」

「はい、解りました」

きびきびと返答する。駆け足で出口に向かった。

さっきよりずっと聞きわけがよい。今なら試写を観せてくれるかもしれない。

俺は携帯で警察に通報する。

それから、念のため、もう一度、試写室の内部をよく見回しながら出口へ向かう。

後方の壁、約二メートルの高さに、先ほどまで光を放っていた映写室の窓がある。八十センチ四方くらいのガラスがはまり、おそらく開閉は可能なのだろう。その向こうで映写技師がフィルムを巻き取り、片付けている様子だった。


試写室を出ると、妙に空気が新鮮に感じられた。やはり死の臭《にお》いが立ち込めていたのだろう。

廊下の先の左側、トイレのドアが開いた。

中から、津嘉山登が姿を現わした。

死体を発見した映画評論家である。足取りはかなりしっかりしていた。顔の血色もよくなっている。出すものを出してすっきりしたのだろう。

前髪に水滴が光る。顔を洗ったらしい。ダッフルコートのポケットから白いタオルが覗いていた。手を拭《ぬぐ》ったハンカチをその上から押し込んだ。

俺は声をかける。

「大丈夫ですか？」

「ええ、おかげさまで」

大きな目を瞬《まばた》かせた。

細い顔のせいか、目が飛び出ているような印象を受ける。それで、痩身《そうしん》を茶色いコートに包んでいると、ラクダを連想させた。

彼は声を上擦《うわず》らせながらも、体面を取り繕うよう

に、

「ありゃ、誰だって驚きますよ。いきなり、すぐ傍の席に死体なんですから……。自分でもよく皆さんに報告できたと思いますよ」

上目遣いにこちらの反応を窺っていた。

俺は機械的に頷き、

「上映中、突然の死なんてね」

「ええ、気味悪いったらない。ついさっきまで生きていたのに……。私は試写室を出て、携帯をかけていたんです。七、八分くらいでしたっけ。通話を終えて、戻って、しばらくしてから、死んでるのに気付いたというわけで」

「試写室を出る前はちゃんと生きていたんですよね？」

「ええ、そりゃ、もちろん。『ちょっと失礼』と挨《あい》拶《さつ》したら、向こうも頷き返しましたし」

「なるほど。そして、外で電話を終えて、試写室に戻った」

「ええ。席についてから、しばらくは気付かなかったんですよ。二、三十分くらいしてからでしたね、おかしいと思ったのは。ひとつおいた隣の席なのに、全然、ぴくりとも身動きする気配がないし、映画へのリアクションもないものだから、変だなと思って、よく見たら……」

それで、試写室を飛び出してきたというわけである。

ミステリーだ。それも、かなり不可解なミステリー。俺は試写室の中をチェックしたのに、犯人はどこにも見当たらなかったのだから。

密室殺人の情況。

津嘉山は同情を請うような目付きで、

「なんだか、ヒッチコックかデ・パルマの映画に巻き込まれた気分ですよ」

「映画なら次なる危機が待ち受けてる」

「よしてくださいよ。まあ、でも、映画だったら、名探偵が登場して、解決してくれるはずなんだけど」

「探偵ならここにいるけど」

ポカンとしている津嘉山に、俺は名刺を差し出す。

3

そこに、亜由美が戻ってきた。

「このフロアにいるのは私たちだけでした」

歩きながら、そう言って、傍らを指し示す。

男と一緒だった。

この若い男なら知っている。

源賀邦彦《げんがくにひこ》。やはり、創陽ピクチャーズの宣伝マンである。

彼は右手を上げて、

「紅門さん、お久しぶり、って、お会いしたの先々月でしたよね。微妙に久しぶりというところですか」

潑剌《はつらつ》とした口調だった。

この男とは、撮影現場で知り合った。もちろん、「恋人はハンガー」で俺の出演するシーンの時。

快活な雰囲気を漂わせる男だった。その明るさが現場の人間に好かれているらしい。二十代半ば。引き締まった体躯《たいく》をし、筋肉の隆起が白いスウェットの上からも窺える。顔つきは柔和で、細い目には愛嬌《あいきょう》が感じられた。

俺は挨拶を返し、

「試写を観に来たんだけど、それどころじゃなくなったよ」

「とんだ災難ですね。これだと、映画よりも大きな役でしょ」

そう言って、微笑を浮かべる。

緊張をほぐそうという配慮なのかもしれない。それとも単に鈍感なタイプなのか。

亜由美が口を挟んで、

「ここにいる人間だけみたいですよ。うちの社のフロアにはもう他に誰もいません。見て回って確認しましたから。それに、源賀君はずっと第二会議室で仕事していたけど、廊下を通った人は見なかったそうですし」

隣の後輩に目をやって、

「ね、そうでしょ」

「ええ。ドアを半開きにしていたから、誰かが通れば、ちゃんと見えましたよ」

源賀はそう言って大きく頷いた。

第二会議室とは、創陽ピクチャーズの入り口を抜け、すぐ脇に位置していた。外から来て、試写室へ行くには必ずその前を通らねばならない。

源賀は八時過ぎからそこにこもって、映画の宣伝用の写真素材を整理していたという。数千カットもの膨大な数なので、かなり時間がかかる。実際、まだ途中の段階だったが、この騒ぎで中断していた。

彼の目撃談によると、

「八時五十分頃、評論家の津嘉山さんが来て、会議室の前の廊下を通り過ぎるのを見ました。その七、八分後でしたね、殺された坂林さんが通ったのは。ほとんど九時でしたから、もう試写の始まるギリギリでしたっけ。あの人、いつもそうなんだよな。自分が遅刻したのに、上映が始まっていたら、文句言ったりすることもあったし」

俺は素早く手を頭にやり、

「すまん、遅刻して」

「あ、坂林さんの後、通ったのは紅門さんでしたものね。ずいぶんと焦ってる様子でしたね、なんせ一時間近くも遅刻だから」

「そりゃ焦るよ。なんというか、電話ボックスが見つからないスーパーマンの心境ってとこか」

「むしろ、覆面だけ落としたバットマンって感じでしたけど」

「そっちの方がみっともないだろうが。まあ、ハンモックに絡まったスパイダーマンほどじゃないけど」

「とにかく、紅門さんの後は、誰も行き来しませんでしたよ。今さっき、亜由美先輩が僕を呼びに来るまではね。あははは……、あ、失礼、さっきの紅門さんより、亜由美先輩の方がずっと落ち着いていたもんだから」

「顔を出していても、なぜか正体がバレないスーパーマンみたいに」

「こだわりますね。まあ、そんなとこですけどね」

「つまり整理すると、君が第二会議室にいた八時から、今さっきの十時頃まで、試写室の方へ向かったのは、津嘉山さん、坂林さん、それに、俺、この順に三人だったということになるわけか」

俺は廊下の方を眺めやる。二十メートルほど向こうに第二会議室があり、そのすぐ先にはフロアの出入り口がある。外部からのルートはこれしかない。

そして、内部にいる人間は、死者を除き、かつ俺を含めて、計五人であった。

五番目の人間が映写室から出てきた。

四十代半ばくらいの猫背の男。生え際がかなり後退し、広々とした額が目立っていた。

名前は久持誠次郎《ひさもちせいじろう》。もちろん映写技師である。

彼は舌打ちをすると、

「当分、ここで試写をやっても、人が来ないだろうな」

皮肉めいた口調で言った。

亜由美が口を尖《とが》らせて、

「やめてくださいよ、縁起でもない」

「でも、そうだろ、死者が出た試写室なんて洒落《しゃれ》にもならねえ。薄気味悪いだけだ」

「ちょっと、そんなこと言わないでよ。試写が出来ないと、宣伝にならないんだからさ。死活問題よ」

「死活問題はこっちだよ。なんせ、あんたらと違って契約の身だからよ。ここが使えなくなったら、映写技師はいても仕方ないからな。また、どこか別の職場、探さないとよ」

そう言って、フンッと鼻を鳴らす。どこか世をすねたふうな目をしていた。

俺は彼の脇を抜けて、

「ちょいと失礼、折角だから見学させてもらうよ」

と、映写室の中に入り込んだ。

三メートル四方ほどの狭い部屋。床はリノリウム張り。円形の白いフィルムケースが七巻、積まれていた。蓋《ふた》には「恋人はハンガー」と記されたシール。酢のような匂いが微かに漂う。フィルムに付着していた現像液の残り香らしい。

室内のほとんどを占めるのは、やはり映写機だった。テレビカメラをごつくしたようなフォルム。それが二台、並んでいる。

傍らに丸椅子が置かれ、その足元には週刊誌が数冊積まれていた。

「暇つぶしにな」

背後から、久持が覗き込むようにして、言った。雑誌のことである。

俺は小さく頷き、

「待ち時間が結構あるというわけか」

「というより、映写中、退屈だからよ」

「なるほど、何度も観て飽き飽きしてるってことな。じゃ、さっきの試写も？」

「フィルムの巻を換える時くらいしか、観てねえよ」

「そうか、じゃ、客席の様子なんかも知る由がないか」

「目撃者としての価値はねえだろうな」

そう言って、微かに苦笑いする。

俺はさっき客席から見えたガラス窓に顔を近付けた。

レールが敷かれていて、横に開閉できる造りだった。

さらに目を凝らす。

レールの周囲には埃《ほこり》がたまっていた。長い間、掃除していないようだ。

久持も客席を見下ろし、

「首を絞められて殺されたんだってな」

俺は喉元を指で摘み、

「ああ、ネクタイで絞められた」

「それじゃ、まるで、スクリーンから絞殺魔が飛び出してきたみたいじゃねえか」

そう言って、久持は口端を歪《ゆが》めると、小さく笑った。

4

警察が現場検証を進めていた。

同時に、関係者は取り調べを受けている。

もちろん、俺も例外ではない。

そして、質疑応答を繰り返しているうちに、事件に関して幾つかの情報を得ることが出来た。

坂林はやはり他殺だった。

死因はネクタイで頸部《けいぶ》を強く絞められたことによる窒息死。衣服に多少の乱れがあるが、ほとんど抵抗する間もなく失神し、死に至ったらしい。ネクタイは坂林自身のもの。身に着けたまま、首に巻かれ絞殺された。

殺害現場は試写室と断定されたようだ。

この試写室をめぐる人間の動きに関して、時間経過も明確になってきた。

およそ次の通りである。

午後八時五十分に津嘉山登が、その七、八分後に坂林敏也が、それぞれ試写室に入った。

受付を担当したのは宣伝部の尾城亜由美。

試写室の中には、二人の男の他には誰もいなかった、と彼女は証言している。

それは、津嘉山も同様であった。

午後九時、上映が始まる。

亜由美は五分ほどしてから試写室の前の受付を離れ、同じフロアの資料室に入った。

そこでは、五年前に公開した映画のプレスシートなど幾つかの宣伝材料を探していた。坂林に頼まれたのである。整理が不十分の状態だったので、なかなか目的のものが見つからなかったらしい。

その最中、亜由美の携帯電話が鳴った。映画業界誌の編集長からであった。試写室にいるはずの津嘉山に、至急、連絡を取りたいと言う。上映中なので、亜由美は断ろうとしたが、結局、押し切られてしまった。相手の立場を考えると、宣伝部としては従わざるを得なかったのである。

これが、午後九時十五分頃だったらしい。亜由美は一応、映写技師の久持誠次郎に声をかけた。

「一人、いったん試写室を出るけど、構わないで、そのまま上映してください」と。

誰かに愚痴をぶちまけたかったらしい。

その後、彼女は試写室に入り、津嘉山に伝言する。

この時、坂林が横に目をやっているので、生きていたことは確かであった。

津嘉山はいったん試写室を出ると、自分の携帯をオンにして、業界誌の編集長に連絡を取った。七、八分くらいの通話だったらしい。

その間、亜由美は試写室前の受付で腕組みをして、じっと睨みつけていたという。

九時二十五分、携帯を仕舞った津嘉山が再び、試写室の中に入る。

亜由美はどうにも腹の虫が治まらず、そのまま受付に座っていた。もし、試写室から出てくる奴がいたら、こんどこそビシッと言ってやろうと思っていたらしい。

そんなところに、俺がのこのこやってきたのだった。飛んで火にいるナントカで、しばらく、亜由美と押し問答を繰り返す。

九時五十五分、試写室から津嘉山が出てきて、坂林が死んでいることを告げた。

そして、俺と亜由美が中に入り、死体を確認した、という展開である。

この経緯から、犯行の時間帯が割り出される。

最後に、生きている坂林が確認されたのは、九時十五分。亜由美が津嘉山に電話の件を伝言しに試写室に入った時である。そして、九時五十五分に死体を発見。この四十分の間に、坂林は殺害されたことになる。

津嘉山が最も不利な状況にあるわけだった。

この犯行時間帯に試写室に入ったのは彼だけなのだから。

しかし、不思議なことがある。

俺と亜由美が死体を見つけた時、既に死後およそ三十分は経過している状況だった。このことは、検視官の見立てによっても裏付けされた。

それでは、もしも、津嘉山が坂林を絞殺したならば、どうして、三十分ものあいだ、死体のそばにいたのだろう？

普通に考えれば、自分の殺した相手と同じ場所にいたくないはずだ。ましてや、一緒に映画を観るなんて。

実に不可解な謎《なぞ》であった。

しかし、津嘉山が犯人ではないとすると、犯人は試写室から消失してしまったことになる。こんどは不思議な謎が立ちはだかるわけだ。

まさに、映画の中から飛び出した絞殺魔による犯行のような状況になるのだった。

警察から受けた質問で、すこぶる気になったことがあった。

一枚の白いハンカチを見せられた。

靴跡が無数に付着していた。どれも、同じもののように見える。

客席の下に落ちていたらしい。ちょうど被害者の前の座席あたりだという。

「見覚えがありますか？」

と訊《き》かれた。

俺は首を横に振り、

「いえ、これは誰の？」

「イニシャルから判断して、被害者のハンカチでしょうね」

「これが何か？　被害者がうっかり落としたものじゃないんですか？」

「そうだと思うんですが、ちょっと妙なことがありましてね」

「妙って？」

「被害者の背広のポケットには同じハンカチがもう一枚入っているんです」

「へえ、普通、ハンカチは二枚持ちませんからね。妙といえば妙だ。もしかして、犯人が持ってきた？」

「その可能性も捨て切れません」

「だとしたら何に使ったんでしょう？　首を絞めるには短いし」

「実際に使われたのはネクタイですからね」

「やたらと靴跡が多いのも気になる。まるでこの上で行進の練習でもしていたみたいだ」

俺は首を傾げる。

ちょっとした謎であった。

5

もう午後十一時を回っていた。

警察の取り調べから解放された俺は、自販機の並んだ休憩室に入る。ソファがコの字形に配置されている。

二人の先客がいた。宣伝部の、亜由美と源賀である。

俺は冷たい缶コーヒーを買って、二人の向かいに座った。お互いに、慰労の言葉を掛け合う。当然、話題は事件のことになっていた。

被害者について俺はもっとよく知ろうと、

「坂林は五十七だったらしいな、それくらいのベテラン映画記者なら、やっぱり業界でもずいぶんと顔が利《き》くんだろうな？」

亜由美が口を尖らせて、

「そりゃそうですよ、しかも、大手の新聞社だしね。今回の試写だって、坂林さんが時間を指定してきて、こっちはそれに従って無理矢理に設定したくらいですよ。坂林さん、忙しくてなかなか観られないって言うから。普通、こんな遅い時間に試写を回しませんよ。映写の久持さんには文句言われるし」

「もう一人の方、評論家の津嘉山からも、その時間を指定されたわけか?」

「冗談じゃない。津嘉山さんなんか呼んでませんよ。そもそも、普段から、試写状を送っていないし。坂林さんが、あいつにも観せてやってくれって言うから、仕方なく入れただけで。しかも、落ち着いて観たいから、自分たち以外は入れるなという条件」

「ほう、強権発動だね。それにしても、津嘉山ってずいぶんと嫌われてるね」

源賀が身を乗り出してきて、

「津嘉山は坂林さんのコバンザメみたいなもの。大手新聞の記者に取り入って、要するにトラの威を借るナントヤラですよ。あいつはオタクタイプの評論家で、珍しい資料をいろいろ持ってるんです、それを坂林さんに提供して媚《こび》を売ってるわけですよ。坂林さんも便利なもんだから、津嘉山をうまく利用しているって関係ですかね」

「映画ジャーナリズムもいろんな生態があるってわけか」

「津嘉山なんてうちにとっては害虫みたいなもんですから。重箱の隅をつつく嫌味な批評ばかり、それを喜ぶ雑誌や読者がいるから、やっていけるんでしょうけど。とにかく、うちとしては歓迎できない評論家ですから」

「ふーん、それでも、坂林さんクラスの映画記者に頼まれれば、断れないわけか。仕方なく、嫌々、津嘉山を試写に御招待したってことなんだな」

源賀は引き締まった肩をすくめると、

「立場として仕方がないんですよ、僕ら宣伝部の人間はね。作品を売り込むためには、映画記者にいい印象を持ってもらわないと。殊にこの映画の監督は坂林さんと因縁あるから」

「仲が悪いわけ?」

「ちょっと激しい論争があったんですよ。一昨年、監督の前作品を坂林さんが新聞で批判したら、監督は雑誌に反論の原稿を書いて、それに同調する映画ジャーナリストがかなり多かったんですよ。明らかに、坂林さんの方が形勢不利でしたね。そんなことがあったんで、こっちは気を使いますよ。どうにか、坂林さんには今回の作品に好感持ってもらいたいし、少なくとも、酷評の記事は避けたいし」

「つらい立場だな、宣伝マンは」

「男ゲイシャですから」

亜由美が口を挟み、

「私は何なのよ」

「女の男ゲイシャ」

源賀が即答。

亜由美は眉を寄せ、

「意味わかんないけど」

そう言ってため息ひとつ、

「でも、今、源賀君が言ったように、私たち宣伝部にとって、何よりも作品が優先なのよね。いわば担当作品は自分の子供のようなものね。自然と愛着もわいてくるし。それで、躍起になって宣伝しちゃう。どうにかして作品のチャームポイントを探そうとするから、あばたもエクボに見えてくることもある」

「というか、あばたをエクボに見せかける」

俺がつい口を挟むと、亜由美は視線を尖らせて、

「それも宣伝の一つよ。それくらい必死だってことなの。だから、宣伝部は本社の中でも、浮いちゃうことはよくあるもんね。冷静な営業部とよく対立するもの」

「温度差がある？」

「そんな感じ。作品への思い入れ、そういう点ではむしろ、製作側に近いかも。映画を製作するサイドにとっては、作品はまさしく子供だからね。生まれたばかりの子供を預かり育てるのが宣伝部」

「じゃ、試写室はゆりかごみたいなもの」

「いいこと言うわね、探偵さん。そう、試写室はゆりかご。だから、あの試写室だって改装の際、撮影所の人間を呼んで、音響効果とか照明位置とか、いろいろ意見を取り入れたものね」

「なるほど、製作サイドにとっては、自分たちの作った映画をなるべくベストの状態で鑑賞してもらいたいだろうからな」

「映画が完成したら、まずは、本社の人間にいい印象を持ってもらわなきゃいけないからね。でも、口の悪い営業なんて、試写を観ながら、大声で文句垂れたりするんだから、あったま、きちゃう」

「社内でも戦いがあるわけか」

「そう、興行の規模や、宣伝費を巡って攻防戦があるの」

「試写室は戦場でもある。まあ、死人が出ても仕方ないか」

「やめてよ、ゆりかごから墓場まで、なんて」

そう言って、亜由美は顔をしかめた。

俺は缶コーヒーを飲み干すと、

「映像といい音といい設備のすぐれた試写室だったから、津嘉山はすっかりスクリーンに心奪われていたのかな、それで、すぐ間近の席で坂林が死んでいるのに気付かなかったってとこか」

源賀が疑問を呈して、

「でも、三十分近くも気付かなかったとは、ちょっと不自然だな」

「もしも、早々と気付いていたとしたら、三十分も死体と平気で一緒にいたことになる。それも気味悪いぜ、いったい何していたんだ？」

「まあ、それもそうですけど……」

そのシーンを想像しているのか、源賀は複雑に顔を歪めている。

亜由美が首を傾げ、

「でも、坂林さん、今にも椅子からずり落ちそうな格好で死んでいたわよね。あんな不自然な姿勢でいたんだから、近くの津嘉山さんは違和感を覚えるはずだけど。三十分も気付かないなんて、ちょっとおかしい」

俺は大きく頷き、

「なるほど、そりゃ結構、的を射ているかも」

「あと、私の錯覚かもしれないけど、津嘉山さんを呼びに映写室に入った時、ちょっと妙なふうに感じた」

「妙って、坂林さんのこと？」

「ううん、あの人は、さっきも言ったように、ちゃんと生きていた。妙って言うのは人のことじゃなくて、映像のこと」

「上映されていた映画のこと？」

彼女は頷く。ちょっと躊躇してから、

「なんだか、いつもと違う印象を受けたんです。登場人物が立っている位置が違っているような気がして」

「動きとか？」

「いえ、位置だけです。ちょうど、街灯の明かりに絞殺魔が浮かび上がるシーンで、周囲はほとんど夜の闇だったんですが、何か違和感を覚えて……。たぶん、私の錯覚かなと思ったんですが、残業続きで疲れているし」

「でも、宣伝担当だから、あの映画は何べんも観ているんだよね」

「そう。だから、絞殺魔が映画から抜け出てきたなんて怪談話はカンベンしてほしいわけ」

亜由美は腹立たしそうに下唇を突き出した。

6

それから五分近く、宣伝部の二人と会話していると、休憩室に津嘉山が入ってきた。

ガイシャのコバンザメだった評論家。吸着する拠り所を失ったせいか、生気が抜けているように見える。加えて、警察の取り調べで、疲労しているらしい。なんせ、あの密室状況で犯行が可能だったのは、この男だけなのだから。

こういう弱っているタイミングを逃す手は無い。

俺は心を鬼にする。津嘉山に近付き、

「ハンカチを見せてくれませんかね？」

「えっ、ハンカチ?」

津嘉山はキョトンとする。

「そう、ちょっと気になることがあってね。だから、見せてくださいよ」

「そんな唐突に……。なんで?」

「見せられない理由でもあるんですか?」

津嘉山は憤然とした表情で、コートのポケットに手を入れ、

「別に後ろめたいことなんかないですよ。ほらっ」

白いハンカチを取り出した。二本の指先でつまみ、こちらの方にさしむける。折り畳まれていたハンカチがほどけるようにして、垂れ下がった。

かなり湿っている。しかし、汚れはわずかで、ほとんど真っ白な状態だった。

俺は首を左右に振り、

「それじゃないんだよな。俺が見たいっていうのは。もう一枚の方」

「もう一枚って何なんだよ」

ちょっと口ごもりながら反駁する。

「もう一枚、白いのがあるはずだよ。うん、ハンカチというよりもタオル、白い手拭いを持っているだろ。さっき、トイレから出てきた時、コートのポケットからちょっと覗いていたよ。その上からハンカチを押し込んでいたよな。それを」

と、相手の手にしているハンカチを指差し、

「おかしいと思ったんだよ。だって、あんた、トイレで手と顔を洗ったろ。前髪が濡《ぬ》れていたものな。顔を拭《ふ》くなら、タオルの方がいいと思うけど。せっかくポケットから覗いていたし。でも、ハンカチで拭いたようだね。そんなに湿っちまってさ」

「そ、そんなの勝手だろうが。気まぐれってやつさ」

「じゃ、タオル、見せてくれるくらいいいだろ」

そう言って、手を差し出した。

津嘉山は険しい顔をして、唇を嚙《か》んでいる。

俺はもう一押し、

「なあ、警察に言って、強制的に持ち物検査してもらってもいいんだぜ。そんなふうに隠していると、かえって損するだけだと思うけどな。今の状況下だと、ただでさえ、あんたは不利なんだし。今の状況下だと、唯一、犯行が可能だったんだからさ」


「お、俺はやってないよ」

「あ、そう。だったら、なるべく内緒は無しにした方がいいよ。警察への心証をよくしておかないとね」

「タ、タオルは殺人とは関わりない」

「でも、隠していると、かえって不審に思われるかもよ。ほら、警察は、ガイシャの汚れたハンカチ、あの靴跡だらけのハンカチに興味示しているしね」

「犯行とは別の使い道なのに」

「あ、そう。じゃ、さっさと出しなよ。ホント、これ以上、隠していると、きっとろくな展開にならないよ」

俺は人差し指で突っつく真似をした。

津嘉山は大きな目を剝《む》いている。唾《つば》を飲み込み、喉を上下させた。肩を落とす。深々と息を吐くと、投げやりな口調で、

「ほらよ、これだ。勝手にしろ」

ポケットから白いタオルを取り出した。

長さ三十センチくらいの薄い生地。

一面に靴跡が付着していた。

俺は端をつまんで、受け取り、

「これだから、顔を拭かなかったんだな」

「当たり前だろ」

「ガイシャのハンカチと同じような状態だな。これらは、あんたの靴跡かい？」

「ああ、自分で踏んだ」

「ガイシャもあんたも、踏みつける目的で、こういう白いキレを試写室に持って入ったということか。ふーん、なるほど、なんとなく様子が解ってきたぜ」

「ほう、そうかい」

不貞腐《ふてくさ》れたふうな態度だった。

俺は鼻先で笑うと、

「あんたらが試写室でやっていたこと、それは、踏み絵、みたいなことだよな」

「踏み絵か……、そういう言い方もあるか」

「映画をハンカチやタオルに映して、それを踏みつけていたんだろ。そうやって、作品を穢《けが》したんだな。論争で恥をかかされた腹いせに、喧嘩《けんか》相手の監督の作品を踏みつけていた。中学生の復讐《ふくしゅう》ゴッコかよ、いい大人のやることじゃないぜ」

津嘉山はまるで居直ったように、

「ああ、そうだよ、戯《ざ》れ事《ごと》だよ、ただの遊びだって」

「陰湿な大人だよ、あんたらは」

「俺は、ただ、お付き合いさせられただけのことだよ。坂林のおっさんがあんまりムキになるもんだからな」

「なんであれ、威張れるもんじゃねえな。映写技師の久持にも協力させたんだろ。映像を下にズラすように、って。客席に映るような角度で映写させた」

「ああ、あいつに金を握らせたのは俺だよ、坂林のおっさんの使いでな」

「で、久持の協力により、映画は客席に向けて映された。あんたらは、前の席の背もたれにハンカチやタオルを置いて、映像の一部を受け止めていた。そして、目の前の小さなスクリーンを踏みつけていたんだな」

「そういうことだよっ」

「あんたらはそのために余分のハンカチやタオルを持ってきていた。で、前の席に作ったセコいスクリーンを踏んでいたために、座席に沈むような不自然な姿勢を取っていたはず。だから、あんたは傍で坂林が死んでることに気付かなかったんだな。変な姿勢を目にしても、踏み絵ゴッコのためだろうと思っていた」

「ああ、てっきりな」

「俺と亜由美君が試写室の中に入った時は既に、映写はまともな状態だった。ちゃんと、普通のスクリーンに映写されていた。きっと、ドアの近くの騒ぎを、映写室の久持が聞いていて、本来の角度に直したんだろうな。また、亜由美君があんたに伝言しにいった時には、その前に映写室に愚痴をたれてから、試写室に入った。それで、やはり、久持は映写機をもとの状態に戻したんだな。でも、慌てていたんだろう、微妙にズレていたのさ」

解説しながら、二人の宣伝部員の方に視線をやる。二人とも、顔に憤りを隠せない。火矢のような視線を津嘉山の横顔に突き刺していた。

俺は亜由美に言った。

「きみは、試写室に入った時、映像に違和感を覚えたと言ったよね」

「ええ、スクリーンの中の絞殺魔の立っている位置がいつもと違うって。でも、今の説明で解ったわ」

「そう。位置がズレていたのは全体の映像だったんだ」

「うん、あのシーン、街灯の明かり以外、周囲は暗闇だった。それが、スクリーンの周囲の黒壁に溶けて、ズレていたのに気付かなかったのね」

「疲労による錯覚じゃなかったわけさ」

「私の感じた違和感は正しかった……、となると、あれは何なんだろ」

そう言って、亜由美は眉を寄せ、

「その後、立ち眩《くら》みのような感じを覚えたの。疲労じゃないなら、なんで、そんなふうになったんだろ？」

「立ち眩みって、いつ？」

「津嘉山さんに伝言した後、試写室を出ようとした時よ。出入り口のちょっと手前で、ほんの一瞬だけど、クラッとした感じを覚えた、あれ、今から思うと、立ち眩みとは違うような感覚だった……」

彼女は気の強そうな目を宙の一点に向けていた。

俺には真相が見えてきたような気がしていた。

7

試写室の中。時計は零時を回り、日付が変わっていた。

事件の関係者と、警察が集まっている。熱っぽい空気が漂う。

彼らの目は一人の男に向けられていた。

それは俺。出入り口のドアのすぐそばで語っている。絵解きをしていた。

「今夜、俺は試写に一時間近くも遅れてやってきた。正直、焦っていたよ。顔にも出ているのが自分でも解っていた。電話ボックスの見つからないスーパーマンのようだ、と自虐的な冗談を言ったほどだ。それを聞いて、むしろ、覆面だけ落としたバットマンみたいだった、と表現した奴がいた」

ギャラリーを見回す。

宣伝マンの源賀が右手を挙げて、

「ああ、それ、僕のことでしょ。試写室へ向かう紅門さん、ホント、すごく焦ってましたものね」

「まあな。君は第二会議室にいたから、廊下をせかせか歩く俺が見えたんだよな」

「ええ、そうですが」

「それにしても、覆面を落としたバットマンなんてひどい言い方してくれるよな、ロングコートもジーンズも黒ずくめだからって」

「仕方ないでしょ」

「いや、仕方なくないよ。あの時、俺はこんなふうに、全身、真っ黒じゃなかったんだからさ。コートは丸めて手に抱えていた。廊下を通った時、上はこの赤茶色のスウェットだったはずだぜ」

コートの前を開いてみせた。

源賀の顔が強張る。

俺は続けて、

「むしろ、スパイダーマンの方が近い。君、本当は見ていなかったんだな。なぜなら、君はあの第二会議室にいなかったんだから。そして、いたふりをするために、あんな虚偽の発言をした。そうして、自分を安全圏におこうとした。そうだよな、君が殺したんだからさ」

　相手をじっと見詰める。

　場の空気が凍りついたように固まった。廊下の向こうでエレベーターの振動音がかすかに聞こえる。静かだった。

　源賀は低いトーンで、

「じゃ、密室の問題はどうなるんです？　試写室に僕はどうやって出入りしたというんです？」

　俺は顎《あご》で示す。

「そりゃ、このドアだよ」

「いつ、このドアから？」

「俺と亜由美君が試写室に入って、死体を調べている時だろうね」

「試写室には、誰も隠れていなかったと、紅門さん、証言していたはずですけど」

「うん、確かに誰もいなかったね」

「じゃ、僕はどこにいたというんです？」

「ここだよ」

と、ドアを指差した。

　源賀は覗き込むような目付きをして、

「ここって、ドアの陰ですか。そりゃ、ありえないでしょ。このドアは外に開くんですから。ドアが開いた時、廊下には紅門さんと亜由美先輩の目があったわけでしょ。隠れられるタイミングなんてあるわけがない」

「その通り」

「でしょ」

「俺が言ってるのは、ドアの陰じゃない。ドアの中なんだよ。君はドアの中に潜んでいたんだ」

　一言ずつはっきりと告げた。

　源賀は視線を逸《そ》らした。吐息をつくと、力の無い声で、

「ここに隠れていたと？　このドア、厚いとは言っ

ても、十センチくらいですけどね」

「通常はな。だが、仕掛けがあるはずだ」

俺はドアをまさぐる。蝶番《ちょうつがい》の付いたサイドを上から下へと指で感触を確かめてゆく。そうしながら、

「三年前、試写室のリニューアルが行われた時、撮影所のスタッフを呼んで、意見を取り入れた。その際に、彼らは、おそらく土日とか、工事が休みの日、試写室に忍び込んで、ドアだけ外して、撮影所に運んだ。そこで、改造したんだろう。なんせ、あらゆるジャンルの物作りのプロたちだから、お手のもんだったはずだ。中に人が隠れられるようなギミックを施した。そして、改造したドアを再びもとの工事現場に戻したというわけだ。半分は悪戯《いたずら》、半分は本気だったろう。

本社の営業の連中などが試写を観ながら映画の悪口を言ったりするらしいけど、撮影所の製作スタッフはそれを盗み聞きしてやろうと思って、こんなドアの隠れ蓑《みの》を作ったんだろうよ。もちろん、一部のスタッフだけの秘密だ。そして、信用できる人間にだけ密《ひそ》かに伝えられてきたんだろう。その一人が君だった」

と、ドアを探っていた指先に反応があり、

「おっ、ここかな」

ドアの下部分、かすかな凹《へこ》みに触れた。

すると、源賀が手を差し伸べてきて、

「違う。こっちですよ」

蝶番のちょっと上の辺りに人差し指を当てた。プッシュしてから、何か金属のフックを取り出し、それをひねるような仕草をする。

すると、音もなく、ドアの室内サイドの表面がこちらに開いた。

上から見たら、アップルパイの一片のような形だろう。あるいは、ちょっとだけ開いた扇の形。

蝶番の付いている右サイドの方が幅広い。

その開いた隙間から、ドアの内部構造が丸見えになっていた。右端に空間がある。かなり狭いが、押

し込むようにすればそこに身を入れることは可能であった。

周囲にざわめきが走る。

源賀はドアの内部に手を入れて、何やらいじくった。ゆっくりと引く。

すると、ドアと同じ縦幅の金属板が出てきた。ステンレス製らしい。それが、ドアのサイドとつながり、空間に蓋をする。なるほど、これで、中が見えなくなる。身を隠せるわけであった。

アップルパイの片側が十センチ、反対側が二十センチくらいの幅だった。

俺は嘆息を漏らし、

「よく出来ているな、さすがだ」

「プロの仕事ですから」

「見せてくれて、ありがとう」

源賀は肩をすくめる。静かな面持ちだった。寂しげな微笑を浮かべ、

「ここまできたら、警察が詳しく調べるでしょ。だったら、壊される前に、匠《たくみ》の技を披露したほうがいい」

細い目は澄んでいた。

俺は絵解きを続ける。

「君がここに隠れたのは、上映中、試写室の前に誰もいなかった時だったはず。つまり、亜由美君が資料室で探し物をしていた時間帯だよな。その隙に君は試写室に入ると、しばらく、ドアの中に隠れていた。そして、坂林が一人だけになった時を狙《ねら》って、殺害し、再び、ドアの中に身を隠した。すぐ外には、亜由美君がいたし、津嘉山が電話をかけていたからね」

「出て行くタイミングが見つけられなくて、焦りましたよ」

「その後、津嘉山が死体を発見して、ドアが開かれ、試写室に俺と亜由美君が飛び込んだ。津嘉山はトイレに入った。その隙を狙って、君はドアの中から脱出し、さも、ずっと第二会議室にいたような演技を

していたというわけだ」

「綱渡りでしたよ」

「計画的な犯行じゃないだろうから、場当たり的で、だいぶ運に助けられたな」

「ええ、このドアが押し開かれた時なんて、絶対にバレると覚悟しました。蝶番サイドの幅が広くなっているのが、もろ見えになるわけだから」

「でも、ちょうど、青ざめて出てきた津嘉山がドアの右端に寄りかかっていたから、隠されてしまったんだな。俺も亜由美君も目に入らなかったよ。なっ」

　彼女の方に言葉を向ける。

　亜由美は小さく頷き、

「ええ。それと、今、解りました、立ち眩みの正体」

「ああ、君が津嘉山に伝言をしてから、試写室を出る時だったね」

「一瞬、立ち眩みを覚えたような気がしたのは、ドアのせいだったのね。あの時、このドアは閉められていた。中に源賀君が隠れていたはずだから、左端よりも右端の方が、幅が厚い、つまり、ドアの表面は左から右にかけて斜めになっていたということなのね」

「うん、薄闇の中、君はそれをちらっと見て、空間が歪んでいるような錯覚を感じたのが、立ち眩みの正体だったのさ」

　アップルパイのドアを手の甲で軽く叩いた。

　そして、俺は皮肉な笑みが込み上げるのを覚えつつ、

「このドアは映画世界と日常空間を隔てる境界線なんだから、内部は幻想と現実の混沌《こんとん》のようなものだろう。或《あ》る意味、正しかったのかもな、スクリーンから抜け出た殺人というのは」

　そう言ってから、源賀の方を向き直る。

「映画を踏み絵にされて、それで、君は坂林のことを」

「ああ、我慢ならなくて、つい、ネクタイを絞める手に力が入っちまった……」

源賀は声が震えるのを抑えながら、

「最初、あいつに近付いて、怒りを口にしたんだ、そうしたら、あいつ居直ってさ、あのハンカチを俺の顔に向けてきた……。そこには映画が映っていたよ。そんなに大切な映画ならキスしてみな、って突きつけてきたんだ、靴跡だらけのハンカチをよ……」

「思わず、君はネクタイをつかんで絞め上げた。まるで、あの映画のように」

源賀は細い目を輝かせる。

「それって、話題になりますよね。絞殺魔の映画を担当する宣伝マンが本当に絞殺しちゃったって、すごいパブリシティになると思うけど」

冗談とも本気ともつかない口調だった。虚と実の交錯する試写室には似つかわしい感じがする。

しかし、これほどの宣伝マンなら、経営不振の俺の探偵稼業も立て直してくれるかもしれない。なのに、犯人だと指摘してしまって何だか惜しい気がしてきた。

自分で自分の首を絞めた謎解きだったかもしれない!?

ライオン奉行の正月興行

観客参加イベント

1

ライオンの顔をした侍がいた。

仁王像のような逞《たくま》しい体軀《たいく》が裃《かみしも》からはみ出ている。ドラム缶二つ抱えたような厚い胸板に黄金色の毛が繁茂し、大木じみた脹《ふく》ら脛《はぎ》にもスネ毛が輝いていた。

そんな絵が描かれている、映画館の看板。タイトルは「ライオン奉行II　時空の翼」とあった。IIとあるからにはIもあるということだ。シリーズものらしい。

俺が調べたところ、要するに超人モノの映画で、ライオン男に変身するお奉行様の活劇であった。かといって子供向けの仮面ライダーやゴレンジャーみたいなジャンルではないようだ。「ロボコップ」「ターミネーター」あたりの、大人でも鑑賞できる作品になっているらしい。

テレビの映画紹介などで目にした限りでは、かなりの低予算の作品であった。日本映画では仕方ないだろう。衣装や小道具などディテールのみを豪華にして、セットや特撮にはコストをかけずに工夫した造りのようだ。

だから、都内でも、こんな小さな映画館のみの単館ロードショーなのだろう。

そして正月興行であった。十二月下旬から封切られ、一月いっぱいまで公開される予定。客足の伸びによってはロングランもありうるらしい。「ライオン奉行」、こんな映画に殺到する客の顔が見てみたい。そう思いながら、今、実際に見ている。

既に映画館の前には数十人もの人間が並んでいた。正月の一日、新たな年の幕開きに何が哀しくて「ライオン奉行」を観るために列を作っているのだろう。もっと、この日にふさわしい事って他にないのか？

第一回の上映は十二時二十分からだった。今の時刻は十一時四十分過ぎ、まだ三十分以上も時間があった。客たちは映画館の壁に沿って並んでいる。

この「尾柏《おかしわ》シネマ館」はキャパ二百席ほどの小規模な劇場で、歴史も古く、五年前まではいわゆる名画座の類であった。ロードショー公開の終わった映画を二本立てで上映していた。しかし、DVDや衛星放送の影響なのか興行成績は下がる一方だった。何か特徴のある上映形態にしないと経営が破綻《はたん》する。その打開策として、大きなチェーンではかからない映画を公開するようになった。邦画、洋画を問わず異色作品を専門に扱っている。

つまり、ごく限られた客層を狙《ねら》った商売であった。ディープな映画マニアの溜《たま》り場として経営は軌道に乗ったらしい。

その証しが、目の前にいる客の列だった。薄汚いジャンパーやコートをひっかけたジーンズ姿の若い連中。そろってポケットに両手を突っ込み、猫背になっている。どの顔もどんよりとしていて、溌剌《はつらつ》さが感じられない。

男の客ばかりだな、と思っていたら、よく見ると所々に女性も交じっている。ろくに化粧をしていないので紛れていたのだ。

こういう観客たちに「尾柏シネマ館」は支えられていた。アメーバ状の染《し》みの広がった壁に、彼らの姿は妙に似合っていた。そこだけ空気の種類が違う。なんだか澱《よど》んでいる。杉並《すぎなみ》区の東の尾柏町で、ここだけ正月が来ていないように思えた。入り口前には一応、門松が立てられているが、大きな盆栽ぐらいにしか感じられない。

俺は、道を挟んでシネマ館の反対側に立って三十分以上になる。

そろそろ現われてもいい頃だ……あの男が。

陽光が注いでいるとはいえ、寒風にさらされ、じっと突っ立っているのは応《こた》える。こちとら四十過ぎの身、暇と体力を持て余している映画青年たちとは違うのだ。自販機で熱い缶コーヒーでも買ってこようかな。

と思った瞬間……、問題の男が姿を現わした。

男は黒革のジャンパー、黒ズボン、黒い手袋、黒ずくめの風体をしている。長身なので絵にはなる。くつべらのような長い顔にしゃくれた顎《あご》が特徴だった。四十五歳。名前は、伊備栄次郎《いびえいじろう》。映画監督であった。

伊備は素早い身のこなしで扉を開けて、劇場内に姿を消した。

俺も小走りに道路を横切り、後を追う。

扉は従業員用の出入り口であった。客たちが列を作っている五メートルほど後方にあった。錆《さび》の目立つ鉄扉を引き開け、俺は侵入した。

静かだった。開場を待つ劇場というのは虚しいくらいに静かだった。もっとも、開場してからもこんなにひっそりしていたらさらに虚しいが……。

静けさの中で、足音を確実に捉《とら》えることが出来た。

二階へ向かう足音。俺はそれを追って、階段を静かに駆け上がる。大きな劇場と違って絨毯《じゅうたん》の無いリノリウム丸出しなので、足音を忍ばせるのに苦労する。

二階は直角に通路が曲がっている。手前には薄汚れたベンチシートが三つ置かれていた。殺風景な空間に彩りを添えているのは壁の映画ポスターだけだった。

いきなり、曲がり角の奥の方から、騒音が静寂を破る。言い争う罵声《ばせい》も交じっている。

俺は駆け付けた。

伊備が丸いプラスティックのケースを両手で抱え込んでいる。

直径一メートルほど、厚さ五センチくらい。フィルムケースだった。蓋《ふた》には、「ライオン奉行Ⅱ」第三巻と記したシールが貼《は》られている。これから上映されるフィルムの中の一巻だ。

それにしがみついているもう一人の男。ゴマ塩頭で、ガニ股《また》、寸胴《ずんどう》、全身をグレイのジャージの上下で包んでいる。柔道部出身のような初老の男。映写室と書かれているドアから身を半分乗り出していた。状況から考えて映写技師のようだ。

映画監督と映写技師がフィルムケースを奪い合う光景。生まれて初めて見た。監督が映写室に盗みに入り、映写技師がそれを阻止しているのだろう。

「にゃろう、返せ！　警察呼ぶぞ！」

映写技師がダミ声で怒鳴り付ける。皺《しわ》の多い顔を赤く染め、フィルムケースにしがみついていた。

この珍しい事態に俺も加わった。フィルムケースに両手をかけ、映写技師の方へ引っ張る。

二人と一人の力の差は歴然としている。ぐぐっと、こちらに形勢は傾く。

映写技師が驚いた顔を向けて、

「おお、ありがとよ。誰だか知んないけど」

「紅門福助《くれないもんふくすけ》。しがない私立探偵だ。警察には電話、俺を呼びたきゃ口笛を」

映画の決めゼリフ風に口走ってみる。そして、腕に渾身《こんしん》の力をこめて、一気にフィルムケースを引き寄せた。

勝負有り。抵抗力が一切なくなり、俺と映写技師はふうっと後方に走り、そのままもんどり打った。尻餅《しりもち》をついても両手にはフィルムケースが握られている……。

が、さっきよりも軽かった。

ふと見ると、伊備もフィルムケースを持って座り込んでいる。フィルムの黒い端が覗《のぞ》いていた。

俺の持っているのはフィルムケースの蓋の方であった。

奪い合っているうちに、その振動で上下に分かれてしまったらしい。

一瞬にして、伊備は状況を理解すると、後退《あとずさ》りしながら立ち上がる。背中を向けて階段の方へと走り去っていった。

映写技師は俺を睨《にら》み付け、

「口笛じゃなく、電話にしたくなるな」

それだけ言うと、腰を重そうに上げた。そして、酔っ払った牛のようにヨタヨタと伊備の後を追う。

俺は、フィルムケースの蓋をフリスビーのように投げて伊備の頭に命中させる、そんなシーンを夢想してから、空しさにため息をつき、追跡に加わった。蓋はその場に捨てて。

一階では、新たな人間も加わっていた。

「そっちからトイレへ回ってくれ、ジンダイジ君」

映写技師の叫ぶ声がする。

ジンダイジ君は深大寺君と書く。胸の名札にそうあった。彼はすみやかにトイレのドアの方へ駆け寄った。

「急いで！　深大寺副支配人！」

女性の声が聞こえた。売店の若い店員である。運動会の応援のような叫びだった。売場で見物しながら、状況を楽しんでいるのか大きな瞳《ひとみ》を輝かせている。

深大寺君は「尾柏シネマ館」の副支配人らしい。イグアナのような顔つきに必死の表情をみなぎらせている。四十歳くらいだろう、初老の映写技師よりも身のこなしが俊敏だ。

二人はトイレのドアに左右から追い込むように駆け付けた。先にトイレに入ったのは深大寺。十秒ほど遅れてドタドタと映写技師が続いた。

中で三分ほど怒鳴り合う声がした後、トイレのドアが開かれ、二人は何やら慎重に後退りしながら出てきた。

それに続いて、伊備がフィルムケースを持って現われる。声を上擦《うわず》らせて、

「この映画は本来は俺が監督するはずだったんだ。それなのに……」

しゃくれた顎を震わせている。

そして、脇に挟んだケースからフィルムを伸ばすと、右手に握ったハサミで切断した。

「オオオーッ」

映写技師と深大寺副支配人は悲鳴じみた声をあげた。

その反応を楽しむように、伊備は二回、三回……と続けざまにハサミを入れる。切られたフィルムは床に落ちたものもあれば、伊備の手中に残されたものもある。いずれも一コマから三コマずつ切っているらしい。

映写技師が前に乗り出して、

「やめるんだ！　フィルムを返せ！」

「うるせえ！　それ以上、近付くんじゃねえ！　今度はフィルムを縦に切ってやる」

ヒステリックに叫んで、伊備はハサミをフィルムの端に当てた。

映写技師と深大寺の体が硬直していた。

伊備は壁に沿ってジリジリと横歩きに進む。

トイレのドアの二メートルほど隣に倉庫のドアがあった。

伊備がその前まで歩みを進めた時、とんでもないことが起こった。

倉庫のドアが開く。

そして、中からライオン奉行が登場したのである。

映画ではない。現実だ。顔はライオン、ドラム缶二つもの厚い胸板、柱のようなたくましい両足で威風堂々と立っている。裃姿で腰には太刀をぶら下げていた。

ライオン奉行は太い両手で己れの頭を摑《つか》み、上にあげてスポッと外した。ライオン奉行は宣伝用の着ぐるみだった。中に入っていたのは童顔の若い男。

男はライオンの頭を、振り返った伊備の顔面に叩《たた》きつける。

伊備はのけぞって腰を床に落とす。そして、フィルムはその手から離れた。

映写技師が猛ダッシュで飛び出す。フィルムとケースを奪回し、切られたコマを懸命に回収する。

俺はさっきの汚名返上すべく、フラフラと立ち上がった伊備を羽交《はが》い締めにする。

映写技師が切られたフィルムのコマを天井灯に向けてチェックしながら、

「よし、これならつなげられる。おい、深大寺君、そいつが切ったフィルムを持っていないか確かめてくれ」

俺が捕まえている伊備の体を、ポケットからズボンの裾《すそ》まで深大寺は徹底的にチェックすると、

「もう無いようです。安心してください」

俺も安心してしまい、つい力を緩めた。

その一瞬を突いて、伊備は俺の脇腹に強烈な肘打《ひじう》ちをくらわせやがった。羽交い締めからウナギのように抜け出して、ウサギのように走り去る。

「今は口笛吹かないで……」

俺は痛む脇腹をさすりながら言った。

2

「もう開場時間だというのに、坂場《さかば》支配人はどこをほっつき歩いてるんだよ。おまけに、イカれた監督がフィルムを切りにやってくるし。ここの管理はどうなってんだ」

露骨に支配人を批判するのは副支配人の深大寺だった。イグアナのような顔をしかめて鼻に皺を刻んでいた。

なるほど、もう十二時だった。第一回の上映まで二十分。

「出勤したのは見たわよ。それに背広がデスクに置いてあったし。近所の映画館に年始回りにでも行ったんじゃないの」

売店の女が口を出した。

目鼻口それぞれのパーツがやけに大きな顔立ち。名札には笹藍子《ささあいこ》とあった。年齢は二十代後半だろう

が、甘えたような声を出す。その声で、

「イイ酒があるからとかってブツブツ言ってたけど」

「たぶん、それは『テアトル尾柏』だろう。あそこは新潟出身の従業員がいて、毎年、めったに手に入らない『亀《かめ》の翁《お》』を正月にふるまっているから。しかし、坂場さんも、ちゃんと開場してから年始に出掛けてもらわないとな。電話してみよ」

深大寺は、わざとらしく大きくため息をつくと、事務所の方へと姿を消した。

俺は、売店の笹藍子に訊《たず》ねる。

「映画館の従業員は正月は酒飲みながら仕事すんのかい？」

「飲まなければやってられないじゃない。年の始めから労働してるんだから」

当たり前だという返答。むしろ疑問に思われることが不思議らしい。

深大寺が事務所から戻ってきて、

「いないよ、坂場支配人、『テアトル尾柏』に電話したけど顔出してないって。仕方ないな。支配人抜きで開場するか」

舌打ちすると、テキパキと指示を出す。チケットもぎりの女性アルバイトを入り口に向かわせる。笹藍子には、つり銭のチェックを命じる。

倉庫の方を向くと、

「おい、出番だよ。しかし、さっきはお手柄だったな」

ライオン奉行に向かってそう言った。

着ぐるみに入っているのは係長の唐島《からしま》。狭い倉庫の中で着替えて待機していたところ、先程の大活躍となったわけである。誉《ほ》められたのと、着ぐるみが暑いらしく顔が上気していた。太い眉《まゆ》が目立つ陽気そうな面立ち。ポンッと胸板を叩くと、

「合点《がってん》だい、商売商売」

体育会系のノリで、大声をあげると、倉庫の棚につまれたチラシの束をわしづかみにした。

背広の上下が足元に丸められている。他にはポス

ターなど宣伝材料が置かれているだけの畳三枚分ほどの小部屋。唐島はここで一人でライオン奉行に変身していたのだ。係長とは名ばかりの哀愁。それなのにやけに陽気なのがかえって物悲しい。

係長はライオンの頭をかぶり変身を遂げると、倉庫を後にする。そして、劇場の外へ出ると、路上でチラシ配りを始めた。

「上映開始まで、ああやって劇場宣伝をするんですよ」

副支配人の深大寺孝《たかし》は自分の指令通りに従業員たちが動くのが嬉《うれ》しくて仕方ないようだった。支配人気分を味わっているらしい。頬《ほお》に笑みが刻まれている。

映写技師の長尾護《ながおまもる》は、切られたフィルムを一枚ずつチェックした後、周囲の床を見回して、もう落ちていないのを確認すると、

「早いとこ、つながないとな。画面がカクカクしてみっともねえ」

両手でフィルムケースを大切に抱えて、小走りに二階へと上がって行った。

深大寺副支配人がその背中に向かって、

「長尾さん、くれぐれもよろしく」

「オッ」

太い返事が上から返ってきた。

深大寺は満足そうに頷《うなず》いてから、両手をメガホンにして、

「さあ、開場、支配人はいないけど開場！」

粘着質な性格らしい。

その支配人、坂場利盛《としもり》が姿を見せたのはおよそ一時間半後だった。

館内のトイレで発見された。

しかも死体で発見された。

加えて、お騒がせ監督の伊備栄次郎の死体もすぐそばにあった。

現場はトイレの「大」用の個室。和式便器の中に

倒れこんだ状態で坂場支配人は死んでいた。全身が水で濡《ぬ》れていて、ワイシャツも靴も湿っていた。薄くなりかけた頭髪が便器の水の中で海藻のように揺らめいている。顔面を天井に向けて、垂れ下った目が見開かれていた。小柄な体の左半分が胸元の辺りまで便器に納まっている。両足は壁のところで折れ曲がり、カエルを連想させた。

一方、伊備監督の死体は同じ個室の扉にぶら下っていた。ズボンのベルトが外され、脱いだジャンパーとつながれている。それをドアのノブに結わえつけ、ベルトの片方の端をドアのてっぺんからぶら下げて、先っぽの輪で首を吊《つ》っているのだった。便所の絞首台。

発見者は観客の一人。上映中だったがコーヒーの飲みすぎで尿意をもよおし、この珍妙かつ不気味な光景に遭遇した。血相を変えて事務所に飛び込んできたという。それが午後一時三十分過ぎのこと。

深大寺副支配人と唐島係長らが現場に駆け付け、警察に急報した。

「坂場支配人の死因は絞殺だ。それと、頭部に二箇所ほど傷がある。一つは内出血してコブになっているな」

そう簡潔に語るのは村原《むらはら》警部。これまで、何度か同じヤマを追ったことがある。互いに情報の貸し借りもずいぶんとあった。

「他殺ってことで間違いないよな」

俺がそう言うと、警部は鼻を鳴らして、

「便器に頭を突っ込んで自殺なんざ、アブナい趣味の持ち主だぜ」

死亡推定時刻はおよそ午前十一時半から十二時半の間。

俺と警部はトイレを出て、ベンチシートに腰掛けた。トイレは鑑識の連中で満員御礼だった。警部は煙草《たばこ》に火を点《つ》けて口にすると、

「変な死体だよ。首の骨が折れているし、両腕の関節が肩から折れている。それに、あの支配人はトイ

レで死体で発見されるまで行方がしれなかった。ほとんどジョークの推理をしてたよ、うちの若い刑事が。どこかのトイレの便器の中に入り込んで、下水管を通って、この映画館の便器に到着したって」

「それで全身がびしょぬれで、下水管を無理矢理通ってきたから首の骨と両肩の関節が折れていたということか。面白い発想するね」

警部は「ケッ」と息を吐き出し、角刈り頭をかきむしりながら、

「こちとら面白がってられねえよ。珍妙な現場なうえに死体が二つもあるんだからな」

「ああ、伊備監督の首吊り死体もな。何が哀しくて二人そろって大の大人が大便室で死んでるんだ。伊備の方も他殺か?」

「首吊り自殺とみてよさそうだな。第一、死亡推定時刻が坂場支配人と差がある。伊備が死んだのは少なくとも三十分は後だ」

「それじゃ、伊備が坂場支配人を殺した可能性はあるけど、その逆はありえないわけか」

「そう考えていいだろう。伊備が坂場を殺害し、その後、自殺したという推理が素直かもな。しかし、なんで死体がびしょぬれなんだ? なんで首や腕の骨が折れてるんだ? どういう事件の展開なんだ?」

「どこかのトイレで伊備監督は坂場支配人を殺して便器に流して、それがここの映画館の便器に到着した。伊備は地上を走って追って、トイレの窓から侵入し、漂着した死体を便器の中で確認。そして、安心して首を吊って自殺。こんな展開も面白いな」

警部は横目で睨み、

「おい、紅門、ところでお前さんは事件にどうからんでるんだ?」

3

情報交換は共存のための基本である。今までそれで仕事を成立させた例は多い。つぶし合ったケース

もあったが……。金と同じで、動かなければ、捜査の景気というものは硬直するだけ。

俺は話せる範囲で情報を開陳する。

「伊備監督の動きを追うよう依頼された」

「誰にだ？」

警部のストレートな問いに、俺は首を横に振り、

「依頼人の名前は言えない。いつものセオリーだろ」

「死んでしまってもか」

「生きてるよ」

「依頼人は坂場支配人じゃないってことか」

探るように俺の目を覗き込む。

「近い人間、ってことで勘弁願おう」

「この映画『ライオン奉行Ⅱ』に関わっている？」

「ああ、スタッフの一人からの依頼だ。伊備監督が狂暴な行為に及ぶかもしれないから監視するようにってな」

「なんで、狂暴化する？　映画に合わせて野性化するのか？」

俺は苦笑いして、

「この映画の企画とストーリー案に伊備は参加していたんだ。そして、当初は彼が監督するはずだったらしい。そこらへんは口約束の世界らしく曖昧《あいまい》なんだがな。とにかく伊備本人はすっかりその気でいた。だけど、脚本の決定稿の段階で別の若手監督が撮ることになったんだ。それを強くプッシュしたのが坂場支配人だったらしい」

「支配人ってのはそんなに権限があるのか」

「今回の場合、ここの劇場で上映するし、その都合上、坂場支配人もプロデューサーの一人としてクレジットされていたんだ。だから発言権も大だ」

「あの支配人がねえ」

小柄でタレ目、頭髪の薄いモグラ叩きのモグラのような坂場支配人の姿を警部は思い浮かべているのだろう。

俺は話を続ける。

「また、伊備は何か他のビデオ作品の企画も潰《つぶ》れた

らしくて気が立っていた。不運続きで情緒不安定だったらしい。ここ最近、『ライオン奉行II』のスタッフたちに憎悪の手紙を送り付けたり、電話口で罵《ののし》ったり、果ては、押しかけて狼藉《ろうぜき》を働くようになっていた。俺は五日前から、伊備を尾行している。そして、奴は昨日とおとといはこの劇場の周りをうろついていたよ」

「じゃあ、坂場支配人が別の人間を監督に推薦した経緯を、伊備は知ってたんだな」

「ああ、スタッフたちに当たり散らしていくうちに情報を得たんだ。そして、今日、伊備監督は坂場支配人を襲った」

「それはまだ推理の段階だろ」

「いや、俺が言ってるのはトイレの件じゃない。今朝、ここへの通勤途中に、坂場支配人は伊備に襲われたんだ。尾行していた俺はその現場にいた」

警部は首を伸ばしてきて、先を促す。

「朝の九時過ぎ、坂場支配人は中野戸阪町《なかのとさかちょう》の自宅から出て、地下鉄駅に向かう途中、伊備の待ち伏せにでくわしたんだ。そして、伊備はさんざん罵った挙げ句に、手を上げた」

「紅門、おまえは見てるだけだったのか」

「いや、二発目は防いだよ。最初はまさか殴《なぐ》るとは思わなかった。今までそこまでの狼藉に至ったことはないから。伊備は突然、坂場支配人の頰の辺りを殴り付けた。かすった程度だったけど、支配人がよろめいて電柱に頭を強くぶつけた。鈍い音がしたから痛かったろうな。両手でさすっていたし」

「死体の側頭部のコブはその時のものか」

「部位的に見てそうだろう。ともかく、俺は叫びながら物陰から飛び出すと支配人の前にガードに入ったんだ。伊備は驚いて、どうすればいいのか混乱している様子だった。そのうち、他の通行人たちも集まってきた。伊備は恐くなったのか、人の輪を振り切って走り去ってしまった。俺は、支配人の無事を確かめてから、伊備の後を追ったけど、既に姿を消していた」

「尾行に失敗したんじゃないか」

嬉しそうに言う。

俺は動じることなく、

「いや、先回りしたのさ。タクシーに乗って『尾柏シネマ館』の前に来て張っていたってわけだ。おとといも昨日も、伊備はここの様子を探っていたからな。今日は元日、何か事を起こす可能性有りと俺は睨んでいたんだ。結果、奴は現われた」

その後のフィルム切断騒動について警部は既に劇場の従業員から聞き及んでいた。

俺は言った。

「ここの連中は、当分、口笛は吹かないだろう」

警部はキョトンとする。

第一回の上映は終了していたが、観客は帰ることをまだ許可されていなかった。

劇場内で死体が発見された以上、容疑者がまぎれこんでいる可能性があるからだ。客席に残され、刑事たちの質問に答え、氏名・住所・電話番号を証明するものを見せ、無い者はその場で家に電話をし、身元の確認をさせられた。それらの調査が済んだ者から順に劇場を出ることを許されていた。

従業員も当然、刑事の質問を受けた。映写技師・長尾、副支配人・深大寺、係長・唐島、アルバイトの男女、それに売店の笹藍子。いずれも、観客より長い時間、取り調べを受ける。なんせ殺されたのは支配人だ。

入り口に、本日は上映中止の貼り紙。

フーッと疲れたため息を洩《も》らして、取り調べの済んだ笹藍子が売店に戻ってきた。

俺はショーケースを眺めながら、

「映画館でしか売ってないものってあるんだよな。ほら、そこのラスクなんて」

トーストを固くして砂糖をまぶしたような菓子であった。腹持ちがよくて食事代わりになる。

笹藍子は大きな瞳を眠たそうに、

「そうねえ、なんか垢抜《あかぬ》けないものがあるわよね。カステラボールとか」

文字通り、ビー玉ほどのカステラがビニール袋に詰められていた。聞いたこともないようなメーカーの製品。駄菓子屋を髣髴《ほうふつ》させる。

俺は、見慣れない清涼飲料水のビンを指差して、

「なんだ、そりゃ、『スパンチ』って聞いたことないな」

「ああ、これ？　滅多に売ってないかもね。小さい工場の製品だから。コーラとオレンジジュースを混ぜたような味よ。それにジンジャエールっぽい辛味があるの」

「期待できないな」

「当たってる。これ、付き合いで売ってるだけだから」

「付き合いってコネ？」

「うん、深大寺副支配人のお兄さんの会社で作ってるの。その関係上、よ」

「関係といえば、深大寺と君の関係は？　刑事さんから小耳にはさんでいるけど」

藍子はまったく動じる様子もなく、耳にかかる髪のほつれを直しながら、

「そう、知ってるなら、もういいじゃない。あの人には奥さんいるんだし。ここの職場、鬱陶《うっとう》しくなってきちゃって、辞めようかなって思ってたとこよ。支配人からは変な疑いかけられちゃってるし」

人生に疲れたような投げ遣《や》りな口調なのに、声がアニメっぽいのが可笑《おか》しい。

俺は気になったポイントを捉え、

「支配人から疑いをかけられたって、何？」

「前売券の数と売り上げの計算が合わないらしいの。つまり、誰かが前売券をこっそり持ち出して売り捌《さば》いている可能性があるってことよ。ここの劇場で働いている誰もが疑われてるの」

「あんがい支配人が犯人だったりして」

「じゃ、その秘密の売り上げを私たち従業員からの香典代わりにしてほしいわね」

そう言って藍子は大口を開けて笑った。

背後を何かが通り過ぎる気配がした。

振り返ると死体を包んだグレイのビニールシートが運ばれている。

それを目にしても、藍子の大笑いは止まない。独特の神経をしているらしい。

村原警部が顔をしかめていた。手には証拠品を入れたポリエチレンの袋が幾つか握られている。そのうちの一つに俺は目を奪われた。

小さくて黒っぽい長方形。両端には穴が幾つも穿《うが》たれている。

目を近付けた。やはり、フィルムだ。

俺はそれを指差して、

「もっとよく見せてくれないか」

警部の返事を待たずに、俺は袋を手に取り、フィルムを天井の蛍光灯に向けた。

映画のフィルム。二コマあった。それらはテープでつながれていた。

一コマは「ライオン奉行」の顔のアップ。もう一コマにはビンが写っている。凝視して文字を読む。「スパンチ」のビンだった。売店で売られている清涼飲料水「スパンチ」。

俺は警部に詰め寄り、

「このフィルムどこで発見した?」

警部は袋を奪い返し、

「死体のワイシャツの胸ポケット。坂場支配人のな」

背後ではまだ藍子が笑っている。

俺も笑みを浮かべて言った。

「解ったよ、事件の真相」


(問題篇　了)

解決篇

俺はベンチシートに腰掛ける。

村原警部は煙草をくわえると大きく紫煙を吐き出す。壁に手をつき、見下ろして、

「で、どんな真相なんだよ。正月早々駆り出されてんだから、とっとと聞かせろや」

俺も同感なので、

「ああ、正月を取り戻すとするか。先ずは、その映画フィルムなんだけど」

警部の持っているポリエチレン袋の中身を指差しながら、

「それは、現在、この映画館でかかっている映画『ライオン奉行II』の一部だよ。正確に言えば、二コマのうちの一コマが『ライオン奉行II』だ。もう一コマは違うフィルムだ」

警部は凝視しながら、

「何のフィルムだ？」

「清涼飲料水『スパンチ』が写っている。ここの売店で販売されている。これは『ライオン奉行II』本編とは無関係なフィルムだ。後から、映画フィルムの中に挿入された。ほら、テープでつないだ跡が見えるだろ」

警部はうなずくと、

「これって、もしかしたら、広告の反則技じゃなかったっけ。推理小説とかテレビの『刑事コロンボ』で見た記憶があるぞ」

「サブリミナル効果というやつ。違法的行為だ。まあ、実際にどれほどの効果があるのかは科学的に証明されていないがな。肉眼では捉えられないけど、潜在意識では認知する。映画の中の数コマに例えばコカコーラの絵を交ぜておくと、売店でコーラの売り上げが伸びるという宣伝策だよ。それが、ここで

行われていたんだ。仕掛けたのは、先ず、副支配人の深大寺だろう。あいつの兄貴の会社で『スパンチ』は製造されている。そのコネでここの売店で扱うようになったんだから。兄貴から利鞘《りざや》を貰《もら》って、サブリミナルを仕掛けたんだ」

「深大寺、一人じゃ無理なんじゃないか」

「その通り、警部さん。共犯がどうしても必要だった。映写技師の長尾だ。実際に映画フィルムを扱う張本人だからな。フィルムの数箇所を切断して、『スパンチ』のコマを幾つか塡《は》め込んでテープでつなぐ。こうした行為に手を貸したのは間違いない。長尾に秘密のまま深大寺だけでできるはずがないんだ。フィルムの状態を常にチェックするのが映写技師だからな。妙な細工があればバレてしまう。長尾が共犯でないと秘密は保たれないよ」

「兄貴から受け取った利鞘の一部を深大寺は長尾に渡して買収していたんだな」

俺は大きく頷くと腕を組み、

「そういうこと。こんなチンケな映画館でも策謀ってもんが存在しているってことだ」

警部は短くなった煙草を灰皿で押し潰すと、

「なあ、探偵さんよ、サブリミナルの策謀はよく解ったけど、それが坂場支配人の殺人事件とどう結びつくんだ？　伊備監督の死体とどう関係するんだ？　俺がいま追っている事件というのはそっちの方なの、解る？」

俺は大きく頷いてやり、

「いいか、その袋の中のフィルムは、坂場支配人のワイシャツの胸ポケットから発見されたんだよな。ちょん切られた映画フィルム。普通ならばそんなものはむやみに転がっているもんじゃない。では、切り取られたフィルムが存在するような普通じゃない状況があるだろうか？　あったじゃないか、今日」

「伊備監督の御乱心だな。映写室から『ライオン奉行Ⅱ』のフィルムを強奪して、館内を逃げ回った」

「そして、フィルムに数回ハサミを入れて切り取っていた。その時だよ、映画の本編フィルムの断片がむやみに存在している状況とは。つまり、あの場で、強奪されたフィルムに触れたか、近くにいた人間ならば、こういうフィルムの二コマを入手することができる。あるいは、服の内側などに入り込んでしまったり、フィルムだから静電気でズボンなんかに貼りつくことも充分に考えられる。あの騒乱の中だったらな」

「じゃあ、その状況にいたのは？」

「俺だ。伊備監督を羽交い締めにした俺。ライオン奉行の頭で伊備を殴った係長の唐島。フィルムを奪還した映写技師の長尾。それに、切り取られたフィルムを隠し持っていないか伊備の身体検査をした深大寺副支配人。俺たち四人の他は容疑の圏外だ。伊備監督は身体検査をされて、フィルムを所持していなかったことが判明している。笹藍子はこの騒ぎを売店から眺めていただけで参加していない。それと、切られたフィルムが床に落ちていないか、映写技師の長尾が念入りにチェックしていた。だから、俺たち四人しかフィルムのコマは入手できなかったんだ」

「容疑者は計四人か。この四人のうちの誰かが坂場支配人を殺害した際、二コマのフィルムが死体のワイシャツの胸ポケットに何かの拍子で入り込んでしまったというわけか」

「まあ、そんなとこだ。さてと、この四人の中で先ず俺は嫌疑の外へ置かしてもらう」

「その理由は？」

「わざわざ自分を不利な状況に追い込む推理を刑事さんに聞かせやしないよ、俺が犯人なら」

「まっ、そうだな。あえて危ない橋を渡ることもないし」

「御理解ありがとう。で、危ない橋なら、深大寺副支配人と映写技師の長尾だろうよ」

「サブリミナル効果の件だな」

「ああ、それに関連して、フィルムそのものに神経過敏になっていたはずだ。いいか、坂場支配人は便所の中で全身をビショ濡れにされた。その際に、ワイシャツは水で透けてポケットの中身が見えたはずだよ」

「フィルムが浮かび上がって見える……」

「そうなんだよ。サブリミナルの件でフィルムに神経質になっている人間ならば気になるもんだよ。実際にまさしく問題のフィルムだった。気になって当然の人間ならば、取り出して確かめる」

警部は勇んで口を挿《はさ》み、

「そして、実際にサブリミナルを狙ったフィルムなんだから回収する」

「そう。しかし、フィルムは残されていた。つまり、サブリミナルに関わっていた人間は殺害犯人ではない。深大寺副支配人と映写技師・長尾は消去される」

「と、なると、一人しか残ってないじゃないか」

「ああ、犯人は唐島係長ということになる。それが真相だ。動機はたぶん前売チケットを密《ひそ》かに売り捌いていたのが支配人にバレたんだろ」


「なんか陽気で元気のいい奴だったのに……殺しを……」

「計画犯罪じゃないだろうよ。うっかり、血迷って首を絞めたんだな」

警部は煙草に火をつけると深々と吸い、煙とともに、

「しかし、なんで、便所に坂場支配人の死体があって、そばで伊備監督は首を吊っていたんだろ」

「伊備は、フィルム強奪騒動の後、再びトイレの窓から劇場に戻ってきた時、死体を見つけた。そして自分のせいで支配人が死んだと思い込んだんだよ。朝、出勤途中に殴り付けた事が原因で」

「ああ、あのタンコブか。内出血で時間が経ってから死ぬケースはあるからな」

「電柱に頭を打ち付けた時、嫌な鈍い音がしたし。伊備監督はここ最近、極度の情緒不安定に陥っていた。ついに人殺しをしてしまったと思い込み、絶望して首を吊ったんだよ」

警部は俺の推理に何度も頷いてから、首を一度だけ横に振って言った。

「首吊りの件は解った。もう一つの方、便器の支配人が解らない」

俺は咳払いを一つして、

「あれはな、犯人の汗が支配人にびっしょりと付いていたからなんだよ。犯人の唐島は汗だくの状態で死体と一緒にいた。死体にたっぷりの汗が付いていると唐島の犯行と解ってしまう。それを防ぐために、汗を消すために、便器の水をかけたり、死体を水にさらしたのさ」

「犯人の唐島が汗びっしょりというのはライオン奉行の着ぐるみのことか？」

「汗だくになっていた唐島は、人目を盗んで死体を倉庫からすぐ隣のトイレに運びこんだんだよ」

警部は顔を少し青くして、

「おいおい、じゃ、唐島は坂場支配人を倉庫で殺したのか？」

「うん、倉庫で殺して、死体の始末を考えていた時に、例の伊備監督のフィルム強奪騒動が起こった。唐島は出るに出られない。やむなく、死体をライオン奉行の着ぐるみの中に隠したんだ。中身のスポンジやウレタンをはがして。あの着ぐるみは仁王像のように全身に厚みがあるだろ。小柄な支配人を隠すにはもってこいだ。そして、死体を入れた着ぐるみに唐島も入った。さすがに死体の首は飛び出てしまうので折り曲げた」

「肩の関節が折れていたのもそのせいか」

「そして、倉庫のドアを開けてライオン奉行は登場し、悪の伊備監督の退治とあいなりましたとさ。その際に、サブリミナルのフィルムの二コマが着ぐるみの首の隙間から入ったんだよ」

警部は煙草の長い灰が膝《ひざ》に落ちたのも気付かずに、

「じゃあ、じゃあ、その後、唐島は、死体と一緒に着ぐるみに入ったまま外でビラ配りをしてたのか」

「そう。ビラ配りが終わると倉庫に戻り、汗まみれの死体をトイレに移動という按配《あんばい》」

ちょうど、入り口の前を獅子舞《ししまい》が通っている。二人の男が一つの獅子の中に入って踊っている。

警部はその様子を眺めながら、

「ありゃライオン奉行じゃなくて、ライオン舞踊か。あっちはいいよな、めでたくて」

「獅子舞に頭を噛んでもらうと厄払いになるって言うぜ」

「じゃ、お前、丸ごと食ってもらえ。お前に出くわすと必ず厄介な現場になるからよ」

「おっ、警部、そんなこと言うかな。折角、お年始代わりに事件の絵解きをしてやったのに」

ここはしっかり主張しておかないと。

警部はちょっぴり言葉を詰まらせながら、

「うん、まあ、お年玉代わりにありがたく受け取ってやるよ。初詣の賽銭《さいせん》程度にしかならんけどな」

相変わらず頑固で強気の態度を崩さない。

正月早々からいちいち腹の立つ男である。が、こいつとの付き合いはまだまだこれからも続くはずだ。

せめて今年は良い年になりますように。

モンタージュ

クロージング

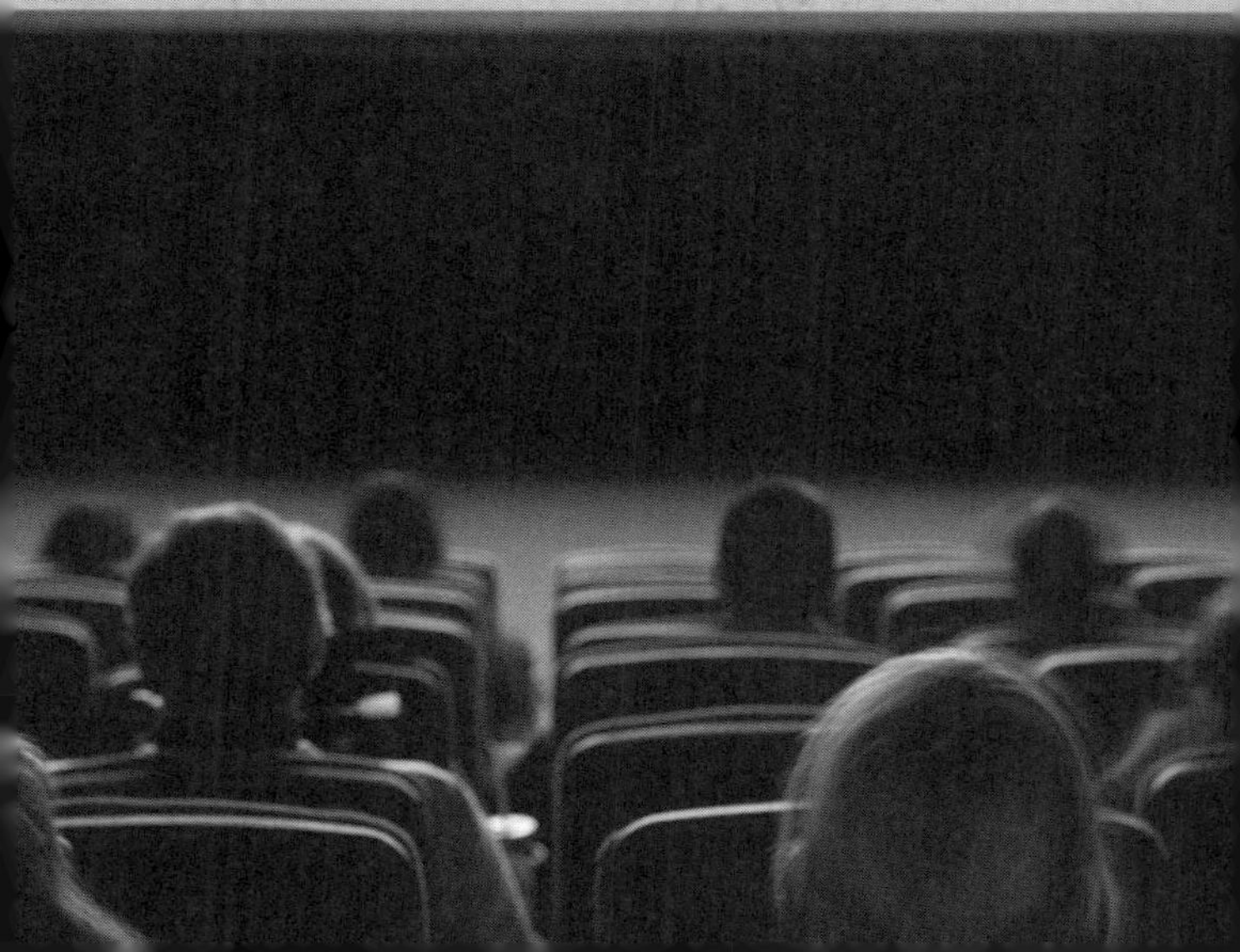

1

若い男のゾンビが二人、アスファルトの上を彷徨《さまよ》っている。

一人は警察の帽子を被《かぶ》り、左の破れ目から頭蓋骨《ずがいこつ》が覗《のぞ》いていた。

こめかみの辺りに血塗られた皮膚がぶら下がり、獣の耳のようだ。それが、潮風を受けて微かに揺れる。男は両手を突き出し、覚束《おぼつか》ない足取りでゆっくりと歩いていた。

もう一人のゾンビはチェアに座ったまま、前進していた。爪先《つまさき》で軽く地面を蹴《け》ってキャスターを転がしている。車椅子《くるまいす》に乗っている風だった。やはり、両手を前に突き出している。ゾンビのお決まりのポーズらしい。

肩にホルスターを吊《つ》るし、拳銃《けんじゅう》を差すポケットには破れ目があった。そこから内臓がトコロテンのようにこぼれ出ていた。ヌラヌラとした光沢が陽に映える。椅子が何かに乗り上げてバウンドするたびに、内臓はソーセージのように揺れた。

二人のゾンビは虚ろな目を宙にやり、口を半開きにして、左右にふらつきながら歩を進めている。

十一月下旬の昼下がり。冬の訪れを予感させる淡い陽光が彼らを包み込んでいた。アスファルトに二つの影が煙のように揺らぐ。現実が破られて、白昼夢が割り込んできたような光景だった。

だが、まもなく、白昼夢も破られる。

「おいっ、こらっ、とろとろしてねえで、とっとと仕事しろっ！」

銅鑼声《どらごえ》が響いた。

二人のゾンビは突如として、きびきびとした身のこなしとなる。

背筋を伸ばしていた。前に突き出していた両手を下ろしている。冴《さ》えた眼差し。もちろん、椅子を転がしていた男は立ち上がり、真っ直《す》ぐに歩いていた。

ここは現実の世界。ホラーワールドではない。そして、もちろん、二人の男はゾンビではない。真似をしていただけである。

彼らを人間に戻した銅鑼声の主は室瀬恵造《むろせけいぞう》だった。

赤銅色《しゃくどう》をした顔にギョロリと鋭い目を剝《む》いている。六十近くだろう、歯ブラシ程度の短髪が頭を白く覆う。砲弾を思わせる顔立ちが気性の荒さを象徴しているようだった。

彼は映画の美術スタッフで、装飾係のチーフを務めていた。ロケ現場やセットに必要な小道具を配置するのが主な仕事である。また、出演者の装身具を取り扱うこともあった。

そう、ここでは、映画の撮影が行われていた。

茨城県の北西部、東海原発《とうかい》と那珂湊《なかみなと》の間に位置する海岸。

廃業して、打ち捨てられたままのレストランがあった。

いわゆるバブル期の流行《はや》りものである。二階建ての広々とした造り。一階はガラス張りと洒落《しゃれ》ている。フレンチ専門のレストランで、店名を「砂岸《サガン》」と読ませていたら、悲しみよこんにちは、七年前、閉店への運命を辿《たど》った。

その廃墟《はいきょ》と化した建物を改装して、スーパーマーケットのセットを作り、撮影が行われていた。近くの海岸の風景も取り込んだ現場である。

いわゆるロケセットというやつだ。

また、駐車場、三つの倉庫、従業員の宿舎など、かつてのレストランの付属施設も資材置き場や楽屋として利用していた。スタジオの機能がそのまま海岸にあるような便利な現場といえよう。

爽《さわ》やかな潮の香に包まれながら、製作されている映画は、「仁侠《にんきょう》オブ・ザ・リビング・デッド」。ポスターには任侠ホラーと銘打たれている。

ゾンビの群れと化した警官隊が市民を襲い始め、追い詰められたヤクザがスーパーに立て籠《こ》もり、双方が激戦を繰り広げるという怪奇アクションらしい。

さっき、二人の男がゾンビ・ウォークをしていたのは、映画のシーンをふざけて真似ていたのである。彼らは、装飾スタッフであった。つまり、室瀬の部下ということになる。

二人とも室瀬と同じく黒いスタッフジャンパーを着ていた。背中に映画タイトルのロゴが記されている。「仁義オブ・ザ・リビング・デッド」。

警察帽の方が江野本俊治《えのもとしゅんじ》。

確か二十九歳と聞いている。筋張った顔に尖《とが》った顎《あご》はどこか昆虫を連想させた。

剥き出しの頭蓋骨は、帽子に施された一種のメイクであった。

この江野本より先輩格なのが、志賀隆《しがたかし》。

三十五にはまだ達していないだろう。カニの甲羅を思わせるアバタ面が特徴的だ。

腹から内臓が飛び出ているように見えるのは、もちろん、特殊メイクされたホルスターを身に着けているためだ。さっきまで車椅子代わりにしていたチェアを押して運んでいる。

二人とも駐車場を横切り、倉庫へと向かっていた。チーフの室瀬に何か命じられて、その作業の途中だったらしい。さっきの叱責《しっせき》で、途端に変貌《へんぼう》するさまはよく躾《しつ》けられた犬のようだった。

俺の目には尻尾《しっぽ》が見えていた。軽い幻覚だろう。

隣では笑い声が響いている。

これは幻聴ではない。空気の振動が感じられるくらい豪快な笑い声である。

とても女性とは思えない。

柳舘亜夢《やなぎだてあむ》が大口を開けているのだ。

「あーあ、せっかく上手だったのにぃ。私がイメージした通りのゾンビ歩きだったんだから。もう少し見ていたかったわぁ」

両手を叩《たた》いて言い放つと、また、笑い声を轟《とどろ》かせていた。

五十過ぎのオバサンパワー全開である。

しかし、ただのオバサンではない。

この人は漫画家であり、今回の映画の原作者でもあった。ホラー劇画の世界ではベテラン格らしい。知る人ぞ知る存在で、カルト的人気を誇っていると聞く。

そのせいか、グリーンのベレー帽をかぶり、瑠璃《るり》色のケープをまとって、なかなかお洒落だった。

ロケセットに来ているのは、ゲスト出演するためである。女医さんの役。実際に、俺が患者だったら、絶対に診てもらいたくないタイプだった。

装飾スタッフのチーフ、室瀬が砲弾のような顔をピシャピシャと叩きながら、

「センセー、困りますよ」

と柳舘亜夢に苦笑いを向け、

「そんなにあいつらを誉《ほ》めないでください。つけあがるだけですから」

そう言って、部下の二人を顎で指し示す。彼らは倉庫に入って行くところだった。

亜夢センセーは近所のオバサンのように、大きくぶつ真似をして、

「いいじゃない。可愛《かわい》いじゃないのさ。原作者の私を見て、あああしてサービスしてくれるんだから」

「仕事でもそこまで気を回してほしいもんですよ」

「大丈夫、あれだけゾンビの真似が上手《うま》いのは、それだけ仕事に打ち込んでいる証拠よ」

「優しいね、センセーは」

わざとらしくクシャクシャの笑みを作ってみせる。

それから、顔を部下の方に向ける。

スイッチを切り替えるように、険しい表情を刻み、

「おい、てめえら、聞いたか、センセーが誉めてくださったの。その言葉に背くような真似すんじゃねえぞ。下手なことしやがったら、両の手足もいで、入れ替えちまうぞ、このクソボケ」

唾《つば》の飛沫《しぶき》を散らしながら、銅鑼声を放った。

2

志賀と江野本は倉庫から出てきたところだった。揃《そろ》って、室瀬の罵声《ばせい》にペコリと頭を下げる。ゾンビメイクの警察帽とホルスターは倉庫に仕舞ってきたようだ。

その代わりのように、木のベンチを抱えていた。二人で両端を持って運んでいる。長さ二メートルくらいで、わりと重量があるのだろう。撮影現場のスーパーのセットに向かうところである。

駐車場の周囲は豊かな緑に囲まれていた。

海岸なので防砂林が巡らされているのだ。クロマツ、タブノキなど常緑樹が枝葉を重ね合わせていた。空のブルーとあいまって、鮮やかなコントラストを映していた。

そうした美しい背景のせいか、ベンチを運ぶ二人の姿はビールのCMを髣髴《ほうふつ》させる。そのまま、海岸に持ってゆき、寝そべって、波の音を楽しむ、そんなシーン。

しかし、打ち寄せるのは波ではなく、上司の叱責。室瀬が声を荒らげて、

「おらおら、のろのろしてねえで、とっとと運べよ。現場を待たせせんじゃねえぞ。ほれ、ダッシュ」

と、両手を打ち鳴らす。

二人は途端に大股《おおまた》になり、足早に急ぐ。ラジコン操縦のように素直だ。

「おっ、ちょっと、待て」

こんどは、いきなり、室瀬がストップをかけた。なんだか操縦を楽しんでいるフシが感じられる。

それでも、志賀と江野本は嫌な顔を見せない。すぐさま足を止める。次のコマンドを待っているのだ。オテ、と俺は喉《のど》まで出掛かった。

飼い主である室瀬がコマンドを発した。

「次のシーン46、撮影が済んだ場所から、順に要《い》らないものは片付けてくれよ。その後のシーンだと、

浸水で流されたって設定なんだから」

そう言って、ジャンパーのポケットから折り畳んだコピー紙の束を取り出す。

ホッチキスで十枚ほどが綴《と》じられている。マンガのようなコマ割りの絵が縦に並んで記されていた。撮影用の絵コンテである。

室瀬はそれをめくりながら、

「レジ近辺、ここでは三カット撮ることになってる。細かく割りやがるな、あの監督のこだわりがよく解らん。まあ、とっとと撮って欲しいよ。で、撮りが済んだら、ドア前の床マットと観葉植物の鉢を片付けておいてくれ。ここは、どっちの担当だっけ？」

「はあ、僕ですけど」

江野本が上目遣いで答える。

「お前な、いつも遅いから、びしっと素早くやれよ、びしっと」

「はあ、了解」

「ホントか。後でチェックすっぞ」

コンテ集に再び目をやり、

「あと、その次、オフィス前の撮り、ワンカットで収めるらしい。こっちの方は？」

「はい、俺です」

こんどは志賀が答えた。潑剌《はつらつ》とした口調だった。

セット内の場所によって担当を分担しているらしい。

室瀬は小さく頷《うなず》き、

「そう、先輩がちゃんと手本見せてやれよ。で、オフィス前のカットが終わったら、片してほしいのは、コート掛け、鏡、フロアランプの三点、ちゃんと頭に叩き込んでくれよ」

「はい。撮り次第、片します」

「返事はいつもいいんだよな、おめえは」

「どうもです」

「バーロー、誉めてんじゃねえよ。あ、あとな」

コンテを指で弾き、

「忘れるとこだった。自販機コーナー、あそこの水槽もどかしておいてくれよ。江野本の担当エリアだったはずだけど、あれは二人で運ばなきゃな」

「助かります、重いですからね」

江野本が口を挟む。

「バーロー、壊されちゃ、たまんねえからだよ。あれはあれで高くつくんだよ。割ったら、てめえらの腎臓《じんぞう》で弁償してもらうからな」

「そ、そんなには高くないでしょ」

「ああ、そうだよ。てめえらの腐れ腎臓の方が安すぎんだよ」

「ええ、そうですよね、どうせ僕らの内臓なんてさ」

と江野本はいじけたふうに地面に目を落とす。

志賀が室瀬に向かって、

「じゃ、チーフ、水槽はセットの隅に片付けるより、倉庫に仕舞った方がいいっすよね」

「当たりめえだろ。あのな、他のモノもみんな倉庫に仕舞っとけ、って、そう言っただろうが」

言ってない。

しかし、志賀は大きく頷き、

「あっ、そうでしたね。確認しておいて、よかったっす」

「ったく、ホント、返事だけが、いいって、もうこれだもんな」

室瀬は大きく舌打ちをすると、

「おいおい、なに、まだ、のんびりしてんだよ。早く、セットへ行けよ。俺ら裏方は歯車なんだから、動いていてナンボのもんだろうが。監督や役者を待たせんじゃねえってんだよ、オラッ、ダッシュ」

コンテ集で腰を叩いて、鞭《むち》を入れる真似をするのだった。

志賀と江野本はベンチを脇に抱え直し、早足で歩き始める。

そこに、同じスタッフジャンパーの男がもう一人、現れた。

徳沢尚人《とくざわなおと》。

二十代で、装飾スタッフの中でもっとも若い。頬《ほお》のぷっくらとした色白の童顔で、どこか貴公子然とした気品がある。雛壇《ひなだん》のお内裏《だいり》様を髣髴とさせた。

右手にビデオカメラを持っていた。ポケットに収まる小型サイズのものだった。時折、ファインダーを覗きながら、悠然とこちらに向かってくる。

「あ、僕、手伝いますよ」

徳沢はそう言って、ベンチを運んでいる先輩二人に歩み寄って行った。

志賀が片手で蠅《はえ》を追い払うように、

「ああ、いらん、いらん」

江野本も露骨に不快な顔をして、

「これ、とても重いからさ、将来ある君に怪我されちゃ、かえって迷惑なんだよなー」

「そういうこと。大切な後輩を思ってのことなの。俺らは歯車なんだし」

「現場が待ってるから、急ぎましょ」

二人はさらに足を早めてセットの方へと向かって行った。

残された徳沢はぷっくらとした頬を膨らませて、吐息を漏らすと、

「つまんないの」

外国人のように両手を上げて大きく肩をすくめてみせた。

「おいっ、徳沢くん、頼んでおいたショーケースの修理、済んだのか？」

室瀬が低く湿った声で話し掛ける。目付きは冷ややかだった。

「ええ、言われたように、蝶番《ちょうつがい》、直しておきましたけど。結構、面倒くさいものですね」

徳沢はおっとりと答える。

「じゃ、ワゴンの取っ手が外れてたやつは？」

「ああ、あれはこれから。今、ちょっと一休みしてるんですよ。で、折角なので海岸の風景でも撮ってみようと思って」

そう言って、ビデオカメラを目に当て、レンズを周囲に向ける。

そして、退屈そうに嘆息してから、

「ねえ、チーフ、僕にもセット内の仕事させてくださいよ。いつも外で修理ばかしなんだもの。撮影現場、もっと見たいですったら」

室瀬は尖った目付きをして、鼻息を漏らすと、

「さんざん見たんだろ、ハリウッドでよ」

そう言って口の端を曲げる。

集団による創造の現場にはさまざまな感情が交錯するものだ。ここにも不穏な空気が漂っているらしい。

そうそう、言い忘れていた。

俺は紅門福助《くれないもんふくすけ》、職業は私立探偵、四十過ぎ、独身とそこらへんはどうでもいい。

今回はロケセットへの侵入者を防ぐために、泊り込みの警備員として雇われている。しかし、それだけの仕事では終わらないかもしれない。そんな予感がする。

3

シーン46の撮影はかなり時間がかかるようだ。

午後一時半から始まり、三時を回ってもまだ終わらない。スタッフから漏れ聞いた話によれば、カット割りが多いらしい。

また、警官ゾンビに齧《かじ》られた水道管が破裂しているという設定なので、現場は水浸しの箇所が多い。そのせいで、準備等に時間がかかるという。

スタッフの中には、レインコートに長靴という格好や、築地《つきじ》市場で見かけるようなゴム製のエプロンをしている姿も多かった。

かなり大変な撮影で見応えは充分である。しかし、スーパーのセット内に居座って見物しているわけにはいかない。俺には警備員の任務があるのだ。ロケ現場の一帯を巡回する。

三時半を過ぎると、爽やかな潮風も冷気が入り混

じってくる。時折、強く吹くと頬がなぶられるように痛い。

駐車場に入り、不審者がいないか目を配る。二時間ほど前、二人のゾンビを見かけた辺りだ。

例の倉庫から男が飛び出てきた。

足元がふらついているがゾンビではない。不審者でもない。

装飾チーフの室瀬である。

黒いゴムのエプロンをつけていると、そのまま築地で働いていても違和感は無い。ギョロリとした目を大きく剝いていた。ひどく狼狽《ろうばい》している様子だ。足元が覚束ないのもそのせいらしい。

俺は歩み寄って、声をかける。

「どうかした？　鯛《たい》みたいに目ぇ丸くして」

室瀬はビクッとした様子で振り向く。大きく瞬《まばた》きを繰り返すと、ようやく誰だか解ったらしく、

「た、鯛じゃなくって、どっちかっていやあ、マグロだよ」

舌をもつれさせて言葉を吐き出した。

俺は押されるようにして、倉庫の中に入る。

後ろから、室瀬が肩越しに覗き込む。

小学校の体育倉庫くらいの広さである。

セットを装飾するための家具や機器などが数多く納められていた。そうした道具類の奥、スチールデスクの向こう側に、それはあった。

確かにマグロのように横たわっている。

男が仰向《あおむ》けに倒れていた。

最も若い装飾スタッフ、徳沢尚人だった。

ジャンパーとゴムのエプロンという黒ずくめの格好。その黒い照り具合が魚っぽい。

色白の顔がさらに血の気を失い、蠟《ろう》のようだ。ぷっくらとした頬が干からびた丸餅《まるもち》を思わせた。目を開けているが瞬きはしない。白い眼球がせり上がっていた。呼吸の気配も無く、身体のいずれの部位もぴくりともしなかった。

死んでいる。

俺は屈んで、目を近付けた。

左の頬から顎にかけて、裂傷があり、血がこびりついている。どうやら、殴打された痕跡《こんせき》のようだ。

頭部の近くの壁にも、血痕《けっこん》があった。一メートルくらいの高さから、床の位置まで、上から下へと刷毛でなすりつけたように、赤黒い血のラインが描かれていた。後頭部の周囲には血だまりが固まっている。不穏な事態のようだ。

誰かに殴《なぐ》られ、壁に後頭部を強打し、死に至ったのだと考えられる。

俺は携帯で一一〇番に通報した。次いで、現場の責任者であるプロデューサーの番号を押して、報告しておく。撮影は一時、中断されるはずだ。また、スタッフたちは不審者に目を光らせるだろう。警察を迎えるためにスタンバイしておいたわけである。

先程よりは少し落ち着きを取り戻していた室瀬に、俺は質問を投げかけた。

「撮影現場には倉庫が三つあるけど、ここは装飾スタッフの専用？」

「うん、そうさせてもらってる。混乱が起こらんようにな」

「この倉庫に行くよう、徳沢君に何か用事を言いつけたわけ？」

室瀬は砲弾のような顔を横に振って、

「いいや、そんなこと命じてないよ」

「徳沢君もゴムのエプロンしてるね？」

「ああ、スタッフルームで勝手に調達したんだろ。セット内の仕事をさせてもらおうって魂胆だったんだろうな」

「でも、その仕事はしていなかった？」

「そりゃ、外で道具の修理を命じていたからな。それが済むまでは駄目だよ。ちゃんと、駐車場裏でやってると思ってたのに」

「じゃ、徳沢君が倉庫にいるなんて知らなかったわけか」

「当たり前だよ。しかも、生きてるならまだしも、死体と出くわすなんてよ。冗談じゃねえよ。こちとら、道具を取りに来ただけなのに」

「監督の指示？」

「そう、監督さんの気まぐれでよ、やっぱり、テーブルクロスを敷きたいなんて抜かすもんだからな」

「若い連中、志賀君や江野本君にやらせればいいのに」

「あいつらにゃ、任せられねえ。どのテーブルクロスを選ぶか、ろくでもないもの持ってきそうでな。ちゃんと監督の意図を汲《く》み取らねえとよ」

「それで、室瀬さん自ら出向いたわけか」

「そういうこと。あとな、ついでに、チェックしてやろうと思ってよ。言いつけておいた仕事、あいつらがちゃんとやってるか」

「ああ、さっき片付けるように言ってた、フロアランプとか観葉植物とか、六つの小道具のことね」

「そう」

「で、ちゃんとやってた？」

「ああ、指示した通りに、あそこにまとめておいてあるよ」

と右隅のスペースを顎で指し示し、

「ああいう単純作業は任せられるんだけどな」

「なるほど。忠実に従ってるようですね。ということは、彼ら二人は倉庫に入った」

室瀬は苦笑いを浮かべ、

「そりゃ、そうだろう。入らなきゃ、ああして、言われたとおりに、道具を仕舞えねえもんな」

「確か、普段、ここの倉庫は鍵《かぎ》をかけていたよね？」

「そりゃそうだよ。大切なもん保管してんだからな。無くなったら撮影に支障をきたして、映画が完成しないだろ。だから、道具を出し入れするごとに、いちいち、錠をかけていたわけよ」

「その鍵を持っているのは？」

「まず、俺だろ。あと、スペアが二本あって、それは志賀と江野本に持たせている」

「じゃ、計三本。他に、鍵を持っている人はいないと断言していいですか？」

「ああ、いいね。合鍵なんぞ作らせる間はなかったはずだよ。なんせ、新しいのと取り替えたばかりだからな。見てみな」

そう言って、倉庫の表に出る。

鉄扉は二枚の横開きの造作。カンヌキを滑らせて、外からロックするようになっている。なるほど、留め金に吊《つ》るされた錠前は真新しい真鍮《しんちゅう》の輝きを放っていた。

そこに指を当てて、室瀬は、

「前のものは古びていた上に、潮風にさらされたせいだろうな、錆《さび》が激しくて動かしにくいったらない。で、今日、撮影が始まる前に、町まで行って、新しいの買ってきた。これがそうだよ」

「なるほど、今日の午前中じゃ、くすねて合鍵を作ることは出来ないな」

「そういうこった」

「すると、鍵を持たされていなかった徳沢君が倉庫の中に入るためには、あなたたち三人の誰かから鍵を借りるしか無いわけか」

「俺は貸した覚えないぜ」

そう言って、室瀬は鼻に皺《しわ》を寄せる。

「じゃ、残る志賀君か江野本君、どちらからか鍵を借りた、あるいは、どちらかが倉庫に入った時に、一緒に、徳沢君も入っていった、ということになるわけか」

俺は倉庫の奥、死体の横たわる方に、問いかけるように言った。

すると、背後から賑《にぎ》やかな声が、

「うわあ、不思議なこともあるもんだわ」

いつのまに来ていたのか、漫画家の亜夢センセーがぬっと突っ立っていた。先ほどから、こちらの話に耳を傾けていたらしい。

センセーは何やら興奮気味に顔を火照《ほて》らせて、

「ホント、不思議よ。今の話、聞いてたらさ。だってさ、徳沢君はこの倉庫の中で死体になってるんでしょ」

　俺は頷き、

「ええ、そうだけど、それが？」

「だってさ、私さ、ここの駐車場にずっといたのよ。自分の車の中で休んでたの、っていうか、隠れてた。だって、楽屋にいると、編集の人がいろいろと仕事の話をせっついてくるから煩《わずら》わしくてね」

　指差す方向、二十メートルほど先には、車が数台固まって駐車されていた。その中のイエローのコロナが彼女のものだった。

　俺は位置関係を確認して、

「あそこなら、この倉庫の付近がちゃんと見える」

「そうよ。車の中でぼんやりと考え事してたのよ。茨城の海辺だからアンコウ鍋《なべ》でも食べたいな、とか。漫画のことは忘れて、ね。でも、目はちゃんと開けていたわよ」

「この倉庫の出入りは見えていた？」

「ええ、いやでも目に入るわよ。でもね、徳沢君の姿は一度も見なかった。倉庫に入ることもなければ、出てくることもなかった」

「でも、倉庫の中に死体が」

「変よね。徳沢君って透明人間になれるのかしら？」

　そう言って、亜夢センセーは目を瞑《つむ》る。

　ゾンビvs透明人間、の構想でも練っているのかもしれない。

　サイレンの音が近付いてきた。

4

　警察による現場検証が進められていた。

　死因は推察した通りで、およそ正しかったようだ。後頭部の陥没によるショック死。やはり、何者かに顔を殴打され、後方に倒れ込み、壁に頭部を強打したという経緯だったらしい。

　他殺ということになる。

　死亡推定時刻は午後二時から三時の間くらい。

室瀬の証言によれば、倉庫で徳沢の死体を発見したのが三時半頃なので、死後およそ三十分から一時間半が経過していたことになる。

関係者は取り調べを受けている。

俺も、最初に死体を確認し警察に通報した人間なので、捜査の対象となる。

いろいろと訊《き》かれたが、気になった質問が、

「死体を確認した際、現場に小型のビデオカメラが落ちてませんでしたか？」

「いえ。それって、殺された徳沢君が持っていたやつのこと？」

「ええ、被害者の持ち物です」

「いつもポケットに入れてたっけ」

「そうらしいですね。それが無くなっているんです。バッグも調べたんですが。どこかで見かけた記憶ありません？」

「いやあ、見てれば、気にかかるはずですから」

何かの理由で犯人が持ち去った可能性が考えられる。

もちろん警察側もそれを前提として捜索しているのだろう。

こうして取り調べを受けていると、話の内容から、情報を仕入れることが出来る。

死亡推定時刻の二時から三時のあいだ、問題の倉庫に出入りしたことが解っているのは、二人の人間。装飾スタッフの志賀と江野本である。

もちろん、両者とも犯行は否定している。

しかし、この二人と、チーフの室瀬の他に倉庫の鍵を持っている者はいない。三人とも誰かに鍵を貸した覚えはないと断言していた。

ならば、被害者の徳沢はどうやって倉庫に入ったのだろうか？

鍵を持っている三人の誰かが嘘《うそ》をついている可能性が高い。

しかし、漫画家の亜夢センセーの証言がある。午後一時半頃から、死体が発見された三時半までの間、

駐車場の自家用車の中で休憩していて、問題の倉庫は常に視界に入っていた。

だが、徳沢の姿を見かけることはなかったという。警察の調べにも、その証言は揺らぐことなく、自信に満ちていたらしい。

しかも、普段、亜夢センセーは映画関係者との接点はない。出演するのも初体験で子供のようにはしゃいでいるほどだ。今朝、このロケセットに参加したばかりである。

つまり、センセーは、現場の人間との間に、利害関係が生じる可能性は極めて低い。そのため、嘘をつくとは考えられない。彼女の証言には充分な信憑性《ぴょうせい》があるわけだ。

となると、やはり、徳沢は透明人間のままということになる。

ビュンッ、潮風がうめくように鳴る。頬を冷たくなぶった。水平線に陽が没しようとしている。空の底が赤く染まり、その上から、墨が溶けるように闇《やみ》が降りていた。

俺はジャンパーの襟《えり》を立てる。

スーパーのセットの前で、三人の男を見つけた。謎《なぞ》に関わる装飾スタッフの三人。忙しい一日のせいか、まだ、皆、ジャンパーにゴムのエプロンのままだった。そして、何やら不穏な雰囲気のようだ。

ガラスドアの脇で、室瀬が一個の椅子に手を置いて、険しい表情を浮かべている。言葉の断片しか聞こえないが、怒りを口にしているのは確かだった。叱責しているらしい。

その前で、志賀と江野本はしょぼくれて立っている。両手を前にたらし、顔を俯《うつむ》けている。悄然《しょうぜん》とした面持ちだった。

数分して説教が済んだらしく、室瀬は二人を残して、その場を去っていった。

俺は防砂林の陰から身を出す。そして、二人に歩み寄る。

「カミナリを落とされていたみたいだな」

志賀が振り返る。横広のアバタ面に大仰な苦笑いを浮かべ、

「なんですか、見てたなら、何か用事のフリでもして声かけてきて、助けてくれりゃいいのに」

「気が利《き》かなくて済まんな」

「ったく、今日は何て日だよな。警察にもチーフにも疑惑の目を向けられちゃってさ」

「ほお、室瀬さんに何を疑われたんだ？」

「これですよ」

と、椅子を指差した。

さっき、室瀬が手を置いていたものである。

木製のアームチェア。背板に巻葉の装飾が彫られ、肘掛《ひじかけ》と脚に優美な曲線を施したアンティーク調のものだった。

俺は滑らかな木目を撫《な》でる。

「へえ、しゃれた椅子だね」

すると、江野本が脇から手を伸ばしてきて、

「それだけなら、いいんですけどね」

と、肘掛を握って、軽く揺さぶった。

ミシミシと音を立てて、脚がぐらつき、椅子が傾く。

見てみると、座板の近く、脚に亀裂《きれつ》が入っていた。

江野本は昆虫めいた顔に泣きっ面を作り、

「これ、自然に出来たものじゃないんですからね」

「ん、誰かがやったってこと？」

「そう。ノコで切れ目を入れた跡がありますよ」

「そうか、そのことで疑われた？」

「ええ、いつも睨《にら》まれるのは僕らの役割ですよ。なんせ、下層階級ですから」

卑屈な自嘲《じちょう》を浮かべてみせる。そういう表情がごく自然に刻まれる。習慣のようなものらしい。

「で、本当のとこ、どうなんだ？」

俺は訊く。

「あなたまで疑ってるんですか、そうですよね、僕ら、そういう立場だから」

「そんなこと言ってないよ。要するに、やってない

んだな？」

「ええ、そりゃそうっすよ。こんな大それたこと」

いじけた顔を志賀の方に向け、

「ねえ、先輩」

「当たりめえのこと、言わすなよ。しょぼくれやがって」

と、志賀は元気付けるように陽気な声を上げ、

「だけども、本番で使われる前に、室瀬さんが気付いてよかったよ。座ったら、確実に折れて、ヘタすりゃ、頭打ったりして怪我するもんな。殺人事件が起こったおかげで、撮影が中断して、これ、不幸中の幸いだぜ」

俺は椅子を揺すりながら、

「誰が座る予定だったんだ？」

「漫画家のオバサン、いえ、センセー。ほら、女医の役、やるからさ」

「ほう、そりゃ、原作者に怪我させたら大事《おおごと》になるよな。この椅子は誰が用意したんだ？」

「室瀬さん、重要な道具だからって、昨日のうちに、自分で選んで、セット内の控え室に置いていたんだ」

「で、誰かが忍び込んで、脚に切り込みを入れたってことか。あそこはあんまり人の出入りがないからな」

「うん、誰の仕業にしろ、事故があったら、俺ら装飾スタッフも責任を問われるからね」

「特にチーフの室瀬さんは大変ってことか。しかも、自分で選んだ道具だし」

「で、あんなに烈火のごとく激怒したってこと。室瀬さん、血圧あがらないか、こっちがヒヤヒヤしたよ」

そう言って、志賀は肩をすくめて笑う。

江野本はすねたふうに眉を下げ、

「だからってさぁ、僕らに怒りをぶつけることないのに。僕と先輩がそんなことするはずないでしょ、ね」

首を伸ばして相槌《あいづち》を求める。

俺は突っ込んだ質問をする。

「じゃ、誰か、椅子に細工した奴の心当たりでもあるかい？」

江野本は唇を尖らせる。ちょっと言いよどんでから、吐き捨てるように口走った。

「たぶん、あいつですよ、徳沢ですよ」

「へえ、殺された徳沢君ね。あの徳沢君って、見てると、確かに室瀬さんにも、君らにも、あんまり馴《な》染《じ》んでなかった様子だったな。浮いてるって感じだったけど」

「そりゃ、この装飾の仕事をなめていたからですよ。あいつ、監督を志望していて、この仕事は一時的な腰掛に過ぎないって、そういう態度だったからさ」

「へえ、なのに、よく装飾スタッフの中に入れたね」

「あいつ、映像関係の学校の出身で、特待生とかってやつでハリウッドの現場に二年いたらしいんです」

「ああ、室瀬さんが皮肉っていたっけな」

「うん、徳沢のやつ、鼻にかけてたし。で、あいつのいた映像学校の講師がうちのプロデューサー。そのコネで今回のスタッフにもぐりこんできたってわけです。美術関係を学びたいって希望したらしい」

「なるほど、それで、君らのとこにか。室瀬さん、素直に受け入れたもんだね」

「プロデューサーのゴリ押しですよ。しかも、室瀬さんの同期なんだけど、何というか、立場が上でさ」

「そりゃ、よけいに室瀬さん、心中穏やかじゃないね」

「当然ですよ。機嫌悪くって、こちらにまでとばっちりがきちゃって、かなわないよ」

そう言って、江野本はベソでもかきそうな顔をする。

俺は小さく頷き、

「なるほどね、そんな背景があって、徳沢君は室瀬さんに冷淡にあしらわれていた。で、根に持って椅子に細工した、そういう推理だね」

「きっと、それが正解ですよ。嫌味ったらしい奴だからさ」

「ふーん、まあ、人のカンに障るような言動をとることはあったみたいだな」

「そうですよ、だって、僕だって最初は監督志望だったけど、今じゃ、こうして美術スタッフにシフトしてさ、それに誇りを持ってやってるっていうのに、あいつったら、『監督に向いてなかったんですね』、なんて平気で言うわけよ。そりゃそうだけどさ……」

「あいつに言われたかねえよな」

と、志賀が後を続けてやる。

江野本が繰り返し頷き、

「そうそう、それ。あいつに言われたくないですよね。先輩だって、そうでしょ、お父さんも活動屋で同じく美術スタッフ」

「でも、親父はメインスタッフになれなくて、ずっと助手だった。そこんとこ皮肉ってるのか、徳沢のやつ、『親子二代なんですね』、って言いやがる。俺も一生、助手って含みかよ。そりゃ、現場では他のスタッフとかにそんな冗談言われるけどよ、よりによって、あいつに言われたかねえよな」

と志賀は口を歪《ゆが》める。

「そうそう、いちいち、なんていうか、どこか、上から目線の感じでさ」

「ホントに空の上に行っちまったしな」

「先輩、ちょっと、さすがに死んだばかりですから」

江野本は困惑したふうに志賀をなだめる。

5

レストランの施設の一つだった従業員用宿舎は、出演者の楽屋として使用されていた。

漫画家の亜夢センセーには二階の一室が用意されていた。

フローリングだった床が八畳間に改装されている。小さな折り畳みテーブルには湯飲みとポット。壁際には姿見が置かれていた。

隅のベッドは、マットレスに座布団を載せてソファの代わりになっていた。かつては二段ベッドだったらしい。上段が外され、四隅には木製の支柱が残っていた。

その支柱の一本を、亜夢センセーは洋服掛けとして利用していた。てっぺんにグリーンのベレー帽を掛け、左右に突き出ている金具にハンガーをぶら下げ、瑠璃色のケープとライトブルーのジャケットを吊るしていた。そこだけが部屋の中で唯一華やいでいた。

内装だけ見れば、まもなく取り壊される下宿と大して変わらない。壁も天井も染《し》みが浮き出ている。強い風が吹くと、窓がカタカタと震える。表に設置した発電機の具合によって、時折、天井に吊るした蛍光灯がＵＦＯのように点滅していた。

それでも、亜夢センセーは不満げな表情はまったくなかった。むしろ楽しんでいるといってよい。


賑やかなオバサン口調で、こちらの質問に答えてくれる。

「うん、二時ちょっと過ぎだったわね、最初は、江野本君、それから、三、四十分ほどして、こんどは志賀君、それぞれ小道具を仕舞いに来てたわ」

倉庫の出入りのことである。

「センセーは駐車場の車の中から見たんですよね。さっき確認したんですけど、確かにあの位置からなら、倉庫とその周囲がよく見えますね」

「横からのアングルで、二十メートルくらいの範囲ね、倉庫に出入りする人ならばっちり見えたわよ」

「最初、江野本君が来て、倉庫に道具を運び入れた」

「そうそう、ほら、室瀬チーフに命じられていたわよね。観葉植物の植木鉢、それに、床マットね」

その植木鉢にはパキラの木が植えられていた。二メートル近い大きなものだった。広い葉を周囲に伸ばし、ボリューム感もある。

俺は訊いた。

「植木と鉢と合わせて、二メートル半くらい、かなりの大きさになりますよね」

「重いんでしょうね。あれだけは、台車に乗せて運んでいたものね」

「パキラの木は何か布とかビニールのカバーで覆われていませんでしたか？」

「いいえ、丸裸のまんまだったわよ。綺麗《きれい》な緑が陽をあびてツヤツヤしてましたもの」

「そうでしたか」

さっき、倉庫で見たのと同じ状況であった。運び込む時にだけ、何かで覆われていなかったか、期待していたのだ。

つまり、人を隠すスペースの有無である。

今、俺が追及しているのはそのポイントであった。生きていたにせよ、死んでいたにせよ、運び込まれた道具に、被害者が隠される余地はなかったか、を確認しているのだ。

それしか透明人間の謎を解くヒントは思い当たらない。

床マットは赤紫色で、一・五×一メートルくらいの大きさ。人を隠すスペースは作れるはずだ。

「江野本君はマットを広げたまま運んでました？」

「いえ、丸めて肩に担いでたわよ。その方が運びやすいし、壁に立てかけて仕舞えるからでしょうね」

「丸め方は、きつい感じ、それともゆったり？」

「きつい感じだったわね。細くなってたもの。そう、正月の伊達巻みたいにぎゅっと巻いて、トイレットペーパーくらいの丸まり方だったかな」

それでは、いくらなんでも、中に人間が巻かれていたとは考えにくい。

俺は落胆を覚えながら、

「で、江野本君が去って、それから三、四十分くらいして、志賀君が荷運びにやって来たんでしたね」

亜夢センセーは大きく頷く。記憶を辿っているらしく、天井に黒目をやりながら、

「ええ、コート掛け、それから、フロアランプ、鏡

を倉庫に運び入れてたわ」

俺はこれら三品目を思い浮かべる。

人間を隠せる可能性のあるものをセレクトする。

鏡は円形をした壁掛け用で、木製の額に蔦《つた》模様が彫刻されている。大きさは直径五十センチくらい。なので、人の隠れる余地は無い。オミットする。

フロアランプは店舗などで装飾用の光を当てるものである。約二メートルのスタンドの上に直径二十センチほどの円形のライトが取り付けてある。ガラス表面にうっすらとグリーンの紗《しゃ》がかかり、購買欲をそそる雰囲気を作るらしい。先端近くにはフックが左右に突起していて、ライトをさらに増やせるような仕様になっていた。

高さも幅も申し分ない。

「フロアランプにはカバーはかけられていませんでしたか？　割れるのを防止するために毛布とか？」

「いいえ、まったくの剝き出しだったわよ。あれ、わりと運ぶの楽だからでしょう」

そう、スタンドを支える十字形の台にはキャスターが装着されていた。普段はストッパーで留めてある。移動の際には、それを解除して、転がせばいいわけだ。

しかし、何もカバーがかけられていない状態では、人を隠しようがなかった。

俺は溜息《ためいき》を飲み込んで、もう一つの候補を挙げることにする。

コート掛け。左右のスタンドに一メートル半ほどのステンレスの横棒を渡したもの。校庭の鉄棒に形が似ている。コート・ラックともいう。台座にはキャスターが付いていた。そして、スタンドの高さが調節できる。先ほど、倉庫で見た時は一メートル七、八十くらいに設定してあった。さらに、二メートル強まで高くすることが可能だ。

俺は訊いた。

「コート掛け、あれには何か衣服の類を吊るしたまま運んでいたということはないですか？」

「いえいえ、まったく。枯れ木のように何も掛かっていない、裸のまんまだったわ」

「何も？」

「ええ」

「じゃ、カバーは？」

「ないない。まっさらの剝き出しのままで運んでたわよ」

飲み込んでいた溜息がつい漏れる。

コート掛けは可能性が高いと睨んでいたのだ。それを、あっさりと否定された。

次に進むしかない。

これはあまり期待できないが、一応、検証しておこう。

「あと、志賀君と江野本君が二人して水槽を運びましたよね」

「ええ、あれは、ほぼ三時頃だったっけね。大きい水槽だったので、二人で両端を持って運んでたわ」

そう、かなり大ぶりの水槽だった。長さは一メートル半、幅と深さは五十センチくらいあったろう。

「当然、中は空っぽでしたよね？」

「ええ、まっさらの水槽だけでしたよ。大きな透明なガラスの箱。綺麗に掃除してあったせいか、向こうに防砂林がよく見えたくらいよ」

「布や紙などで覆われていなかったんですね？」

「ええ、何も」

そんな透明なガラスだけの箱には人が隠れられるはずは無い。やはり、ここでも可能性が潰《つぶ》されてしまった。

「後は、室瀬さんが倉庫に来ただけですよね？」

「そう。それが、死体を発見した時ということになるわね。驚いて出てくるところに、紅門さんがちょうどやってきましたものね」

「室瀬さんは倉庫に入る時、何か持ってませんでした？」

「いえ、手ぶらだったわよ。何かを取りに来たんでしょう？」

「テーブルクロスって言ってました」

「ああ、そうでしたか。でも」

と亜夢センセーは口を横に広げ、皮肉めいた笑みを浮かべると、

「死体に出くわして、テーブルクロスどころじゃなくなった。仰天しちゃったのね、ゾンビみたいにふらふらして倉庫から出てきたものね」

「うん、今にも死にそうな歩き方」

「まさに生ける屍《しかばね》。あの時の姿、室瀬さん本人に見せてやりたいわ。絶対にゾンビ役者としてやっていけるって自信がわくはずだから」

「ゾンビ役者って、それじゃ生活できないと思うけど」

「どうせ死人なんだから」

そう言って、センセーは陽気なオバサン笑いを寂れた楽屋に響かせるのだった。

6

夜の闇が降りていた。

セットの脇に、元は屋内駐車場だった建物がある。鉄筋コンクリートの平屋で、二十台くらいが駐車できるようになっている。

その内部をパーテションで区切り、幾つかのスタッフルームが設けられていた。撮影、照明、録音など、パートごとに分かれている。

俺はその小さな一部屋にいた。

折り畳みテーブルを挟んで、装飾スタッフの三人と向き合っていた。

真ん中にチーフの室瀬が座り、左右に、志賀と江野本が番犬のように控えていた。

それぞれの前で、紙コップのインスタントコーヒーの湯気が揺れている。コンクリートの床から冷え冷えとした空気が昇っていた。波と風の入り混じった

音が聞こえる。

俺は白い息を吐きながら語っていた。

「……倉庫に皆さんが出入りする光景を、確かに、亜夢センセーは見ていた。けれども、部分的に、解釈のギャップが生じているシーンがあったんだよ。現実と脳内とで齟齬《そご》が生じていた。見ていたものが、見ていた通りのものではなく、頭の中の認識によって、別のビジュアルに変換されていた。そんなシーンがあったのさ。映画にはモンタージュ理論ってあるよね。カットの順番と組み合わせによって映像が意味づけられ、それの連続で映画は成立している」

室瀬は不機嫌そうに鼻に皺を寄せ、

「ああ、モンタージュ理論くらいなら、あんたに言われなくても、知ってるよ。こちとらプロの映画屋だからな」

「ええ、失礼を承知で持ち出してみた。知ってるからこそ、手っ取り早いと思ってね。理解を共有しやすいってこと。で、モンタージュについて基本的なことを思い出してほしい。よく例に出されるのが、赤ちゃんの顔。赤ちゃんの顔がアップで映し出された映像、そのカットの前後にどんな映像を編集するかで、同じ赤ちゃんの顔でも表情が異なって見える。たとえば、サーカスのピエロが転んだ映像の後では」

「赤ちゃんの顔は笑っているように見える、だろ」

「そうそう。また、かわいい動物が死んでいる映像の後だと、赤ちゃんは泣いているように見える」

「うん、食い物の後では、腹が減っているように見えるとか」

「同じ赤ちゃんの顔でも、編集しだいで、見え方が異なってくるわけだ」

「解ってるよ。で、そのモンタージュ理論と、あのオバサン・センセーの目撃談とどう関わってくるんだ？」

苛立《いらだ》たしそうに声を少し荒らげた。

俺は臆《おく》せず、

「亜夢センセーの頭の中でカットが編集され、それが現実をモンタージュしてしまったんだ。

具体的に言うと、センセーはコート掛けと聞いて、一本の木のように棒が立っていて、その上部にフックが付いているものをイメージしていた。実際、そういう形状のコート掛けはよく見かけるしね。

で、なんで、すぐ、そういう形のものを思い浮かべたかというと、それは、センセーが楽屋でベッドの支柱を洋服掛けの代わりにしていたからなんだよ。だから、センセーはコート掛けと聞くと、そうした棒状のスタンド式の形を先入観として抱いた。でも、実際に倉庫に運ばれたコート掛けは違う」

「校庭の鉄棒みたいな形状のものだよ。二つの支柱に横棒を渡した形のコート掛け」

「その通り。だから、センセーの話を聞いていて、俺は違和感を感じたんだよ。『コート掛けには何か掛かっていませんでしたか』と訊《たず》ねたら、センセーは首を横に振って、『何も掛かっていませんでした。枯れ木のように』って表現をした。うん、おかしいんだよ。あのコート掛けを枯れ木に喩《たと》えるなんてさ。きっと、センセーの頭の中では、棒が立っているふうな形のコート掛けを思い描いていたのさ」

「でも、そんなコート掛けなんか倉庫に運びこんでいない」

「うん、そりゃそうだ。つまり、センセーは別のものをコート掛けと誤認したのさ」

「別のもの？」

意外そうに大きく目を剝いた。

両脇の志賀と江野本も身を乗り出す。

俺は言った。

「それは、フロアランプだよ。店舗内などに装飾用の光を当てるもの。あれは、長い金属棒のスタンドの先端にライトが付いていたろ。あと、さらにライトを付けられるよう先端近くにフックが左右に突起していた。こうした全体像は、センセーの脳内イメージのコート掛けと相似形を成すだろ」

室瀬はコンクリートの天井を見上げたまま、頷い

て、

「そうか、センセーのいた側に、ライトの裏が向いていたら、ライトとは解らないか。ただの丸い飾りでしかない」

「それに上部のフックはまさにコート掛けのイメージにぴったり重なる。また、センセーはどんなものが倉庫に運ばれるのか、室瀬さんが命じているのを耳にしていたけど、実際にその現物は把握していなかった。六つの道具の名称しか理解していなかったんだよ」

「なるほど、そうだよな。なんせ、今日の午前中に、この撮影現場に来たばかりだからな。セット内の道具について、詳細に認識する間は無かった」

「そういうこと。で、志賀君が運ぶべき道具はコート掛け、鏡、フロアランプ、と名称だけをセンセーは知っていた。そして、最初に運ばれたフロアランプを、コート掛けだとセンセーは認識してしまった」

「残る二つの品目は、鏡とコート掛け」

「うん。で、次に運ばれた鏡のことを、センセーはフロアランプだと認識したのさ。これも、裏側がセンセーの方に向いていた。表の鏡面が見えなかった。円形の木製の装飾としか解らない」

「でも、センセーは、鏡の裏側だと正確に捉《とら》える可能性もあったわけだよな？」

「でも、フロアランプの裏側だと思った。それは次に運ばれたものが鏡であると認識したからなんだよ。これもモンタージュの現象が働いている」

「どんなカットがセンセーの脳内にあったんだ？」

「姿見さ。あの楽屋には姿見が置いてあった。で、そのイメージが脳内に残っていたんだろう」

「それで、コート掛けを姿見、つまり鏡だと誤認したわけか」

整理すると次のようになる。

フロアランプ↓コート掛け
鏡↓フロアランプ
コート掛け↓鏡（姿見）

というふうに亜夢センセーは誤認してしまったわけだ。

このことを、先程、俺が解き明かすと、センセーは驚嘆しながらも、素直に誤解を認めてくれた。同時に、ひどく恥ずかしがって、顔を赤らめるのだった。

俺は解説を続ける。

「あのコート掛けは、さっきも言ったように校庭の鉄棒のような形をしている。そうした形状を、姿見の輪郭として見ても不思議ではない。そして、問題は鏡の部分だ。コート掛けの金属棒が描く四角い空間、それをセンセーは鏡だと認識したんだ」

「それって、素通しの、何も無い、空間だぜ。向こう側が見えちゃってるじゃねえか」

「その向こう側、現実の風景を、鏡の中の風景だと思ったのさ。つまり、実像を虚像として認識していた」

「その勘違いの虚像って、つまり、ただの風景か」

「それと、人がいたはずだ」

「人？」

室瀬は顔を険しくする。

俺は頷いて、

「うん、もちろん、志賀君だよ。亜夢センセーは、生身の志賀君を鏡に映った虚像だと思っていた。そう、センセーに背中を向けて運んでいる志賀君が鏡に映っていると思ったのさ。実際はそうじゃなかった。二人の男がコート掛けを倉庫に運んでいるところだったんだ。コート掛けを挟んで、二人の男がいたんだよ」

「じゃ、つまり、コート掛けの向こう側にいたのが志賀だよな。で、こっち側にいたのが……」

「そう、徳沢君だ。殺された徳沢君。彼はセンセーに後姿を向けていた。センセーはそれを志賀君の後姿だと思い込んでいたのさ」

「そうか、二人ともスタッフジャンパーに黒いゴムのエプロンと同じ格好だった……」

「エプロンをしているため、向こう側の志賀君の足は隠れている。だから、こちら側の徳沢君の足の動きと合わなくても、センセーの目には解らなかった」

「でも、志賀の足首から下は見えてるだろ」

「きっと、志賀君はふざけてコート掛けに乗っていたんじゃないかな。ほら、ゾンビごっこをして椅子で滑っていたみたいにさ。

あと、周囲の風景だけど、あの駐車場は防砂林で囲まれている。だから、どこも背景は似たようなものになる」

これで絵解きは完了した。

室瀬は呆然《ぼうぜん》とした面持ちで、

「そ、そうか……、あのオバサン・センセーは、実際は、徳沢が倉庫に入るところを見ていたということか。でも、それを、志賀の後姿として見ていた。そして、志賀のことは鏡の虚像として見ていた……」

「そういうこと。これが透明人間の正体だったわけだ。脳内の認識のモンタージュが三つの道具を誤認させ、その連鎖によって実像と虚像を取り違えさせることになった。結果、センセーにとって、徳沢君は見えない人となってしまったわけさ」

「じゃ、徳沢は志賀と一緒に倉庫に入った……」

室瀬の声は震えている。

俺は言った。

「そういうことだよ。徳沢君を殺害したのは志賀君ということになる」

重い静けさが垂れ込めた。

空気が凍ったように冷えていた。

波の音が耳元で聞こえる。

志賀はアバタ面を灰色にして、まるで彫像のように固まっていた。

その顔に向かって、俺は言う。

「撮影に使う予定だったアームチェアが壊れるように細工してあったね。あれは志賀君の仕業だったんだろ。きみは、親子二代で助手って、よくからかわれると言ったよね。仲間にからかわれるのは慣れてるなんて強がっていたけど、本当はそうじゃなかったんじゃないかな。そして、室瀬さんは身近なだけに、ことあるごとにそのネタを口にしていたんだろうよ」

室瀬は引き攣《つ》った顔を、隣の志賀に向けて、

「お前、それで、あんなことを……」

声が上擦《うわず》っていた。

志賀は石のように固まっていた。こらえた憤りの塊の石。乾いた口をゆっくりと割り、くぐもった声を迸《ほとばし》らせた。

「ああ、そうだよ。もういいかげんにしてほしかったよ。言われてるうちに、どんどん自分の親父のことを嫌いになっちまうじゃねえかよっ」

唇が震え、端から唾が泡立っていた。

俺は続ける。

「そして、志賀君がアームチェアに細工している現場を徳沢君が見つけた。そして、密《ひそ》かにビデオカメラに納めた。志賀君がコート掛けを運んでいるところに、徳沢君がやってきて、ビデオの件をちらつかせたんだろうな」

志賀は顔を伏せたまま、

「ああ、これを公開してやるなんて脅しをかけてきたよ。日頃の仕返しだなんて、ガキみてえなこと言っちゃってよ」

「でも、本気だったんだろ。それで、君は彼を殺害し、ビデオカメラを持ち去った」

「あいつはこう言ったんだよ。『歯車はいいですよね、苦労だけでも勲章になるから』って。俺ら裏方のことだよ。カッとなっちまって、つい手が出たよ……気付いたら、あんなことに……」

握った二つの拳《こぶし》が石膏《せっこう》のように白かった。

どこかで歯車が狂ったのだろう。

人と人とが接すれば、そこにも、意想外のモンタージュが生じるのかもしれない。

ふと、俺は、今までの人生で関わってきた人間た

ちのことを思い起こしていた。彼らの顔が、フィルムのコマのように次々と頭の中に映される。同じ表情でも、笑っているようにも、泣いているようにも見えてくる……。

夜の闇に打ち寄せる波の響き――。

翌朝、スーパーのセットの中を覗いたら、亜夢センセーが椅子に腰かけて、ぼんやりしていた。

アンティーク調の椅子。亜夢センセーがゲスト出演シーンで座るはずだったものだ。

そう、脚に亀裂の入れられた問題の椅子。

俺はハッと息を呑んで、歩み寄り、

「それ、ダメですよ、危ないっ」

するると、亜夢センセーはあっけらかんと、

「ああ、話は聞いたわよ。でも、大丈夫。装飾係の室瀬さんが直してくれたから」

椅子を軽く揺すってみせる。

俺は脚部を見下ろし、

「室瀬さん、ちゃんと修理したんだ。へえ、今回の事件で撮影中止になりそうなのに」

「そうね。でも、あの人たちは決してそういうふうに考えないみたいよ」

「それが現場の映画屋の考え方ってやつか」

亜夢センセーは窓の外を見て、

「映画って光を追いかけるお仕事でしょ、だからかもね」

眩しそうに目を細める。

俺も光る波頭を見やりながら、

「光が無ければライトをたくし、夜なのに昼にしちまうし、どこまで逞《たくま》しいんだ」

「明日は明日の風が吹く、って連中ね」

そう言って亜夢センセーは豪快なオバサン笑いを放った。

明日は明日の謎を解く。俺にそんなパワーがあるだろうか？　我に光を――。

解説

千街晶之《せんがいあきゆき》

ミステリ小説と映画。両者の関係は必ずしも幸福なものとは限らない——というのは、ミステリファンなら身に覚えがあるに違いない。せっかくの傑作小説を愚にもつかぬ映画に改変された怨《うら》みの記憶は、誰の胸の奥にもくすぶっている筈《はず》だ。

とはいえ、逆に凡庸な小説が映画史に残る名作に生まれ変わる場合もあるし、原作・映画双方が傑作という例も珍しくはない。基本的にミステリ小説と映画は、時には喧嘩《けんか》もするが基本的には仲良く近所づきあいをしている間柄と言っていいのではないだろうか。

原作と映像化という関係に限定しなくても、小説の中に映画関係のモチーフが取り入れられるケースはよく見られる。例えば、映画の製作現場を舞台にしたミステリ小説のような場合だ。謎解《なぞと》きを主眼とした長篇に絞っても、海外ではエラリー・クイーン『ハートの4』（一九三八年）、カーター・ディクスン（ジョン・ディクスン・カー）『かくして殺人へ』（一九四〇年）、ロバート・ブロック『サイコ2』（一九八二年）、ジョージ・バクスト『ヒッチコックを殺せ』（一九八六年）、ジル・チャーチル『忘れじの包丁』（一九九四年）、ジョン・ガスパード『秘密だらけの危険なトリック』（二〇一四年）などがあるし、日本では江戸川乱歩《えどがわらんぽ》『蜘蛛《くも》男』（一九三〇年）、小林久三《きゅうぞう》『殺人試写室』（一九七六年）、皆川博子《ひろこ》『知床岬《しれとこみさき》殺人事件』（一九八四年）、梶龍雄《かじたつお》『紅《あか》い蛾《が》は死の予告』（一九八六年）、高橋克彦《かつひこ》『即身仏《ミイラ》の殺人』（一九九〇年）、我孫子武丸《あびこたけまる》『探偵映画』（一九九〇年）、島田荘司《そうじ》『アトポス』（一九九三年）、三《み》津田信三《つだしんぞう》『スラッシャー　廃園の殺人』(二〇〇七年)、水生大海《みずきひろみ》『少女たちの羅針盤』(二〇〇九年)、中山七里《しちり》『スタート!』(二〇一二年)、詠坂《よみさか》雄二『T島事件　絶海の孤島でなぜ六人は死亡したのか』(二〇一七年)、赤川次郎『キネマの天使　レンズの奥の殺人者』(二〇一七年)等々が思い浮かぶ。実在の映画にオマージュを捧《ささ》げたミステリ小説も多いし、単に登場人物として俳優や映画監督が出てくる作品に至っては数えきれないほど存在する筈だ(右に記した中には、映画業界に実際に関わった経験のある作家が多いことも記しておきたい)。

こうした作品群の中でも、映画ミステリとしての濃密さで際立っているのが霞流一《かすみりゅういち》の『死写室《ししゃしつ》　映画探偵・紅門福助《くれないもんふくすけ》の事件簿』である。二〇〇八年二月に新潮社から刊行された『死写室』の復刊だが、新たに追加された副題から窺《うかが》えるように、まさに映画づくしと言うべき内容の短篇集なのだ。

まず、本書の探偵役・紅門福助を簡単に紹介しておくと、元刑事の白亀《しろがめ》金太郎が社長を務める「紅白探偵社」と契約しているフリーの私立探偵で、本書では四十すぎ、初登場時は三十八歳。もとはテレビ局の記者だったが、三十歳の時、トラブルを起こして左遷されかけたところを白亀に拾われて探偵になったという経歴を持つ。白亀に言わせれば「アフリカの呪術《じゅじゅつ》人形みたいな面妖《めんよう》な顔」(『フォックスの死劇』)らしい。紅白探偵社の社員だった時期もあるが、浮気調査に代表されるような男女関係の仕事が嫌でフリーになっている(彼と一緒に暮らしていた女が二人とも別の男のもとに走ってしまったという過去が、こうした仕事上の選《え》り好《この》みに関係しているようだ)。一人称が「俺」ということもあって、ハードボイルド風のキャラクターに見えるけれども、推理力に秀でた天才型探偵であり、大勢の容疑者から真犯人を絞り込む消去法推理を特に得意としている。

登場作品の発表年と版元は左記の通り。

『フォックスの死劇』一九九五年十二月　角川書店
→角川文庫
『ミステリークラブ』一九九八年五月　角川書店
『デッド・ロブスター』二〇〇二年九月　角川書店
『呪《のろ》い亀《かめ》』二〇〇三年一月　原書房
『おさかな棺』二〇〇三年十月　角川文庫
『サル知恵の輪』二〇〇五年十二月　アクセス・パブリッシング
『死写室』二〇〇八年二月　新潮社→講談社ノベルス（本書）

このうち、『おさかな棺』が中篇集、本書が短篇集である。

もともと、著者は東宝の社員出身であり、映画業界との縁は深い。そのためか、著者の作品にはしばしば映画のモチーフが登場する。紅門福助シリーズ第一弾『フォックスの死劇』は映画監督が変死する物語だったし、『呪い亀』も事件関係者の大部分が映画業界の人間である。どちらの作品も過剰なまでの映画趣味で彩《いろど》られており、後者に至っては章題まで映画のタイトルで揃《そろ》えられているという凝《こ》りようだ（なお『フォックスの死劇』によると、紅門はどちらかというと洋画好きらしい）。

シリーズ外の作品では、殺し屋たちが奇抜な手段で死闘を繰り広げる『夕陽《ゆうひ》はかえる』（二〇〇七年）は、都筑道夫《つづきみちお》の小説『なめくじに聞いてみろ』（一九六二年）を原作とする映画『殺人狂時代』（岡本《おかもと》喜八《きはち》監督、一九六七年）を彷彿《ほうふつ》させる。また、『フライプレイ！　監棺館殺人事件』（二〇一四年）は、『探偵〈スルース〉』（ジョセフ・L・マンキーウィッツ監督、一九七二年）、『スルース』（ケネス・ブラナー監督、二〇〇七年）と二度も映画化されたアンソニー・シェーファーの戯曲『スルース』（一九七〇年）を意識した多重どんでん返しミステリだった。しかし、やはり映画趣味に特化している点で、本書を含む紅門福助シリーズが際立っていることは間違いない。その意味で、本書の副題で彼に冠された「映画探偵」という肩書は伊達《だて》ではないのである。

さて、本書の内容紹介に移ろう。新潮社版では、映画製作のプロセスを企画から公開まで追うかたちで「届けられた棺」「血を吸うマント」「霧の巨塔」「首切り監督」「モンタージュ」「スタント・バイ・ミー」「死写室」「ライオン奉行の正月興行」の順で収録されていたが、今回の講談社ノベルス版では映画祭に見立てて配列し直されている。

「霧の巨塔」（《小説新潮》二〇〇七年四月号）

紅門福助は映画配給会社の宣伝マンの頼みで、東京都西端の村にビデオを届けることになった。その途中、事故を起こした俳優とマネージャーを拾ってから目的の旅館に到着し、そこで一泊した紅門だが、翌朝、裏庭で変死体が見つかる。

殺人そのものの謎もさることながら、そこにある筈のない巨大な塔を二人もの人間が目撃した……という、本書でも最もスケールが大きく怪談的な謎が読者をワクワクさせる作品である。その塔のトリックに籠《こ》められた、ある人物の想《おも》いも深い余韻を残す。新潮社版の著者あとがきによると、着想源はスタンリー・キューブリック監督のSF映画『２００１年宇宙の旅』（一九六八年）。

「首切り監督」（《小説新潮》二〇〇二年十月号）

紅門も立ち会っていた映画撮影現場で、監督が俳優に襲撃されるというトラブルが発生する。翌日、監督とプロデューサーの死体が発見されるが、何故《なぜ》か二人の首がすげ替えられていた。

著者の作風の大きな特色といえば、死体を使っての悪趣味な遊びであり、中でも首なし死体は頻繁に登場する。その意味では、本書の中でも最も著者らしい作品だ。死体の首のすげ替えといえば、イギリスのミステリ作家のある有名な短篇などが思い浮かぶが、本作の場合、謎の奇怪さと釣り合うに足る常軌を逸《いっ》した真相が強烈な印象を刻み込む。

「スタント・バイ・ミー」（《小説新潮》二〇〇三年

四月号）
　映画撮影に必要なマスクが盗まれたため、紅門は撮影現場で警備を担当していた。ところが今度は雑誌記者の社員証が盗まれ、更に殺人事件まで起きてしまう。
　俳優やスタッフばかりか常軌を逸したオタクまで登場し、関係者の変人ぶりが特に目につく。密室の謎解きの鋭い切れ味が印象に残る作品で、タイトル通り、スタントマンが事件関係者であることに大きな意味を持たせているのが秀逸だ。
「血を吸うマント」（《小説新潮》二〇〇二年四月号）
　吸血鬼映画の主演俳優らに罵倒《ばとう》された衣装係が、吸血鬼の衣装をまとった死体と化していた。現場の衣装室を取り巻く雪の上に犯人の足跡がなかったことから自殺と思われたが……。
　カーター・ディクスンや横溝正史らに有名な先例がある「足跡のない殺人」トリックに挑んだ作品。分量が短めということもあり、ちんたら時間をかけている場合じゃないと言わんばかりの真相解明の急転直下ぶりはいっそ潔い。新潮社版の著者あとがきによると、著者にとってワセダミステリクラブの先輩である作家・映画プロデューサーの田中文雄がプロデュースした吸血鬼映画『血を吸う薔薇《ばら》』（山本迪夫《みちお》監督、一九七四年）へのオマージュとして執筆されたという。
「届けられた棺」（単行本書き下ろし）
　映画製作プロダクションの社長に届いた柳行李《やなぎごうり》から発見された死体。それは、社長の父親にあたる元プロデューサーだった。ある映画のリメイクをめぐり、父子は対立していたというのだが……。
　本書の中でも、一言で読みどころを表すのが極めて難しい作品である。というのも、「どこが謎なのか」という主軸自体が、読み進めるにつれて変貌《へんぼう》してゆく構成になっているからだ。しかも、それが作中のモチーフと緊密に結びついている点も見逃せない。得意の消去法推理も盛り込まれた、著者の本領発揮作である。

「死写室」（単行本書き下ろし）

自らも出演した映画の試写のため紅門は映画会社を訪れたが、遅刻したため宣伝部社員と言い争いになった。その最中《さなか》、試写室の中では殺人事件が……。

被害者と一緒に試写を観《み》ていた評論家以外は室内に誰もおらず、まるで映画から飛び出した絞殺魔の犯行に見える……という密室ものだが、このトリックには唖然《あぜん》とさせられること必定だろう。犯人の最後の一言も、映画業界人の業の深さを滲《にじ》ませて印象深い。

「ライオン奉行の正月興行」（《小説新潮》二〇〇〇年一～二月号。掲載時タイトルは「ライオン奉行のミレニアム」）

映画館のトイレの個室で発見された二つの死体。ひとりは首を吊《つ》り、もうひとりは便器に頭を突っ込んでいた……。

正月企画の犯人当てとして執筆されたため、本書で唯一、問題篇と解決篇に分かれた作品である。本書収録作全般に言えることではあるものの、特に本作の場合、トリックを成立させるための犯人の努力が涙ぐましく、思わず同情さえしてしまう。

「モンタージュ」（単行本書き下ろし）

ロケセットの警備のため雇われていた紅門は、不穏な人間関係を目の当たりにして嫌な予感に襲われる。案の定、殺人事件が発生。しかし、現場である倉庫に被害者が入ることは不可能だった。

映画製作現場ならではの必然性のあるトリックという意味では、この作品が白眉《はくび》と言える。「見えない人」トリックで、ここまで凝ったものはなかなかないだろう。本書のクロージングを飾るに相応《ふさわ》しい逸品《いっぴん》である。

こうして通読すると、目を引くのは映画業界に蠢《うごめ》く人々のエキセントリックさである。それを言い出せば著者の作品全体が、エキセントリックなキャラクターだらけというのも事実だが、例えば「首切り監督」の動機などは、映画業界でなければ成立し得ないかのように描かれている。犯人ではなく、被害者の行動が映画業界ならではと感じさせる作品も数篇ある。

では、ここで描かれた映画業界の人間群像が著者によってカリカチュアライズされたものなのかというと、もちろんそういう面もあるにせよ、ある程度現実を反映しているのも事実と思われる。というのも、著者はカーター・ディクスン『かくして殺人へ』創元推理文庫版解説で、かつて自分がいた映画業界について次のように述べているのだ。

私は諸般の事情により約十五年の間、映画界で仕事をしてきたが、そこに生息する人間くらい面白い見モノはなかったと断言してしまおう（カーのように苦々しい体験も多々あったが）。これは侮蔑《ぶべつ》に基づいた見識ではない。常識を通り越した映画人の言動に感動すら覚えたという意味。敬意とは言わぬが驚嘆の念を覚えているのである。

例えば、プロデューサーの中には、企画も通っていないのに準備費と称して数百万も飲み食いし、結局映画化に至らなくても平然としている輩《やから》がいた。また、ロケ先の宿代を映画のチケットの束《たば》で払った強者《つわもの》、あるいは、映画化権が欲しくて毎朝原作者宅の玄関先に陣取る土下座男、制作発表時の俳優と完成した映画の顔ぶれを全く変えてしまったプロデューサーもいた。

また美術スタッフには、小道具に用意したヘビを監督に「小さい！」と怒鳴《どな》られ、結局ニーズに応えられる大蛇が見つからず、二匹のヘビを結んで長くして、スプレーをかけて色を統一し、撮影に臨んだというアイデアマン（？）もいた。

（中略）

いやはや頭が下がるわ感動するわ、活動屋おそるべし。こうした人間たちの坩堝《るつぼ》が撮影所という

魔界なのである。(後略)

この解説で著者は「カーの世界は人工的、アクが強い、などと言われがちだが、本作品ではかえってそんな特質が映画界という舞台と絶妙に調和しているのは興味深い」と述べているが、これはまるで自作『死写室』の意図を説明しているかのようでもある。「常識を通り越した」人間が大勢いる「魔界」だからこそ、著者ならではの奇想天外なトリックや動機も不自然に陥《おちい》ることなくしっくり馴染《なじ》んでいるのだ。本書で映画の世界をモチーフにした理由が、単に著者がよく知っている業界だから——というだけに留まらないことがよくわかる。

また、本格ミステリとしては、長篇の場合のように多重推理を盛り込むのが難しいぶん、一撃必殺の切れ味で勝負をかけてきた点も見逃せない。長篇が多い著者だが、短篇の妙味も会得していることは本書からも明らかなのだ。

最後に、著者が本書に隠した(そして、大半の読者に気づかれなかったように思える)ある趣向について触れておきたい。

著者の作品の殆《ほとん》どが動物をモチーフにしており、タイトルにも動物の名前が含まれていることが多いのはファンなら周知の通りである(著者自身は「獣道ミステリ」と称している)。では本書はどうだろう。紅門福助シリーズの他の作品がそれぞれ狐《きつね》、蟹《かに》、海老《えび》、亀、魚、猿をタイトルに含んでいるのに、本書だけが動物に因《ちな》んだ文字すら使われていないのは不思議ではないだろうか。

いや、実は本書も「獣道ミステリ」のひとつなのである。収録作のうち「ライオン奉行の正月興行」には、タイトル通りライオンの顔をした侍が主人公の映画が出てくるし、「首切り監督」に登場する映画監督はホワイト・ライオンを連想させる面構えだ。ライオンの和名は獅子《しし》。そして本書のタイトルを発音してみると……おわかりいただけただろうか。

「霧の巨塔」——小説新潮 2007年4月号
「首切り監督」——小説新潮 2002年10月号
「スタント・バイ・ミー」——小説新潮 2003年4月号
「血を吸うマント」——小説新潮 2002年4月号
「届けられた棺」——書き下ろし
「死写室」——書き下ろし
「ライオン奉行の正月興行」——小説新潮 2000年1月号・2月号
（「ライオン奉行のミレニアム」改題）
「モンタージュ」——書き下ろし

単行本『死写室』——新潮社 2008年2月刊

講談社ノベルスでの刊行にあたり、著者の意向により
各篇の収録順を変更しました。
また加筆修正を行い、副題を付けました。

N.D.C.913　236p　18cm

定価はカバーに
表示してあります

KODANSHA NOVELS

死写室《ししゃしつ》　映画探偵《えいがたんてい》・紅門福助《くれないもんふくすけ》の事件簿《じけんぼ》

二〇一八年二月六日　第一刷発行

著者—霞《かすみ》　流一《りゅういち》

発行者—鈴木　哲

発行所—株式会社講談社

東京都文京区音羽二-一二-二一
郵便番号一一二-八〇〇一
編集　〇三-五三九五-三五〇六
販売　〇三-五三九五-五八一七
業務　〇三-五三九五-三六一五

本文データ制作—凸版印刷株式会社

印刷所—凸版印刷株式会社　製本所—株式会社若林製本工場

ISBN978-4-06-299117-9

ステリーの快作!!

物をなんでも繋《つな》げる
異様な悪戯《いたずら》と
奇妙な密室殺人の
接点は……!?

独立捜査研究室・通称「独捜《どくそう》」で
愉快犯専任のおしゃべり担当刑事・光《みつ》弓《ゆみ》真《ま》奈《な》と
熱血担当刑事・桐《きり》井《い》明《あき》久《ひさ》が
軽妙な掛け合いと絶妙な推理で真相に迫る!

独立捜査研究室とは!?
名前は仰々しいが、
実際は落ちこぼれ刑事を
監視下に置くための
はぐれ部署なのだ。

ユーモア本格ミ
DOKUSOU!
霞流一
RYUICHI KASUMI
独捜!
警視庁愉快犯対策ファイル
講談社
NOVELS
定価：本体960円（税別）